In 80 Tagen um die Welt

Jules Verne

In 80 Tagen um die Welt

cbj

cbj ist der Kinder- und Jugendbuchverlag
in der Verlagsgruppe Random House

FSC
Mix
Produktgruppe aus vorbildlich
bewirtschafteten Wäldern und
anderen kontrollierten Herkünften

Zert.-Nr. SGS-COC-1940
www.fsc.org
© 1996 Forest Stewardship Council

Verlagsgruppe Random House FSC-DEU-0100
Das FSC-zertifizierte Papier *München Super* für die Geolino-Bibliothek
aus dem Verlag cbj liefert Mochenwangen Papier.

Gesetzt nach den Regeln der Rechtschreibreform

1. Auflage 2005

Die französische Originalausgabe erschien erstmals 1873 unter dem Titel
»Le tour du monde en quatre-vingts jours«
Lektorat: Gerd F. Rumler
Umschlagabbildung: Dieter Wiesmüller
Innenillustrationen: Don-Oliver Matthies
Umschlaggestaltung: Werbeagentur Network! München
kb · Herstellung: WM
Gesetzt aus der Centaur in der Verlagsgruppe Random House
Reproduktion: Wahl Media GmbH, München
Druck und Einband: GGP Media GmbH, Pößneck
Printed in Germany
ISBN-10: 3-570-13018-5
ISBN-13: 978-3-570-13018-6

www.cbj-verlag.de
www.geolino.de

In 80 Tagen um die Welt

Inhalt

1. *Phileas Fogg und Passepartout lernen sich kennen*

Im Jahre 1872 wurde das Haus Nr. 7 in der Saville Row von Phileas Fogg bewohnt, einem der sonderbarsten und bekanntesten Mitglieder des Londoner Reformklubs. Er war ein Mensch, der es als seine besondere Aufgabe zu betrachten schien, nichts zu unternehmen, was die Aufmerksamkeit seiner Mitmenschen wachrufen konnte; er war eine rätselhafte Persönlichkeit, von der niemand mehr wusste, als dass er ein sehr ritterlicher Mann sei und zu den schönsten Kavalieren der vornehmen Gesellschaft von England gehörte.

Wenn Phileas Fogg auch vom Scheitel bis zur Sohle Engländer war, so konnte er doch nicht als echter Londoner bezeichnet werden. Weder an der Börse noch bei der Bank oder in einem der Kontore war er je gesehen worden. Weder die Londoner Häfen noch die Londoner Docks hatten je ein Schiff beherbergt, das von einem Reeder Phileas Fogg ausgerüstet worden war. In keinem Verwaltungsrat war dieser Herr vertreten. Sein Name war nie in einem Rechtsanwaltskollegium gehört worden, weder im Londoner Temple noch in Lincolns Inn oder in Grays Inn. Niemals führte er einen Prozess, auch an der Königlichen Bank hatte er nie zu tun gehabt. Er war weder ein Industrieller noch ein Geschäfts- oder Kaufmann, viel weniger ein Landwirt. Er gehörte weder dem Königlichen Institut von Großbritannien noch dem Institut von London, weder dem

Künstlerverband noch dem Russell-Verband, weder der Literarischen Vereinigung des Westens noch dem Juristischen Reichsverband oder jener weit reichenden Körperschaft an, die alle Künste und schönen Wissenschaften unter ihren Schutz genommen hatte und sich des Patronats Ihrer huldreichen Majestät der Königin erfreuen konnte. Er gehörte auch keiner einzigen der zahllosen Gesellschaften an, deren Gründung hauptsächlich zu dem Zweck erfolgt war, alle schädlichen Insekten in der Hauptstadt Großbritanniens zu vertilgen.

Phileas Fogg war lediglich Mitglied des Reformklubs.

Sollte sich jemand darüber wundern, dass eine so geheimnisvolle Persönlichkeit wie Herr Phileas Fogg in dieser ehrsamen Körperschaft Aufnahme gefunden hat, so ließe sich demjenigen ohne weiteres die aufklärende Antwort geben, dass Herr Phileas Fogg durch die Herren Baring eingeführt worden war, bei deren Bank er ein Konto hatte; denn ein Herr, von dem bei den Gebrüdern Baring jeder Scheck nach Vorlage ausgezahlt wurde, musste wohl oder übel etwas wert sein.

War Phileas Fogg ein reicher Mann? Ganz unbestreitbar! Aber auf welche Weise er zu seinem Reichtum gelangt war, konnten sogar die am besten unterrichteten Leute nicht sagen; und Herr Fogg war der Letzte, dem es genehm gewesen wäre, darüber Auskunft zu geben. So viel stand fest, dass er kein Verschwender, aber auch kein Geizhals war. Denn wenn es galt, eine edle, nützliche oder anständige Sache zu unterstützen, gehörte er zu denen, die sich nicht lange nötigen ließen, und trug stillschweigend sein reichliches Scherflein bei.

Alles in allem genommen, ließ sich kaum ein zweiter Gentleman finden, der so wenig von sich reden machte und über sich redete wie Phileas Fogg. Trotz alledem lag über seinem Leben

kein Schleier, sondern sein ganzes Tun und Lassen war so abgezirkelt, dass die schlimmste Fantasie sich vergeblich damit befasste.

Hatte er Reisen gemacht? Höchst wahrscheinlich; denn niemand besaß eine bessere Kenntnis von der Erdkarte als er. Es gab keinen Winkel, und war er noch so abgelegen, den er nicht genau zu kennen schien. Hin und wieder einmal, aber nur mit wenigen Worten, sprach er über die verschiedenen Meinungen, die im Klub über verschollene oder verirrte Reisende zirkulierten. Er sprach sich über die vorhandenen Wahrscheinlichkeiten nüchtern aus und seine Worte hatten sich häufig als Inspirationen erwiesen; denn die folgenden Ereignisse hatten sie gerechtfertigt und bestätigt. Phileas Fogg war ein Mann, der die ganze Welt bereist haben musste – wenigstens im Geiste.

Was nichtsdestoweniger für gewiss galt, war die Tatsache, dass Phileas Fogg seit Jahren nicht aus London hinausgekommen war. Wer die Ehre hatte, ihn näher zu kennen, der konnte bezeugen, dass ihn niemand irgendwo anders gesehen hatte als auf jenem geraden Wege, den er alle Tage ging, um sich von seiner Wohnung zum Klubhaus zu begeben. Sein einziger Zeitvertreib war Zeitunglesen und eine Partie Whist. Bei diesem schweigsamen Spiel, das für seine Natur so vorzüglich passte, gewann er häufig; aber was er gewann, das floss niemals in seine Tasche, sondern spielte in seinem Wohltätigkeitsbudget eine bedeutende Rolle. Übrigens muss hier noch bemerkt werden, dass Herr Fogg offenbar bloß spielte, um zu spielen, und nicht des Gewinnens halber. Für ihn war das Spiel ein Kampf, ein Ringen mit einer Schwierigkeit, aber ein Ringen ohne Bewegung, ohne Ortsveränderung, ohne Anstrengung, wie es seinem Charakter geradezu entsprach.

Von einer Frau oder von Kindern Phileas Foggs wusste niemand etwas, aber auch von Verwandten oder Freunden war nichts bekannt und so etwas kommt doch seltener vor. Phileas Fogg lebte mutterseelenallein in seinem Haus in der Saville Row – und keiner hatte dort Zutritt. Von seinem Hauswesen war nie die Rede. Ein einziger Lakai verrichtete den Dienst bei ihm. Im Klub nahm er sein Frühstück und sein Mittagessen ein, immer zur festgesetzten Zeit und immer in demselben Saal und an demselben Tisch. Er belästigte keines der zahlreichen Mitglieder, lud keinen Fremden ein und verfügte sich Tag für Tag genau auf die Minute nach seiner Villa, ohne auch nur einmal eins der komfortablen Zimmer für sich in Anspruch zu nehmen, die der Reformklub für seine Mitglieder eingerichtet hatte.

Zum Frühstück und Mittagessen versorgten die Küche, der Gemüsegarten, der Fischbehälter und die Molkerei des Klubs seinen Tisch mit ihren trefflichen Vorräten. Zu seiner Bedienung standen die Lakaien des Klubs zur Verfügung, die im schwarzen Frack und in Tuchschuhen mit Filzsohlen lautlos über das Parkett glitten; in einem besonderen Geschirr aus feinstem Porzellan und auf wunderbaren Decken aus Herrnhuter Leinwand wurde ihm serviert; aus den geschliffenen Kristallgläsern des Klubs trank er seinen Sherry oder Portwein, mit Zimt und anderen Gewürzen gemischt.

Wer unter solchen Bedingungen sein Leben führt, wird ohne Zweifel zum exzentrischen Sonderling; man muss dabei aber gelten lassen, dass auch exzentrische Art ihr Gutes hat.

Das Haus in der Saville Row zeichnete sich, ohne verschwenderisch ausgestattet zu sein, durch einen reichen Komfort in vorteilhaftester Weise aus. Da Herr Fogg in seinen Lebensgewohnheiten nicht die geringste Änderung litt, verlangte er auch von seinem einzigen Diener eine ganz außergewöhnliche Pünktlichkeit und Regelmäßigkeit. Gerade an dem Tag, an dem unsere Erzählung beginnt, am 2. Oktober, hatte Phileas Fogg seinem Diener James Foster den Abschied gegeben, weil sich dieser dadurch vergangen hatte, dass er das Rasierwasser für seinen Herrn statt auf sechsundachtzig Grad Fahrenheit nur auf vierundachtzig Grad erwärmt hatte; und nun wartete Phileas Fogg auf James Fosters Nachfolger, der sich zwischen elf und halb zwölf Uhr vorstellen sollte.

Phileas Fogg saß steif in seinem Lehnstuhl, die Beine dicht aneinander gepresst wie ein Soldat bei der Parade; die Hände ruhten auf den Knien; den Körper und den Kopf hielt er gerade ausgerichtet, und die Augen hingen an den Zeigern der äußerst komplizierten Standuhr, die die Stunden, die Minuten, die Sekunden, die Tage, die Vierteljahre und das Jahr anzeigte. Wenn es halb zwölf Uhr schlug, würde Herr Fogg, seiner täglichen Gewohnheit gemäß, den Fuß aus dem Haus setzen und sich in den Reformklub begeben.

In diesem Augenblick wurde an die Tür des kleinen Salons geklopft, in dem sich Phileas Fogg aufhielt.

James Foster, der verabschiedete Diener, zeigte sich auf der Schwelle. »Der neue Lakai«, meldete er.

Ein Mann in den Dreißigern wurde sichtbar und verbeugte sich tief.

»Sie sind Franzose und heißen John?«, fragte ihn Phileas Fogg.

»Jean, wenn gnädiger Herr nichts dagegen haben«, antwortete der soeben Eingetretene, »Jean Passepartout, ein Name, der an mir hängen geblieben ist und den meine natürliche Befähigung, mich aus jeder Verlegenheit zu ziehen, gerechtfertigt haben mochte. Ich glaube, ein ordentlicher Lakai zu sein, gnädiger Herr; ein mir innewohnender Drang zur Freiheit und Selbstständigkeit hatte mich aber mancherlei Handwerk in die Arme getrieben. Ich bin fahrender Sänger gewesen, Stallknecht im Zirkus, habe voltigiert und auf dem Seil getanzt. Dann bin ich, um meine Talente besser zu verwerten, Turnlehrer geworden und zu guter Letzt Pariser Feuerwehrmann. In meinem Zeugnis stehen sogar sehr große Brände verzeichnet. Aber ich habe Frankreich seit fünf Jahren schon den Rücken gekehrt, und da ich mich nach Häuslichkeit und Familienleben sehnte, bin ich in England Zimmerbursche geworden. Da ich nun gerade ohne Stellung bin und in Erfahrung gebracht habe, dass Herr Phileas Fogg der pünktlichste und sesshafteste Mann des Britischen Reiches sei, habe ich mir erlaubt, mich dem gnädigen Herrn vorzustellen, von der Hoffnung geleitet, hier ein Leben in Ruhe und Frieden führen und meine Vergangenheit vergessen zu können bis auf meinen Namen Passepartout …«

»Passepartout ist mir genehm«, erwiderte Phileas Fogg; »Sie sind mir empfohlen worden. Ich habe gute Auskunft über Sie bekommen. Kennen Sie die Bedingungen, die ich stelle?«

»Jawohl, gnädiger Herr!«

»Gut. Welche Zeit haben wir jetzt?«

»Halb zwölf«, versetzte Passepartout, indem er aus seinem Brustlatz eine silberne Uhr von mächtigem Umfang herauszog.

»Ihre Uhr geht nach«, sagte Herr Fogg.

»Gnädiger Herr wollen verzeihen, aber das ist unmöglich!«

»Ihre Uhr geht vier Minuten nach! Indessen lassen wir das jetzt; es genügt, die Abweichung festzustellen. Demnach stehen Sie von diesem Augenblick an, seit heute, Mittwoch, den 2. Oktober des Jahres 1872, in meinen Diensten.«

Phileas Fogg erhob sich, als er den Satz beendet hatte, griff mit der linken Hand nach seinem Hut, setzte ihn mit einer eckigen Gebärde auf den Kopf und verschwand ohne jedes weitere Wort. Passepartout blieb allein zurück.

2. *Ein idealer Herr*

Passepartout hatte in den wenigen Minuten, die er eben mit Phileas Fogg gesprochen, seinen zukünftigen Herrn und Gebieter sehr sorgfältig mustern können. Es war ein Mann, der vierzig Jahre alt sein mochte, groß, mit blondem Haar und Backenbart; Stirn und Schläfen zeigten noch keine Spur einer Runzel; sein Gesicht war eher blass als gerötet. Er gehörte zu jenen Leuten von mathematischer Genauigkeit, die mit jedem Schritt und jeder Bewegung rechnen, immer bereit und bei der Hand, ohne je eilig zu erscheinen. Niemals vergeudete er einen Blick zur Decke. Nie erlaubte er sich eine überflüssige Gebärde. Nie hatte man ihn erregt oder verwirrt gesehen. Er war ein Mensch, dem man absolut keine Eile ansah, der aber immer zur richtigen Zeit zur Stelle war. Nichtsdestoweniger wird man begreifen, dass er für sich allein lebte und sozusagen außerhalb aller gesellschaftlichen Beziehungen stand. Er wusste, dass man im Leben mit Reibungen rechnen muss, und da jede Reibung hemmend wirkt, rieb er sich an niemand.

Was nun Jean Passepartout betrifft, so war er ein Pariser von echtem Schrot und Korn, der seit fünf Jahren in England lebte, aber noch immer vergeblich nach einem Herrn gesucht hatte, dem er mit wirklicher Anhänglichkeit dienen konnte.

Passepartout war keiner von jenen Dienern, die die Schultern hoch und die Nase noch höher tragen, die allen Menschen keck und kalt in die Augen sehen und im Grunde kaum etwas anderes als unverschämte Patrone sind. Nein, Passepartout war ein braver Bursche; er hatte ein angenehmes, leutseliges Wesen. Sein freundliches Gesicht mit den blauen Augen und dem frischen Teint neigte ein wenig zur Fülle, sodass es ihm kaum schwer werden konnte, den Blick auf die eigenen Wangen zu heften. Er war ziemlich groß, hatte braunes Haar, einen sehr kräftigen Körperbau und besaß eine herkulische Kraft, die er durch Turnübungen erworben hatte.

Darüber ein Urteil zu fällen, ob der ungezwungene Charakter diese Junggesellen mit dem des Herrn Phileas Fogg in Einklang zu bringen sei, dürfte dem Klügsten nicht möglich sein. Ob sich Passepartout als jener absolut pünktliche Lakai erweisen würde, den sein Herr verlangte, ließ sich nur in der Praxis feststellen. Nach einer, wie der Leser schon weiß, ziemlich abwechslungsreich verlebten Jugend sehnte er sich nach Ruhe. Da er den englischen Ordnungssinn und die sprichwörtliche Kaltblütigkeit der englischen Herren viel rühmen gehört hatte, war er darauf gekommen, in England sein Glück zu suchen. Aber bis auf den heutigen Tag war es ihm abhold gewesen. Er hatte nirgendwo Wurzel fassen können. In zehn Häusern hatte er gedient und in allen war man launenhaft, inkonsequent, auf der Jagd nach Abenteuern gewesen und herumgereist – alles Dinge, die Passepartout nicht behagen konnten. Sein letzter Herr war der junge Lord Longsferry, Mitglied des Parlaments, gewesen, der allzu oft von Polizisten heimgeschleppt wurde, nachdem er in den Austernstuben von Haymarket die Nacht durchgezecht hatte. Passepartout hielt vor allen Dingen auf Respekt vor seinem Herrn; deshalb nahm er sich ein paar Bemerkungen heraus, die aber sehr übel aufgenommen wurden und zum Abbruch der Beziehungen führten. Unter der Hand erfuhr er, dass Phileas Fogg einen Diener suche. Er zog Erkundigungen über diesen Herrn ein. Eine Herrschaft, deren Dasein sich mit solcher Regelmäßigkeit abwickelte, die keine Nacht außer dem Haus zubrachte, die nicht auf Reisen ging, die niemals auf Abwege geriet und sich während des ganzen Jahres keinen einzigen Tag aus London entfernte, musste Passepartout wohl oder übel recht sein. Er meldete sich dort und wurde unter den dem Leser bekannten Bedingungen angestellt.

Passepartout befand sich also, als es halb zwölf geschlagen hatte, allein in dem Haus in der Saville Row und betrachtete die Räumlichkeiten nun näher. Er durchwanderte sie vom Keller bis zum Boden. Dieses saubere Haus, in dem eine puritanische Strenge herrschte und alles für einen korrekten Dienst vortrefflich eingerichtet war, gefiel ihm außerordentlich. Passepartout fand ohne Mühe im zweiten Stock das für ihn bestimmte Zimmer. Es sagte ihm zu. Elektrische Klingeln setzten ihn mit den Gemächern des ersten Stocks und den Zimmern des Zwischenstocks in Verbindung. Auf dem Kamin stand eine Uhr, die mit der Standuhr im Schlafgemach Herrn Foggs übereinstimmte und auf die Sekunde genau die Zeit verkündete.

»So gefällt's mir!«, sagte Passepartout.

Über der Uhr in seinem Zimmer bemerkte er auch einen Zettel, auf dem der tägliche Dienst verzeichnet war, und zwar von acht Uhr morgens an, wenn Herr Phileas Fogg aufstand, bis Mitternacht, wenn sich der pünktliche Herr schlafen legte. Alles, bis auf die geringfügigste Einzelheit, war dort vermerkt: vom Tee und vom Röstbrot um acht Uhr 23 Minuten bis zum Rasierwasser um neun Uhr 37 Minuten beziehungsweise bis zur Haarfrisur 20 Minuten vor zehn Uhr und so weiter. Alles war vorgesehen und alles genau angegeben. Passepartout machte sich eine Freude daraus, dieses Programm zu studieren und sich die verschiedenen Paragrafen in sein Gedächtnis einzuprägen.

Was die Garderobe des gnädigen Herrn betrifft, so war sie ganz vortrefflich ausstaffiert und mit wirklich wunderbarem Geschmack zusammengestellt. Jedes Beinkleid, jede Weste, jeder Frack trug eine Eingangs- und Ausgangsnummer in einem Buch, das genau darüber Aufschluss gab, an welchem Tag – je nach der Jahreszeit – die einzelnen Anzüge reihum getragen werden mussten. Für die Fußbekleidung bestand das gleiche Reglement.

Ein Mobiliar von äußerster Vornehmheit wies dieses Haus in der Saville Row auf. Es bekundete auf den ersten Blick das Temperament seines Besitzers. Einen Bücherschrank und Bücher gab es nicht, da beides für Herrn Fogg ohne Nutzen gewesen wäre, weil der Reformklub zwei Bibliotheken hatte, von denen die eine schöngeistige Literatur und die andere Bücher über Rechts- und Staatswissenschaften enthielt. Im ganzen Haus gab es keine einzige Hieb-, Stich- oder Feuerwaffe. Alles bekundete hier die friedfertigsten Gesinnungen und ruhigsten Gewohnheiten.

Passepartout rieb sich die Hände, nachdem er die Wohnung eingehend gemustert hatte; und vergnügt sagte er abermals:

»So gefällt's mir! Das ist ganz mein Fall! Herr Fogg und ich, wir werden uns vorzüglich verstehen. Ein adretter, pünktlicher Herr, der in die Welt passt! Ein richtiges Uhrwerk! Nun denn, ich bin nicht böse darüber, meinen Dienst bei einem Uhrwerk zu tun!«

3. *Ein Banknotendiebstahl löst eine Wette aus*

Phileas Fogg hatte sein Haus in der Saville Row um halb zwölf Uhr verlassen. Nachdem er den rechten Fuß fünfhundertfünfundsechzig Mal vor den linken und den linken fünfhundertsechsundsechzig Mal vor den rechten Fuß gesetzt hatte, langte er im Reformklub an, einem Bauwerk von ungewöhnlich geräumigen Verhältnissen.

Dort verfügte er sich sogleich nach dem Speisesaal, dessen neun Fenster auf einen schönen Garten hinaussahen, in dem das Laub der Bäume schon die goldene Färbung des Herbstes zeigte. Sein Frühstück bestand aus einer Vorspeise, gesottenem Fisch in Readingsoße, worauf es Roastbeef mit Steinpilzen, dann Backwerk mit Stachelbeer- und Rhabarberfüllung und zuletzt Chesterkäse gab; dazu Tee von ausgezeichneter Qualität, der für die Küche des Reformklubs besonders geerntet und direkt aus dem Ursprungslande hierher verfrachtet wurde.

Um zwölf Uhr 47 Minuten stand Phileas Fogg auf und lenkte seine Schritte nach dem großen Salon, einem verschwenderisch eingerichteten Raum. Dort reichte ihm ein Diener eine noch ungelesene »Times«. Mit der Lektüre dieses Journals befasste sich Phileas Fogg bis um 3 Uhr 45 Minuten und mit der des »Standard« bis zum Dinner. Diese Mahlzeit vollzog sich unter den nämlichen Bedingungen wie das Frühstück; nur trat an die Stelle der Readingsoße die Royal British Sauce.

Zehn Minuten vor sechs Uhr erschien der Herr wieder im Salon und vertiefte sich in die Lektüre des »Morning Chronicle«.

Eine halbe Stunde später betraten verschiedene Mitglieder des Reformklubs den Salon. Es waren die Kollegen Herrn Foggs, die gleich ihm zu den passioniertesten Freunden des Whistspieles zählten: der Ingenieur Andrew Stuart, die Bankiers John Sullivan und Samuel Fallentin, der Bierbrauer Thomas Flanagan und der zum Vorstand der »Bank von England« gehörende Walther Ralph – durchweg reiche und angesehene Personen.

»Nun, Ralph«, eröffnete Thomas Flanagan die Unterhaltung, »wie steht's denn mit der betreffenden Diebstahlgeschichte?«

»Hm«, versetzte Andrew Stuart, »die Bank wird ihr Geld los sein.«

»Im Gegenteil, ich hoffe«, nahm Walther Ralph das Wort, »dass wir den Urheber dieses Diebstahls fassen werden. Amerikas und Europas gewandteste Polizeikommissare sind nach allen wichtigen Häfen geschickt worden; es dürfte dem fraglichen Monsieur also schwer werden zu entschlüpfen.«

»Aber besitzt man denn ein Signalement, also die Personenbeschreibung des Spitzbuben?«, fragte Andrew Stuart.

»Übrigens ist es gar kein Spitzbube«, versetzte Walther Ralph ernsthaft.

»Wieso? Ein Mensch, der 55 000 Pfund in Banknoten entwendet hat, soll kein Spitzbube sein?«

»Nein«, versetzte Walther Ralph.

»Also ein Industrieritter?«, bemerkte John Sullivan.

»Im »Morning Chronicle« steht, er sei ein Gentleman!«

Diese Äußerung wurde von keinem Geringerem getan als von Phileas Fogg, dessen Kopf nun hinter einer Zeitung auftauchte. Zugleich begrüßte er seine Mitspieler, die seinen Gruß erwiderten.

Der Fall, von dem hier die Rede war und den die verschiedenen Zeitungen des Britischen Königreiches mit Eifer erörterten, war vor drei Tagen, am 29. September, geschehen. Ein Bündel Banknoten, 55 000 Pfund, war vom Tisch des Hauptkassierers der Bank von England gestohlen worden.

Allen denen, die ihre Verwunderung darüber aussprachen, wie sich ein solcher Diebstahl so leicht habe ausführen lassen, gab der zweite Direktor der Bank, Herr Walther Ralph, nur den Bescheid, dass der Kassierer in diesem Augenblick gerade dabei gewesen sei, eine Quittung über dreieinhalb Schilling auszustellen, und dass man die Augen doch nicht überall haben könne.

Es muss hier erwähnt werden, um den Vorfall begreiflicher zu machen, dass dieses bewunderungswürdige Institut, das die Welt als Bank von England kennt, auf Ansehen und Würde des Publikums weitgehend Rücksicht zu nehmen schien. Hier sah man weder Aufseher noch Drahtgitter! Gold, Silber und Banknoten lagen für jeden greifbar da, gleichsam der Gnade und Barmherzigkeit des ersten Besten überlassen, der den Fuß in das Bankgebäude setzte. Wer könnte die Rechtschaffenheit eines Menschen anzweifeln, den sein Weg hierher führte? Ein guter Kenner englischer Sitten und Bräuche erzählte sogar folgende Geschichte: Er weilte eines Tages in der Bank und wollte sich aus Neugierde einen Goldbarren näher betrachten, der sieben bis acht Pfund wiegen mochte und auf dem Tisch des Kassierers lag. Er nahm den Barren in die Hand, besichtigte ihn, gab ihn seinem Nachbar, der reichte ihn einem Dritten und dieser wieder einem anderen, sodass der Barren, von Hand zu Hand gehend, bis in einen finsteren Korridor gelangte und erst eine halbe Stunde später wieder auf seinem eigentlichen Platz lag, ohne dass der Kassierer auch nur aufgesehen hätte.

Am 29. September hatten sich die Dinge aber nicht so abgespielt. Das Bündel Banknoten hatte seinen Weg nicht wieder zurückgefunden, und als die über dem Kassenraum befindliche prachtvolle Uhr auf 5 stand und den Dienstschluss verkündete, war die Bank von England um 55 000 Pfund erleichtert worden.

Sobald der Diebstahl bekannt geworden war, wurden die gewandtesten Detektive nach den wichtigsten Hafenplätzen beordert, wie Liverpool, Glasgow, Havre, Suez, Brindisi und New York, eine Belohnung von 2000 Pfund vor Augen nebst einer Provision von 5 Prozent des geretteten Betrages. Bis zu den Ergebnissen, die durch die sofort begonnene Untersuchung gewonnen werden sollten, wurde den Kommissaren Weisung erteilt, alle ankommenden und abreisenden Passagiere aufs Schärfste zu kontrollieren.

Man konnte nun, wie im »Morning Chronicle« zu lesen war, tatsächlich annehmen, dass der Urheber des Diebstahls mit keiner der Diebesbanden Englands in irgendeiner Beziehung stand. Am 29. September hatte man tagsüber einen elegant gekleideten Herrn von sehr vornehmem Auftreten in dem Saal bemerkt, wo die Auszahlungen erfolgten und wo der Diebstahl stattgefunden hatte. Die Nachforschungen hatten eine ziemlich genaue Personenbeschreibung des Herrn ergeben. Es wurde alsbald allen Geheimpolizisten Großbritanniens mitgeteilt. Einige optimistisch angehauchte Geister, zu denen auch Walther Ralph gehörte, glaubten deshalb, begründete Hoffnung zu haben, dass der Dieb nicht entwischen könne.

Wie man sich denken kann, bildete das Ereignis das Stadtgespräch in London und ganz England. Die Erfolge, die die Polizei hierbei haben würde, wurden zum Teil als wahrscheinlich, andererseits als sehr unwahrscheinlich hingestellt. Man wird sich infolgedessen nicht darüber wundern, dass auch von den Mitgliedern des Reformklubs über dasselbe Thema gesprochen wurde, und zwar sehr ausführlich, da sich ja unter ihnen eines der Vorstandsmitglieder der Bank befand.

Walther Ralph mochte schon deshalb nicht an dem Ergebnis der Nachforschungen zweifeln, weil ja die ausgeschriebene Belohnung den Eifer und die Klugheit der Polizeibeamten ganz erheblich anspornen musste. Aber sein Freund Andrew Stuart wollte darin durchaus nicht einer Meinung mit ihm sein.

Die Diskussion wurde also unter den Herren weitergeführt, die sich jetzt an einen Whisttisch gesetzt hatten, Stuart neben Fallentin und Fallentin neben Fogg. Während des Spiels sprachen die Beteiligten kein Wort, aber in den Pausen setzte die Unterhaltung immer sehr lebhaft ein.

»Ich behaupte«, meinte Andrew Stuart, »dass die Chancen günstig für den Spitzbuben stehen, der unbedingt ein äußerst geschickter Mensch sein muss.«

»Ach, reden Sie doch nicht!«, erwiderte Ralph. »Es gibt ja kein einziges Land, wohin er flüchten könnte!«

»Das ist ja Unsinn!«

»Wohin soll er denn Ihrer Meinung nach fliehen?«

»Das ist nicht meine Sache«, versetzte Andrew Stuart, »aber schließlich ist die Erde doch groß genug!«

»Das war sie ehemals!«, bemerkte Herr Fogg. »Aber bitte, Sie heben ab«, setzte er hinzu, indem er Thomas Flanagan die Karten reichte.

Die Diskussion wurde abgebrochen, solange das Spiel dauerte. Bald aber nahm Sie Andrew Stuart wieder auf.

»Wieso ehemals: Ist die Erde etwa kleiner geworden?«

»Ohne Zweifel«, antwortete Walther Ralph. »Ich bin derselben Meinung wie Herr Fogg. Jedenfalls erscheint die Erde kleiner, seitdem man sie zehnmal schneller als vor hundert Jahren umrunden kann. Dadurch werden die Nachforschungen in dem Fall, der uns beschäftigt, wesentlich beschleunigt.«

»Aber dem Spitzbuben wird die Flucht auch erheblich erleichtert!«

»Sie sind am Spiel, Herr Stuart!«, sagte Phileas Fogg.

Der ungläubige Stuart ließ sich aber nicht überzeugen, und als die Partie zu Ende war, begann er wieder:

»Das muss man Ihnen lassen, Herr Ralph, Sie haben eine sehr bequeme Erklärung ausfindig gemacht für Ihre Behauptung, die Erde sei kleiner geworden! Also weil man die Reise um die Welt jetzt in 3 Monaten macht ...«

»In 80 Tagen bloß«, bemerkte Phileas Fogg.

»Allerdings, in 80 Tagen, meine Herren«, bekräftige John Sullivan, »seitdem die Linie Rothal-Allahabad auf der Halbinsel Ostindien eröffnet worden ist. Hier haben wir übrigens die Aufstellung im »Morning Chronicle«:

London – Suez durch den Mont Cenis-Tunnel und über Brindisi, Eisenbahn und Dampfschiff	7 Tage
Suez – Bombay, Dampfschiff	13 Tage
Bombay – Kalkutta, Eisenbahn	3 Tage
Kalkutta – Hongkong (China), Dampfschiff	13 Tage
Hongkong – Yokohama (Japan), Dampfschiff	6 Tage
Yokohama – San Francisco, Dampfschiff	22 Tage
San Francisco – New York, Eisenbahn	7 Tage
New York – London, Dampfschiff und Eisenbahn	9 Tage
Macht zusammen	80 Tage

»Was, in 80 Tagen?«, rief Andrew Stuart, der aus Versehen eine Fehlkarte gezogen hatte, »aber schlechte Witterung, Schiffbrüche, Entgleisungen und so weiter nicht mitgerechnet.«

»Alles mitgerechnet«, versetzte Phileas Fogg und spielte weiter; denn jetzt diskutierten sie, ohne Rücksicht auf das Spiel zu nehmen.

»Auch wenn die Hindus oder die Indianer die Schienen aufreißen«, rief Andrew Stuart, »wenn sie die Züge aufhalten, die Wagen plündern, die Reisenden skalpieren?«

»Alles mitgerechnet«, versetzte Phileas Fogg, legte seine Karten hin und meldete: »Zwei Trumpfass.«

Andrew Stuart, an den das Spiel gelangte, nahm die Karten mit den Worten auf: »In der Theorie haben Sie Recht, Herr Fogg, aber in der Praxis …«

»In der Praxis auch, Herr Stuart!«

»Das möchte ich doch erst sehen!«

»Kommt ganz auf Sie an! Machen wir uns auf die Reise!«

»Davor bewahre mich der Himmel«, rief Stuart. »Aber ich wette 4000 Pfund, dass eine Reise unter solchen Bedingungen ganz unmöglich ist!«

»Im Gegenteil, das ist sehr leicht möglich«, versetzte Herr Fogg.

»Nun, beweisen Sie es doch!«

»Dass man in 80 Tagen um die Welt reisen kann?«

»Ja.«

»Will ich gern!«

»Wann?«

»Auf der Stelle. Nur eines sage ich Ihnen, die Reise kostet Ihr Geld!«

»Das ist ja Wahnsinn!«, rief Andrew Stuart, den die Hartnäckigkeit seines Mitspielers zu erbosen anfing. »Spielen wir lieber!«

»Dann geben Sie bitte noch einmal – denn Sie haben vergeben«, antwortete Phileas Fogg.

Andrew Stuart nahm in fieberhafter Erregung die Karten wieder zur Hand, warf sie aber plötzlich auf den Tisch und rief: »Nun also, Herr Fogg, ich wette 4000 Pfund!«

»Mein lieber Stuart«, sagte Fallentin, »beruhigen Sie sich! Die Sache ist doch nicht ernst gemeint!«

»Wenn ich sage, ich wette«, rief Andrew Stuart, »dann meine ich es durchaus ernst!«

»Gut also«, sagte Herr Fogg zu seinen Mitspielern, »ich habe 20 000 Pfund bei den Gebrüdern Baring. Ich will sie gern riskieren!«

»20 000 Pfund!«, rief John Sullivan, »20 000 Pfund, die durch unvorhergesehene Zwischenfälle in Verlust geraten können!«

»Unvorhergesehenes gibt es nicht«, erwiderte Phileas Fogg.

»Aber Herr Fogg! Diese Zeitspanne von 80 Tagen ist doch nur als Minimalzeit angegeben!«

»Ein Minimum, gut angewandt, reicht aus für alles!«

»Aber um es nicht zu überschreiten, muss man doch mit mathematischer Genauigkeit aus den Eisenbahnen in die Dampfschiffe und aus denen wieder in die Eisenbahnen gelangen!«

»Ich werde eben die Verkehrsmittel mit mathematischer Genauigkeit benutzen.«

»Das ist ein schlechter Witz!«

»Ein echter Engländer macht niemals schlechte Witze«, antwortete Phileas Fogg, »wenn es sich um eine so ernste Sache handelt wie eine Wette. Ich wette 20 000 Pfund, dass ich die Reise um die Erde in 80 Tagen oder weniger zurücklege. Halten Sie die Wette?«

»Wir halten die Wette«, antworteten die Herren Stuart, Fallentin, Sullivan, Flanagan und Ralph, nachdem sie sich verständigt hatten.

»Gut«, versetzte Herr Fogg. »Der Zug nach Dover fährt acht Uhr 45. Mit dem fahre ich.«

»Heute Abend noch?«, fragte Stuart.

»Noch heute Abend«, antwortete Phileas Fogg. »Also muss ich«, setzte er hinzu, einen Taschenkalender zurate ziehend, »da wir heute Mittwoch, den 2. Oktober, haben, am Sonnabend, dem 21. Dezember, in diesen Saal des Reformklubs zurückkehren, und zwar abends acht Uhr 45. Bleibe ich länger aus, dann fallen die zurzeit bei den Gebrüdern Baring von mir hinterlegten 20 000 Pfund an Sie, meine Herren. Hier ist ein Scheck über diesen Betrag!«

Ein Protokoll über die Wette wurde abgefasst und von den sechs an der Wette beteiligten Herren unterzeichnet. Phileas Fogg war völlig ruhig geblieben. Ganz gewiss hatte er nicht gewettet, um zu gewinnen; er hatte bloß die 20 000 Pfund – die Hälfte seines Vermögens – aufs Spiel gesetzt, weil er voraussah, dass ihn dieser schwierige – um nicht zu sagen kaum durchführbare – Plan die andere Hälfte kosten könnte. Seine Gegner schienen jedoch aufs Höchste erregt zu sein, nicht über den Wert des Einsatzes, sondern weil sie sich Gewissensbisse über einen Zweikampf unter solchen Bedingungen machten.

Es schlug nun sieben Uhr. Man machte Herrn Fogg den Vorschlag, die Whistpartie abzubrechen, damit er seine Vorbereitungen zur Abreise treffen könne.

»Ich bin bereit!«, antwortete dieser unnahbare Herr und gab Karten.

»Ich spiele Karo«, sagte er. »Sie spielen aus, Herr Stuart!«

4. Passepartout ist verblüfft

Um sieben Uhr 25 verabschiedete sich Herr Phileas Fogg von seinen ehrenwerten Freunden, nachdem er beim Whist einen Gewinn von 20 Guineen eingeheimst hatte, und verließ den Reformklub. Um sieben Uhr 50 Minuten betrat er sein Haus.

Passepartout, der das ihm vorgeschriebene Programm gewissenhaft studiert hatte, war nicht wenig verwundert, als er Herrn Fogg zu so ungewohnter Stunde auftauchen sah. Den auf dem Zettel verbuchten Anordnungen gemäß durfte der Hausherr von Saville Row erst genau um Mitternacht nach Hause kommen.

Phileas Fogg hatte sich zuerst in sein Schlafzimmer begeben. Dann rief er nach Passepartout.

Dieser ließ nichts von sich hören. An ihn konnte der Ruf nicht gerichtet sein. Zeit und Stunde stimmten nicht.

»Passepartout!«, rief Herr Fogg abermals, ohne jedoch die Stimme zu haben.

Passepartout zeigte sich.

»Ich rufe bereits zum zweiten Mal«, äußerte Herr Fogg.

»Aber es ist doch noch nicht Mitternacht«, gab Passepartout mit der Uhr in der Hand zur Antwort.

»Das weiß ich«, versetzte Phileas Fogg, »und ich mache dir auch keinen Vorwurf. In zehn Minuten reisen wir nach Dover und Calais.«

Ein spöttisches Lächeln glitt über das runde Gesicht des Franzosen. Es war ganz offensichtlich, dass er falsch gehört hatte.

»Der gnädige Herr verändert das Domizil?«, fragte er.

»Jawohl«, antwortete Phileas Fogg. »Wir machen eine Reise um die Welt.«

Passepartout riss die Augen ungeheuer weit auf. Mit hochgezogenen Lidern, ausgebreiteten Armen und vorgebeugtem Oberkörper stand er da – ein bis zum Entsetzen gesteigertes Erstaunen verratend.

»Reise um die Welt?«, murmelte er.

»In achtzig Tagen«, versetzte Herr Fogg. »Also vorwärts! Wir haben keinen Augenblick zu verlieren.«

»Aber die Koffer?«, fragte Passepartout, indem er den Kopf unbewusst hin und her wiegte.

»Von Koffern kann keine Rede sein. Wir brauchen bloß einen Reisesack. Tu zwei wollene Hemden hinein und drei Paar Strümpfe, das genügt vorerst für dich. Was wir sonst noch benötigen, kaufen wir unterwegs. Bring meinen Mantel und meine Reisedecke herunter. Versorge dich mit gutem Schuhzeug! Übrigens werden wir nur wenig oder gar nicht laufen. Marsch!«

Passepartout hätte gern etwas darauf erwidert, doch er konnte nicht. Er verließ Herrn Foggs Zimmer, ging in das seine hinauf, sank auf den Stuhl und rief, eine bei ihm zu Hause übliche Redensart gebrauchend:

»Na, ich sag es ja! Eine schöne Pastete! Und das muss mir passieren, der sich so sehr nach Ruhe sehnt!«

Mechanisch traf er seine Vorbereitungen zur Reise – zur Reise um die Welt in 80 Tagen! War er denn an einen Narren geraten? War es ein schlechter Witz? Aber es ging doch nach Dover, vielleicht auch nach Calais! Alles in Betracht gezogen, konnte ihm diese Reise eigentlich gar nicht so zuwider sein; denn er hatte seit fünf Jahren sein Vaterland nicht mehr gesehen. Vielleicht ging die Reise gar bis Paris! Die große Residenz hätte er recht gern einmal wieder gesehen! Ganz gewiss würde sich ein Herr, der mit jedem Schritt rechnete, dort auch aufhalten … Jawohl, zweifellos! Jedenfalls stand es fest, dass sein Herr auf Reisen ging, dass er sein Domizil verlegte! Dieser bisher an seine Behausung so festgekittete Herr Fogg!

Um acht Uhr hatte Passepartout den kargen Reisesack gepackt, der seine und seines Herrn Kleidungsstücke enthielt. Dann begab er sich, noch immer nicht klar im Kopf, zu Herrn Fogg, nachdem er seine Zimmertür fürsorglich hinter sich abgeschlossen hatte.

Herr Fogg stand bereit. Unter dem Arm hielt er »Bradshaws Eisenbahn- und Schifffahrtskursbuch und Universalführer durch den Kontinent«, aus dem er alle für die Reise notwendigen Unterweisungen zu schöpfen gedachte. Er nahm Passepartout den Reisesack aus den Händen, öffnete ihn und tat ein dickes Bündel jener Banknoten hinein, die in allen Ländern gut im Kurs standen.

»Vergessen hast du nichts?«, fragte er.

»Nichts, gnädiger Herr.«

»Mein Mantel und meine Decke?«

»Hier, bitte!«

»Da, nimm den Sack, gib aber gut Acht auf ihn«, bemerkte er noch, »es liegen 20 000 Pfund drin.«

Herr und Diener gingen nun die Treppe hinunter. Das Haustor wurde zweifach verschlossen. Am äußersten Ende der Saville Row standen Droschken. Phileas Fogg bestieg mit seinem Diener einen Einspänner, der die beiden geschwind nach dem Bahnhof Charing Cross fuhr. Dort mündete eines der Gleise, die zum Südostbahnhof führten.

Um acht Uhr 20 Minuten hielt der Einspänner vor dem

Bahnhof. Gerade als Phileas Fogg den Kutscher für die Fahrt bezahlte, trat ein armes Bettelweib mit einem Kind an der Hand auf ihn zu und bat um eine Gabe.

Herr Fogg nahm die 20 Guineen aus der Tasche, die er vorhin beim Whist gewonnen hatte, und drückte sie der Bettlerin in die Hand mit den Worten:

»Da, nehmen Sie, gute Frau!«

Dann ging er weiter.

Passepartout hatte ein Gefühl, als träten ihm die Tränen in die Augen. Sein Herr hatte einen Platz in seinem Herzen gewonnen.

Herr Fogg betrat nun gemeinsam mit Passepartout ohne weiteren Aufenthalt den großen Wartesaal des Bahnhofsgebäudes. Dort gab er Passepartout die Weisung, zwei Billets erster Klasse nach Paris zu lösen. Als er sich umdrehte, erblickte er seine fünf Kollegen aus dem Reformklub.

»Meine Herren«, redete er sie an, »ich reise ab. Die verschiedenen Visa, die ich in meinem Pass werde eintragen lassen, sollen Ihnen bei meiner Rückkehr als Kontrolle für die eingehaltene Route dienen.«

»Aber ich bitte Sie, Herr Fogg«, antwortete Walther Ralph höflich, »das ist doch ganz unnötig, wir können uns doch auf einen Mann wie Sie verlassen!«

»So wird es aber besser sein«, versetzte Herr Fogg.

»Die Heimkehr werden Sie doch nicht vergessen?«, erlaubte sich Andrew Stuart zu bemerken.

»Nach 80 Tagen«, versetzte Herr Fogg, »am Sonnabend, dem 21. Dezember 1872, abends acht Uhr 45, bin ich wieder da. Auf Wiedersehen, meine Herren!«

Um acht Uhr 40 nahm Phileas Fogg mit seinem Diener in

einem Abteil Platz. Fünf Minuten später erscholl ein Pfiff und der Zug setzte sich in Bewegung.

Es war eine finstere, regnerische Nacht. Phileas Fogg drückte sich in eine Ecke und sprach kein Wort. Passepartout, noch immer wie versteinert, presste mechanisch den Sack mit den Banknoten an sich.

Der Zug hatte Sydenham noch nicht erreicht, als Passepartout einen echten Verzweiflungsschrei ausstieß.

»Was ist dir denn?«, fragte Herr Fogg.

»Ach – ich habe bloß – in meiner Eile vergessen ...«

»Was denn?«

»... den Gashahn in meiner Stube zuzudrehen!«

»Na, mein Junge«, antwortete kühl und gelassen Herr Fogg, »der Gasverbrauch geht auf deine Rechnung!«

5. Ein neuer Effekt in London

Als Phileas Fogg London verließ, hatte er nicht die geringste Ahnung von dem großen Lärm, den seine Abreise hervorrufen sollte. Die Nachricht von der Wette verbreitete sich zuerst im Reformklub und löste unter den Mitgliedern der sehr ehrenwerten Vereinigung große Erregung aus. Von dort nahm sie ihren Weg in die Zeitungen, und zwar auf den Fittichen der zahllosen Reporter, und aus den Zeitungen zu den Bewohnern Londons und des ganzen Britischen Reiches.

Diese Weltreise wurde mit viel Leidenschaft und Interesse erörtert. Die einen ergriffen Partei für Phileas Fogg, die anderen – sie befanden sich rasch in der Mehrzahl – sprachen sich gegen ihn aus. Diese Reise um die Erde in diesem Minimum von Zeit mit den gegenwärtig zur Verfügung stehenden Verkehrsmitteln zurückzulegen, war nicht nur unmöglich, sondern auch unvernünftig!

»Times«, »Standard«, »Evening Star«, »Morning Chronicle« und zwanzig andere Zeitungen von großer Bedeutung sprachen sich gegen Herrn Fogg aus. Bloß der »Daily Telegraph« hielt ihm bis zu einem gewissen Grade die Stange. Phileas Fogg wurde im Großen und Ganzen als Schwärmer und als Tollhäusler hingestellt. Auf seine Freunde aus dem Reformklub regnete es Worte des Tadels und Vorwurfs, dass sie solch eine Wette eingegangen waren, die doch eindeutig auf eine Schwächung der geistigen Kräfte ihres Urhebers hinwies.

Außerordentlich leidenschaftliche, aber logisch richtige Artikel erschienen über diese Frage. Das Interesse, das man in

England der Geografie entgegenbringt, ist ja bekannt. Es gab auch tatsächlich keinen einzigen Leser, gleichviel welcher Gesellschaftsklasse er angehörte, der nicht die Textspalten, die Phileas Fogg betrafen, verschlungen hätte.

Während der ersten Tage waren einige kühne Geister – vornehmlich aus der Frauenwelt – für ihn gestimmt, da die »London Illustrated News« sein Bild veröffentlicht hatte. Gewisse Herren äußerten sogar: »Aber warum sollte es nicht möglich sein? Da hat man doch schon ganz andere Dinge erlebt!« Zu ihnen gehörten vor allem die Leser des »Daily Telegraph«. Aber bald wurde man gewahr, dass auch diese Zeitung anfing, schwankend zu werden.

Da erschien am 7. Oktober im »Bericht der Königlichen Geografischen Gesellschaft« ein langer Aufsatz, der die Frage nach allen Gesichtspunkten behandelte und klar und deutlich den Wahnsinn des Unternehmens nachwies. Diesem Aufsatz nach boten sowohl Menschen wie Natur unüberwindliche Hindernisse für den Reisenden. Wenn das Vorhaben gelingen sollte, so musste zwischen Abfahrt und Ankunft ein Einklang bestehen, der aber nicht vorhanden sein konnte. In Europa, wo es sich ja nur um Strecken von mittelmäßiger Länge handelte, konnte man noch mit der Ankunft der Züge zu der fahrplanmäßigen Zeit rechnen; die Züge aber, die drei Tage brauchten, um Indien, oder sieben Tage, um die Vereinigten Staaten zu durchqueren, konnten unmöglich die festgesetzte Zeit einhalten; denn es war immer mit Entgleisungen, Zusammenstößen und Unbilden der Jahreszeit zu rechnen. War nicht wirklich alles gegen Phileas Fogg? Würde er im Winter auf den Dampfschiffen nicht auch Stürmen und Nebeln auf Gnade und Ungnade ausgesetzt sein? War es denn eine so große Seltenheit, dass die besten Paketdampfer der transatlantischen Schifffahrtsgesellschaften Verzögerungen von zwei bis drei Tagen erlitten? Es genügte aber schon eine einzige Verspätung, um die Kette der Verbindungsmittel auf eine nicht wieder gutzumachende Weise zu zerreißen. Verpasste Phileas Fogg, wenn auch nur um eine paar Stunden, den Abgang eines Schiffes, so würde er gezwungen sein, auf das nächste zu warten, und schon wäre seine ganze Reise gescheitert.

Der Aufsatz erregte großes Aufsehen. Fast sämtliche Zeitungen druckten ihn ab und Phileas Foggs Aktien erlitten einen bedenklichen Rückgang.

In den ersten Tagen nach seiner Abreise wurden bedeutende Wetten über das Schicksal seines Unternehmens abgeschlossen. Es ist bekannt, was Wetten in England bedeuten, und dass zu der Gesellschaft, die diesem Sport huldigt, die intelligentesten und vornehmsten Leute gehören. Es wurde nicht nur von den verschiedenen Mitgliedern des Reformklubs für oder wider Phileas Fogg gewettet, sondern die ganze städtische Bevölkerung nahm daran teil. Man setzte auf ihn wie auf ein Rennpferd. Auch zum Börsenobjekt wurde er gemacht. Phileas Fogg wurde »gefragt«, Phileas Foggs Wette wurde als Wertpapier angeboten, und ganz ungeheure Geschäfte wurden auf seinen Namen abgeschlossen. Aber fünf Tage nach der Abreise, als der betreffende Aufsatz im »Bericht der Königlichen Geografischen Gesellschaft« erschienen war, fingen Angebot und Nachfrage an, flau zu werden. Das Objekt Phileas Fogg sank. Man bot es bündelweise an. Erst ging es noch fünffach, dann zehnfach ab; später aber nahm man es bloß noch zwanzig-, fünfzig- und hundertfach!

Ein einziger Parteigänger blieb ihm treu. Das war der alte, vom Schlag gelähmte Lord Albemarle. Dieser würdige, an seinen

Sessel gefesselte Gentleman hätte sein ganzes Vermögen für eine Reise um die Erde hingegeben, und wenn sie auch zehn Jahre gedauert hätte. 4000 Pfund setzte er auf Phileas Fogg. Obgleich man ihm außer der Dummheit auch die Nutzlosigkeit des Unternehmens auseinander setzte, so hatte er immer nur die einzige Antwort darauf: »Wenn sich die Sache machen lässt, so ist es gut, dass ein Engländer der Erste ist, der sie macht!«

Das änderte nun aber nichts an der Tatsache, dass Phileas Foggs Anhänger immer spärlicher wurden. Jedermann wurde ihm gram, und zwar nicht ohne Grund; man wollte ihn nur noch zweihundertfach nehmen. Da ereignete sich am siebenten Tag nach seiner Abfahrt ein Zwischenfall, der ganz England völlig unerwartet kam und dem zufolge man von einem Finanzobjekt Phileas Fogg gar nichts mehr hören oder sehen wollte.

An diesem Tag nämlich, um neun Uhr abends, hatte der Londoner Polizeidirektor eine telegrafische Nachricht folgenden Inhalts bekommen:

LINIE SUEZ – LONDON

ROWAN POLIZEIDIREKTOR KRIMINALABTEILUNG SCOTLAND YARD

BANKDIEB PHILEAS FOGG WIRD VON MIR GEJAGT STOPP

SENDET OHNE AUFSCHUB

HAFTBEFEHL NACH BOMBAY (BRITISCH-INDIEN)

DETEKTIV FIX

Die Wirkung dieser Nachricht kam einer Bombe gleich. Der ehrenwerte Herr verschwand, um dem Banknotendieb den Platz einzuräumen. Seine im Album des Reformklubs befindliche Fotografie wurde studiert. Sie stimmte Zug um Zug mit der Personenbeschreibung des Menschen überein, in dem man den Verbrecher vermutete. Man rief sich ins Gedächtnis, dass Phileas Fogg immer ein höchst geheimnisvolles Leben geführt und dass er sich stets von allen abgeschlossen hatte – dazu kam seine plötzliche Abreise; kurz, es schien offenbar, dass dieser Mensch – unter dem Vorwand, eine Reise um die Erde zu machen, und hinter dem Abschluss einer hirnverbrannten Wette – keine andere Absicht verfolgt hatte, als die Beamten der englischen Polizei auf eine falsche Fährte zu locken.

6. *Fix ist mit Recht ungeduldig*

Wie es sich gefügt hatte, dass die Mitteilung, besagten Herrn Phileas Fogg betreffend, abgeschickt wurde, wird man aus den nachstehenden Zeilen ersehen: Am Mittwoch, dem 9. Oktober, wurde in Suez seit zehn Uhr morgens auf die Ankunft des Frachtschiffes ›Mongolia‹ von der Ostindischen Handelsgesellschaft gewartet. Die ›Mongolia‹ war ein Schraubendampfer, der 2800 Tonnen hatte. Sie fuhr ständig zwischen Brindisi und Bombay die Route durch den Suezkanal und gehörte zu den schnellsten Schiffen der Gesellschaft.

Auf die Einfahrt der ›Mongolia‹ warteten inmitten der Menschenmenge von Eingeborenen und Ausländern zwei Männer, die auf dem Hafenkai unruhig hin und her gingen.

Der eine dieser beiden war der in Suez ansässige britische Konsularagent, der tagtäglich britische Schiffe auf dieser Wasserstraße fahren sah, die den alten Kurs von England nach Indien ums Kap der Guten Hoffnung abkürzte.

Der andere war klein und mager, hatte ein ziemlich gescheites, energisches Gesicht und fiel dadurch auf, dass er mit einer merkwürdigen Ausdauer seine äußerst lebhaften Augen zusammenkniff. Er gab gerade zu erkennen, dass ihn eine hochgradige Unruhe erfüllte. Fortwährend ging er hin und her und war nicht imstande, sich für den Bruchteil einer Sekunde ruhig zu verhalten.

Der Mann hieß Fix und war einer der Detektive, die nach den verschiedenen Hafenplätzen ausgesandt worden waren, als man den Diebstahl in der Bank von England entdeckt hatte. Dieser Herr Fix hatte die Anweisung, alle in Suez Eintreffenden scharf zu beobachten und jeden Verdächtigen bis zur Ankunft eines Haftbefehls zu internieren. Fix besaß vom Londoner Polizeidirektor die Beschreibung des mutmaßlichen Diebes, das auf jene vornehme und wohl angesehene Persönlichkeit passte, die man an der Kasse der Bank von England bemerkt hatte.

Der durch die hohe Prämie, die für die Einlieferung des Diebes ausgesetzt war, offenbar schon stark motivierte Geheimpolizist sah also der Ankunft der ›Mongolia‹ mit einer sehr leicht begreiflichen Ungeduld entgegen.

»Sie sagen also, Herr Konsul«, fragte er mindestens schon zum zehnten Male, »dass das Schiff keine Verspätung haben kann?«

»Nein, Herr Fix«, versetzte der Konsul. »Es ist gestern auf der Höhe von Port Said gemeldet worden und die 160 Kilometer des Kanals zählen bei solch einem Schnelldampfer nicht. Ich sage Ihnen, die ›Mongolia‹ hat immer die Prämie von 25 Pfund eingeheimst, die von der Regierung für die Herabsetzung der normalen Fahrzeit von 80 Stunden ausgezahlt wird.«

»Das Schiff kommt direkt von Brindisi?«, fragte Fix.

»Jawohl, direkt von Brindisi, wo es die ostindische Post an Bord genommen hat. Es ist am Sonnabend um 5 Uhr nachmittags von dort abgefahren. Gedulden Sie sich also! Es kann gar keine Verspätung haben. – Aber wie Sie mit der Beschreibung, die Sie besitzen, Ihren Mann erkennen wollen, wenn er an Bord der ›Mongolia‹ ist, das weiß ich allerdings nicht!«

»Verehrter Herr Konsul«, gab Fix zur Antwort, »solche Personen wittert man mehr, als dass man sie erkennt. Witterung muss man besitzen; Witterung ist ein besonderer Sinn, zu dem sich Gehör, Gesicht und Geruch zusammenfinden. Ich habe in meinem Leben mehr als einen solchen Herren verhaftet, und wenn mein Spitzbube sich an Bord befinden sollte, können Sie Gift darauf nehmen, dass er mir nicht durch die Finger gleitet!«

»Ich wünsche es Ihnen, Herr Fix, denn es handelt sich ja um einen ganz ansehnlichen Diebstahl.«

»Um einen großartigen Diebstahl«, gab der in Begeisterung geratene Detektiv zur Antwort. »Um 55 000 Pfund! Solche Objekte bekommen wir nicht oft unter die Hände!«

»Lieber Herr Fix«, antwortete der Konsul, »Sie reden auf eine Weise, dass ich Ihnen tatsächlich von Herzen Glück zu Ihrem Beginnen wünsche. Aber ich sage Ihnen: So wie Sie dem Fall gegenüberstehen, wird es Ihnen, wie ich fürchte, schwer werden, Ihre Absicht zu erreichen. Lassen Sie bitte nicht außer Acht, dass nach der Beschreibung, die Sie bekommen haben, dieser Spitzbube unbedingt Ähnlichkeit mit einem anständigen Menschen hat.«

»Verehrter Herr Konsul«, erwiderte der Polizeikommissar, »die großen Spitzbuben sehen immer wie anständige Menschen aus. Sie begreifen doch wohl, dass Leuten, die ein Halunkengesicht haben, gar nichts anderes übrig bleibt, als die Maske des anständigen Menschen anzulegen, wenn sie uns nicht ohne weiteres in die Hände fallen wollen. Demnach sind gerade diese anständigen Physiognomien immer diejenigen, die von uns in erster Linie kontrolliert werden. Ein schwieriges Stück Arbeit, wie ich gern zugebe, bei dem von Handwerk keine Rede mehr sein kann, sondern bloß von Kunst.«

Wie man sieht, fehlte es Herrn Fix durchaus nicht an einer gewissen Dosis Selbstbewusstsein!

Unterdessen wurde es auf dem Kai nach und nach lebendig. Seemänner verschiedener Nationalität, Kaufleute, Makler, Lastträger und Fellachen strömten herbei. Anscheinend stand die Einfahrt des Frachtdampfers unmittelbar bevor.

Es war ziemlich schönes Wetter, aber kalt, da der Wind von Osten kam. Ein paar Moscheentürme zeigten über der Stadt ihre Umrisse, beleuchtet von den bleichen Strahlen der Sonne. Nach Süden zu reckte sich wie ein Darm ein Damm von zwei Metern Länge nach der Reede von Suez. Auf dem Roten Meer schaukelten verschiedene Fischer- und Lotsenboote, von denen einige noch das elegante Bugspriet der Galeeren des Altertums aufwiesen.

Mitten in der Menschenmenge auf und ab spazierend, prüfte Fix, seiner Gewohnheit gemäß, mit raschem Blick jeden, der an ihm vorüberging.

Es war jetzt halb elf geworden.

»Aber das Schiff kommt ja gar nicht!«, rief er, als die Hafenuhr schlug.

»Sehr weit entfernt kann es nicht mehr sein«, antwortete der Konsul.

»Wie lange bleibt es in Suez vor Anker?«

»Vier Stunden. So lange, wie es braucht, um Kohlen zu bunkern. Von Suez bis Aden rechnet man 1300 englische Meilen. In dieser Zeit verbrennt schon was.«

»Und von Suez geht das Schiff direkt nach Bombay.«

»Direkt, ohne jede Unterbrechung.«

»Hm«, machte Fix, »wenn der Dieb diese Route eingeschlagen hat und auf diesem Schiff fährt, muss es in seinem Interesse liegen, sich in Suez umzuschiffen, damit er auf einem anderen Weg die holländischen oder französischen Besitzungen in Asien erreichen kann. Dass er in Indien, einem britischen Kronland, nicht sicher sein würde, muss er doch wissen.«

»Wenigstens, wenn er kein ganz schwerer Junge ist«, bemerkte der Konsul. »Sie wissen doch, ein englischer Verbrecher hält sich in London sicherer verborgen als im Ausland.«

Nach dieser Äußerung, die dem Detektiv sehr viel zu denken gab, suchte der Konsul seine Kontore auf, die in geringer Entfernung vom Hafenplatz lagen. Fix blieb allein, von nervöser Ungeduld befallen, die jenem seltsamen Gefühl entsprang, dass sich sein Mann an Bord der ›Mongolia‹ befinden müsse. Hatte dieser Gauner tatsächlich England in der Absicht verlassen, die Neue Welt zu erreichen, so musste er unbedingt der Route nach Indien den Vorzug gegeben haben, da sie weniger scharf kontrolliert wurde als die Route über den Atlantischen Ozean.

Fix konnte sich seinen Gedanken nicht lang hingeben. Scharfe Pfiffe verkündeten die Ankunft des Dampfers. Die ganze Schar von Lastträgern und Fellachen stürzte sich in einer Weise auf den Kai, die für die Gliedmaßen und Kleidungsstücke der Passagiere nichts Gutes ahnen ließ. Ein Dutzend Kähne ließen vom Ufer ab und steuerten auf die ›Mongolia‹ zu.

Bald kam der riesenhafte Steven der ›Mongolia‹ in Sicht, die jetzt zwischen den Ufern des Kanals entlangfuhr; und gegen elf Uhr legte der Dampfer an der Reede an.

Es waren ziemlich viele Passagiere an Bord. Manche blieben auf Deck, um das malerische Panorama zu betrachten, das die Stadt den Blicken bot. Die größere Zahl schiffte sich jedoch in die Boote ein, die der ›Mongolia‹ entgegengefahren waren.

Fix musterte jeden gründlich, der den Fuß an Land setzte.

Nachdem einer der Passagiere mit kräftigem Ruck die Fellachen von sich geschleudert hatte, die ihn mit ihren Dienstleistungen bestürmten, trat er auf Fix zu und richtete äußerst höflich die Frage an ihn, ob er ihm den Weg zu den Kontoren des englischen Konsularagenten zeigen könne. Zur gleichen Zeit hielt ihm der Mann einen Pass vor die Augen, den er zweifelsohne auf dem Konsularamt visieren lassen wollte.

Fix nahm den Pass instinktiv in die Hand und überlas mit einem raschen Blick das in ihm verzeichnete Signalement.

Eine unwillkürliche Bewegung ließ das Blatt in seiner Hand erzittern – das in dem Pass verzeichnete Signalement entsprach vollkommen demjenigen, das ihm vom Londoner Polizeidirektor übermittelt worden war.

»Der Pass gehört nicht Ihnen?«, fragte er den Passagier.

»Nein, meinem Herrn.«

»Und wo ist Ihr Herr?«

»An Bord.«

»Aber zur Feststellung seiner Person muss sich Ihr Herr doch persönlich im Konsulat einfinden.«

»So … ist das notwendig?«

»Es ist unerlässlich.«

»Und wo befindet sich das Konsulat?«

»Dort auf dem Platz«, erwiderte der Kommissar, indem er mit der Hand auf ein zweihundert Schritt entferntes Haus wies.

»Dann muss ich meinen Herrn holen; es wird ihm aber sehr unlieb sein, deshalb gestört zu werden.«

Der Passagier verneigte sich hierauf vor Herrn Fix und kehrte an Bord des Dampfers zurück.

7. Der Pass ist in Ordnung

Der Polizeikommissar begab sich schnellstens zum Konsulatsgebäude. Auf sein dringendes Begehren wurde er dort sogleich vor den Würdenträger Großbritanniens geführt.

»Verehrter Herr Konsul«, schoss er ohne weiteres los, »ich habe allen Grund zu der Annahme, dass sich unser Mann an Bord der ›Mongolia‹ befindet.

Fix erzählte nun, was sich zwischen jenem Mann und ihm betreffs des Passes abgespielt hatte.

»Nun, mein lieber Herr Fix«, antwortete der Konsul, »es würde mich ja gar nicht verdrießen, diesem Halunken in die Augen zu sehen. Aber wenn es sich so verhält, wie Sie mutmaßen, wird er sich vielleicht gar nicht in meinem Büro sehen lassen. Ein Spitzbube liebt es nicht, Spuren zu hinterlassen, und außerdem ist das Visum lediglich eine Formalität, die gar nicht obligatorisch ist.«

»Verehrter Herr Konsul«, erwiderte Fix, »wenn wir es, wie man doch annehmen muss, mit einem schweren Jungen zu tun haben, dann wird er kommen!«

»Um seinen Pass visieren zu lassen?«

»Ja! Pässe dienen immer nur dazu, den rechtlichen Menschen zu schikanieren und die Flucht der Gauner zu begünstigen. Ich behaupte, dass der Pass, von dem wir reden, in Ordnung sein wird; aber ich hoffe doch, dass Sie ihm das Visum verweigern werden!«

»Warum denn? Wenn der Pass in Ordnung ist«, antwortete der Konsul, »habe ich kein Recht, das Visum zu verweigern.«

»Aber, verehrter Herr Konsul! Ich muss den Menschen doch wohl oder übel hier festhalten, bis ich von London einen Haftbefehl bekommen habe.«

»Ach so!«, antwortete der Konsul. »Nun, Herr Fix, das ist Ihre Sache! Was mich betrifft, so bin ich außerstande ...«

Der Konsul vollendete den Satz nicht; denn in diesem Augenblick wurde an die Tür geklopft, und sein Bürodiener führte zwei fremde Herren herein, von denen der eine der Mann war, mit dem sich der Geheimpolizist vorher unterhalten hatte.

In der Tat waren es Herr Fogg und Passepartout. Der Herr zeigte seinen Pass vor und verknüpfte damit das lakonische Ersuchen, der Konsul möge ihm den Pass visieren.

Der Konsul nahm den Pass entgegen und las ihn aufmerksam durch, während Fix aus einem Winkel des Zimmers den Fremden beobachtete oder vielmehr mit den Augen verschlang.

Als der Konsul fertig war, fragte er: »Sie sind Herr Phileas Fogg?«

»Jawohl, mein Herr.«

»Und jener Mann dort ist Ihr Diener?«

»Jawohl, Franzose von Geburt, mit Namen Passepartout.«

»Sie kommen aus London?«

»Jawohl.«

»Und wohin reisen Sie?«

»Nach Bombay.«

»Gut, mein Herr. Es ist Ihnen wohl bekannt, dass die Formalität der Visierung unnütz ist und dass wir lediglich den Vorweis des Passes zu fordern haben.«

»Das weiß ich, Herr Konsul«, antwortete Phileas Fogg. »Nichtsdestoweniger wünsche ich, meiner Reise über Suez die amtliche Bestätigung durch Ihr Visum verliehen zu sehen.«

»Meinetwegen!«

Der Konsul unterzeichnete den Pass, versah ihn mit dem Tagesstempel und dann mit dem amtlichen Siegel. Herr Fogg überzeugte sich von der Richtigkeit des Visums, verneigte sich kühl und verließ das Büro, gefolgt von seinem Diener.

»Nun«, fragte der Kommissar, »was meinen Sie?«

»Ich meine«, erwiderte der Konsul, »dass der Mann vom Scheitel bis zur Sohle wie ein rechtschaffener, ehrlicher Mensch aussieht.«

»Mag sein«, antwortete Fix, »aber darum handelt es sich hier nicht. Finden Sie nicht auch, Herr Konsul, dass dieser phlegmatische Mensch Zug für Zug dem Spitzbuben ähnlich sieht, dessen Signalement ich bekommen habe?«

»Das will ich schon zugeben, aber wie Sie wissen, sind alle Signalements …«

»Ich will mir Klarheit verschaffen«, antwortete Fix. »Der Lakai scheint mir weniger zugeknöpft zu sein als sein Herr. Obendrein ist er Franzose, und als solcher wird er die Zunge wohl nicht zu sehr im Zaum halten können. Auf Wiedersehen, verehrter Herr Konsul!« Mit diesen Worten trat der Kommissar auf die Straße, um Passepartout zu suchen.

Unterdessen hatte sich Herr Fogg vom Konsulat aus zum Kai begeben. Er erteilte seinem Diener einige Anweisungen, bestieg dann eines der Hafenboote, fuhr an Bord der ›Mongolia‹ zurück und setzte sich wieder in seine Kabine. Dort nahm er sein Notizbuch aus der Tasche, das die folgenden Vermerke enthielt:

London: Abreise Mittwoch, 2. Oktober, acht Uhr 45 Minuten abends.

Paris: Ankunft Donnerstag, 3. Oktober, sieben Uhr 20 Minuten vormittags.

Turin: Ankunft durch Mont-Cenis-Tunnel Freitag, 4. Oktober, sechs Uhr 35 Minuten vormittags.

Turin: Abfahrt Freitag, sieben Uhr 20 Minuten vormittags.

Brindisi: Ankunft Sonnabend, 5. Oktober, vier Uhr nachmittags.

Einschiffung auf der ›Mongolia‹: Sonnabend fünf Uhr nachmittags.

Ankunft in Suez: Mittwoch, 9. Oktober, elf Uhr vormittags.

Herr Fogg hatte diese Daten in einem Reisetagebuch verzeichnet, das in Spalten eingeteilt war und vom 2. Oktober bis zum 21. Dezember außer den Stationen Paris, Brindisi, Suez, Bombay, Kalkutta, Singapur, Hongkong, Yokohama, San Francisco, New York, Liverpool und London den Monat, die Woche, den Tag, die Ankunftszeit nach dem Fahrplan und wie sie tatsächlich erfolgt war, enthielt.

Dieses praktische Reisetagebuch gab also über alles genau Rechenschaft, und Herr Fogg wusste immer, ob er im Vorteil oder im Nachteil mit seiner Zeit war.

An diesem Tag, Mittwoch, den 9. Oktober, hatte er also seine Ankunft in Suez verbucht, die mit der fahrplanmäßigen Zeit übereinstimmte und für ihn demnach weder einen Gewinn noch einen Verlust bedeutete.

Dann ließ er sich das Frühstück in seine Kabine bringen. Die Stadt zu besichtigen, fiel ihm nicht ein; denn er gehörte zu jenen Engländern, die das Land, das sie bereisen, durch ihren Diener in Augenschein nehmen lassen.

8. Passepartout redet etwas zu viel

Fix hatte Passepartout, der umherspazierte und sich die Stadt ansah, binnen weniger Augenblicke eingeholt.

»Nun, lieber Freund«, sprach Fix ihn an, »ist Ihr Pass schon visiert?«

»Ach, Sie sind's?«, antwortete der Franzose. »Sehr zu Dank verpflichtet. Wir sind vollkommen im Reinen.«

»Und nun sehen Sie sich Land und Leute ein bisschen an?«

»Jawohl! Aber wir fahren so geschwind, dass es mir zumute ist, als reise ich im Traum. Also in Suez sind wir zurzeit?«

»Jawohl, in Suez!«

»In Ägypten?«

»Sehr richtig, in Ägypten.«

»Also in Afrika?«

»Jawohl, in Afrika.«

»In Afrika!«, wiederholte Passepartout. »Daran kann ich gar nicht glauben. Stellen Sie sich vor, mein Herr, ich lebte in dem Wahn, die Reise werde nicht weiter als bis nach Paris gehen; und nun habe ich diese berühmte Stadt nur von sieben Uhr 20 bis acht Uhr 40 vormittags wieder gesehen, und zwar auf der Strecke zwischen dem Nordbahnhof und dem Lyoner Bahnhof, und außerdem nur durch die Fensterscheiben einer Droschke bei klatschendem Regen! Das tut mir in der Seele weh! Ich hätte so gern den Louvre besucht und wäre auch gern wieder mal in den Zirkus auf den Champs-Élysées gegangen!«

»Sie haben es also recht eilig?«, fragte der Polizeikommissar.

»Ganz und gar nicht, mein Herr. Ach, da fällt mir ein, ich muss ja Socken und Hemden einkaufen! Wir sind nämlich ohne Koffer abgereist, bloß mit einem Reisesack ausgestattet.«

»Ich will Sie zu einem Basar führen, wo Sie alles Nötige finden werden.«

»Sie sind wirklich allzu liebenswürdig, mein Herr«, antwortete Passepartout. Dann machten sie sich gemeinsam auf den Weg und Passepartout schwatzte in einem fort.

»Dass ich bloß die Abfahrt nicht verpasse!«

»Sie haben Zeit«, antwortete Fix, »denn es ist kaum erst Mittag.«

Passepartout zog seine mächtige Uhr aus der Tasche.

»Mittag?«, sagte er. »Ach, reden Sie doch nicht. Es ist acht Minuten vor zehn Uhr!«

»Ihre Uhr geht nach!«, antwortete Fix.

»Meine Uhr soll nachgehen? Dieses Erbstück meiner Familie, das noch von meinem Urgroßvater stammt? Sie differiert um keine fünf Minuten im ganzen Jahr. Die Uhr ist ja das richtige Chronometer!«

»Ich merke schon, woran es liegt«, erklärte Fix. »Sie haben noch Londoner Zeit, die um ungefähr zwei Stunden mit Suez differiert. Sie müssen doch Ihre Uhr in jedem Land nach der Mittagszeit richten.«

»Ich, meine Uhr umstellen?«, rief Passepartout. »Niemals!«

»Nun, dann wird sie eben nicht mehr mit der Sonne im Einklang stehen.«

»Umso schlimmer für die Sonne, mein Herr; denn sie wird allemal im Unrecht sein!«

Und mit einer majestätischen Gebärde schob der brave Bursche seine Uhr in die Westentasche. Kurz darauf fragte ihn Fix:

»Sie sind also schleunigst aus London abgereist?«

»Das kann man wohl sagen! Vorigen Mittwoch kam Herr Fogg, seinen Gewohnheiten zuwider, um acht Uhr abends aus seinem Klub nach Hause und drei viertel Stunden später waren wir schon unterwegs.«

»Wohin reist denn Ihr Herr?«

»Immer geradeaus! Um die Erde!«

»Um die Erde?«, schrie Fix.

»Jawohl, in 80 Tagen! Eine Wette, behauptet er, aber unter uns gesagt, ich glaube nicht recht daran. Das hätte ja gar keinen Sinn. Die Sache hängt anders zusammen.«

»Ach, also wohl ein Original, der Herr Fogg?«

»Glaube, ja!«

»Ist wohl sehr reich?«

»Allem Anschein nach! Jedenfalls schleppt er eine stattliche Summe in Banknoten mit und vom Geldsparen unterwegs kann keine Rede sein. Hören Sie bloß: Er hat dem Maschinenführer der ›Mongolia‹ eine großartige Prämie zugesichert, wenn wir mit einem beträchtlichen Vorsprung in Bombay anlegen.«

»Sie kennen Ihren Herrn schon lange?«

»Aber nein«, versetzte Passepartout, »ich bin doch erst am Tag unserer Abreise bei ihm eingetreten!«

Man wird sich den Eindruck leicht vorstellen können, den diese Antworten auf das schon überreizte Hirn des Polizeikommissars ausüben mussten.

Diese beschleunigte Abreise aus London, und zwar kurze Zeit nach dem Diebstahl, die große Summe, die der Herr dieses Dieners mitschleppte, die Eile, in weitab gelegene Länder zu gelangen, der Vorwand einer verrückten Wette – dies alles musste Fix in seinen Vorstellungen bekräftigen. Er ließ den Franzosen weiterschwatzen und erlangte die Gewissheit, dass dieser Diener seinen Herrn ganz und gar nicht kannte. Er erfuhr, dass Herr Fogg, abgeschlossen von der Welt, in London lebte und in dem Ruf stand, reich zu sein, ohne dass jemand wusste, woher sein Vermögen stammte, auch dass er ein unnahbarer und undurchdringlicher Mensch sei. Gleichzeitig wurde Fix davon unterrichtet, dass Phileas Fogg sich in Suez nicht ausschiffte, sondern tatsächlich nach Bombay fuhr.

»Ist's weit bis Bombay?«, fragte Passepartout.

»Ziemlich weit«, erwiderte der Detektiv, »vierzehn Tage ungefähr werden Sie noch auf dem Meer zubringen müssen.«

»Und wo liegt Bombay?«

»In Indien.«

»Also Asien?«

»Natürlich.«

»Teufel auch! Was ich Ihnen noch sagen möchte ... eine Sache quält mich scheußlich ... meine Gasflamme!«

»Welche Gasflamme denn?«

»Meine Gasflamme, die ich vergessen habe abzudrehen und die nun auf meine Rechnung zu Hause brennt. Ich habe schon ausgerechnet, dass sie mich 80 Tage lang zwei Schillinge kostet – gerade sechs Pence mehr, als ich verdiene –, und Sie sehen doch ein, dass, je länger die Reise dauert ...«

Ob Fix diese Gasangelegenheit begriff? Das ist kaum anzunehmen. Er hörte nicht mehr zu, sondern fasste einen Entschluss. Der Franzose war mit ihm bis zum Basar gelangt. Dort ließ Fix ihn seine Einkäufe erledigen, legte ihm noch ans Herz, die Abfahrt der ›Mongolia‹ nicht zu vergessen, und begab sich schnellstens zurück zum Konsulat.

Fix war nun restlos überzeugt und hatte seine ganze Kaltblütigkeit wiedergewonnen.

»Verehrter Herr Konsul«, sagte er dort, »für mich ist jeder Zweifel ausgeschlossen. Ich habe meinen Mann. Er spielt sich als exzentrischer Mensch auf, der in 80 Tagen eine Reise um die Erde machen will.«

»Also ist es ein böser Schlingel«, versetzte der Konsul, »der die Absicht hat, wieder nach London zurückzukehren, wenn es ihm gelungen ist, alle Polizisten der beiden Kontinente auf eine falsche Fährte zu locken!«

»Nun, das wollen wir doch erst mal sehen«, antwortete Fix.

»Sie irren sich ganz bestimmt nicht?«, fragte der Konsul noch einmal.

»Ich irre mich nicht!«

»Warum hat dieser Spitzbube aber darauf bestanden, dass ihm seine Reise nach Suez durch ein Visum amtlich bestätigt wird?«

»Warum ... das weiß ich allerdings nicht, Herr Konsul«, gab er Detektiv zur Antwort, »aber hören Sie bitte, was ich sage ...«

Mit wenigen Worten erzählte er nun das Wichtigste von dem, was er soeben gehört hatte.

»Allerdings sprechen alle Vermutungen wider diesen Mann«, sagte der Konsul. »Wie gedenken Sie zu verfahren?«

»Ich telegrafiere nach London, mir unverzüglich einen Haftbefehl nach Bombay zu senden, schiffe mich auf der ›Mongolia‹ ein, bleibe meinem Gauner bis nach Indien auf den Fersen, lasse ihn dort, auf englischem Boden, ganz ruhig landen und nehme ihn dann, mit meinem Haftbefehl in der Hand, am Schlafittchen.«

Nach diesen mit kaltem Vorbedacht gesprochenen Worten verabschiedete sich der Polizist von dem Konsul und begab sich nach dem Telegrafenbüro. Dort drahtete er an den Londoner Polizeidirektor jene dem Leser bekannte Nachricht.

Eine Viertelstunde später schiffte sich Fix, mit seinem leichten Reisegepäck in der Hand, an Bord der ›Mongolia‹ ein. Bald darauf durchquerte der Dampfer mit Volldampf die Fluten des Roten Meeres.

9. *Vom Roten Meer zum Indischen Ozean*

Die Entfernung zwischen Suez und Aden beträgt 1310 Meilen und das Logbuch der Dampfschifffahrtsgesellschaft räumt dem Frachtdampfer 138 Stunden zur Durchquerung dieser Strecke ein. Die ›Mongolia‹ fuhr mit gesteigertem Dampf; ihr Maschinist wollte sich die von Herrn Phileas Fogg ausgesetzte Prämie dadurch verdienen, dass er vor der fahrplanmäßigen Ankunft in den Hafen von Bombay einlief.

Unter den Passagieren der ›Mongolia‹ befanden sich verschiedene militärische Würdenträger der britischen Armee, von denen einige den Eingeborenentruppen zugeteilt waren. Alle hatten hohe Einkünfte, die sich auch dadurch nicht verringerten, dass die Regierung alle Rechte und Pflichten der alten Ostindischen Handelsgesellschaft selbst übernommen hatte.

Man lebte also an Bord der ›Mongolia‹ in dieser Gesellschaft ganz famos, zumal sich verschiedene junge Engländer zugesellten, die sich mit ihren Millionen in der Tasche in Indien als Kaufleute niederzulassen gedachten. Der Proviantoffizier, als Vertrauensmann der Schifffahrtsgesellschaft und an Bord dem Schiffskapitän im Rang gleichgestellt, führte sein Amt großartig aus. Beim Dejeuner frühmorgens, beim Lunch um zwei Uhr, beim Dinner um halb sechs Uhr und beim Souper um acht Uhr bogen sich die Tafeln förmlich unter den Schüsseln mit frischem Fleisch und den vielen Zwischenspeisen. Die Damen erschienen zweimal am Tage in neuer Toilette. Es wurde musiziert und sogar getanzt, wenn es das Meer erlaubte.

Das Rote Meer ist aber voller Launen und Tücken und nur

allzu oft sehr ungastlich. Wenn der Wind von der asiatischen oder der afrikanischen Küste blies, schlingerte die ›Mongolia‹, ungeachtet aller Hindernisse, ohne Verspätung in der Meerenge von Bab el-Mandeb ein.

Was trieb nun Phileas Fogg in dieser ganzen Zeit?

Es läge nahe, anzunehmen, dass er, ständig von Angst und Unruhe verfolgt, für nichts weiter Sinn gehabt hätte als für den Wechsel gefahrvoller, die Fahrgeschwindigkeit beeinträchtigender Winde, für Störungen im Maschinenwerk oder für andere Zwischenfälle, wodurch die ›Mongolia‹ gezwungen werden könnte, einen Hafen anzulaufen, und seine ganze Weltreise infrage gestellt wäre.

Anzumerken war dem eigentümlichen Herrn jedenfalls nichts, wenn ihn solche Gedanken tatsächlich beschäftigten. Er zeigte sich immer als jenes Nonplusultra von Gleichgültigkeit, als jenes unnahbare und undurchdringliche Mitglied des Reformklubs, das sich durch nichts überraschen ließ. Es schien, als sei er ebenso wenig zu erschüttern und zu beeinflussen wie die an Bord befindlichen Chronometer. Er zeigte sich nur höchst selten auf Deck. Er scherte sich sehr wenig darum, dieses Rote Meer, den Schauplatz der ersten geschichtlichen Vorgänge des Menschengeschlechts, zu betrachten. Es fiel ihm nicht ein, sich mit den merkwürdigen Städten zu befassen, die an seinen Ufern erbaut waren und deren malerische Schattenrisse sich hin und wieder am Horizont abhoben. Er ahnte nichts von den Gefahren des Arabischen Meerbusens, über den die Geschichtsschreiber des Altertums mit Grauen berichten und auf den sich kein Schiffer jemals wagte, ohne für sein Seelenheil zuvor die äußerste Fürsorge getroffen zu haben.

Womit beschäftigte sich nun dieser in der ›Mongolia‹ gleichsam gefangen sitzende eigenartige Mensch? Vor allem nahm er seine vier Mahlzeiten im Laufe des Tages ein, ohne sich von dem Schlingern des Schiffes oder dem Getöse der Schiffsmaschinen auch nur im Geringsten erschüttern zu lassen. Sodann spielte er Whist. Er hatte Mitspieler gefunden, die ebenso erpicht auf dieses Spiel des Schweigens waren wie er: einen Steuereinnehmer, der sich nach Goa auf seinen Posten begab, ferner einen Geistlichen, der auf der Rückfahrt nach Bombay begriffen war, und einen Brigadegeneral der britischen Armee, der zu seinem Truppenteil nach Benares zurückkehrte. Diese drei Passagiere hatten, wie gesagt, für das Whistspiel dieselbe Leidenschaft wie Phileas Fogg – sie spielten stundenlang.

Was nun Passepartout betrifft, so bewohnte er eine Kabine im Vorderdeck. Die Seekrankheit hatte ihn verschont und er konnte seine Mahlzeiten mit größter Gewissenhaftigkeit zu sich nehmen. Übrigens missfiel ihm solche Art zu reisen ganz und gar nicht. Er fand sich sehr gut mit ihr ab. Er hatte sein Essen, sein bequemes Quartier, sah Länder und Leute und wiegte sich im Übrigen in der Hoffnung, dass diese ganze Sache in Bombay ein Ende finden werde.

Nach der Abfahrt von Suez geschah es, dass er auf Deck mit der freundlichen Person zusammentraf, bei der er sich vor kurzem nach dem britischen Konsulat erkundigt hatte.

»Ich irre mich also nicht«, redete er Fix mit seinem liebenswürdigsten Lächeln an, »Sie sind es also wirklich, verehrter Herr? Derselbe gütige Herr, der mir in Suez so bereitwillig als Führer gedient hatte?«

»Allerdings«, antwortete der Detektiv, »der bin ich; auch ich erkenne Sie wieder! Sie sind der Diener jenes englischen Sonderlings …«

»Stimmt, mein Herr! Ihr Name ...?«

»Fix.«

»Herr Fix«, antwortete Passepartout, »ich bin entzückt, Sie an Bord wieder zu treffen. Aber wohin reisen Sie denn?«

»Nach Bombay!«

»Das trifft sich ja immer besser! Haben Sie diese Tour schon einmal gemacht?«

»Schon hundertmal«, versetzte Fix. »Ich bin ja Agent der Ostindischen Handelsgesellschaft.«

»Also kennen Sie Indien?«

»Versteht sich!«, antwortete Fix, der sich aber nicht allzu weit vorwagen mochte.

»Wohl ein recht merkwürdiges Land, dieses Indien?«

»Äußerst merkwürdig! Moscheen, Tempel, Fakire, Pagoden, Tiger, Schlangen! Aber Sie haben hoffentlich Zeit, sich Land und Leute anzusehen?«

»Hoffentlich, Herr Fix. Sie begreifen doch, dass es für einen Menschen mit gesundem Verstand durchaus kein Vergnügen ist, aus einem Dampfer in eine Eisenbahn und aus der Eisenbahn in einen Dampfer zu springen, unter dem Vorwand, die Reise um die Erde in 80 Tagen machen zu müssen! Nein! Diese ganze Turnübung wird in Bombay beendet sein, wie wir gar nicht zu bezweifeln brauchen.«

»Herr Fogg befindet sich doch wohl?«, fragte Fix im natürlichsten Tone, dessen er fähig war.

»Ganz ausgezeichnet sogar, Herr Fix! Mir fehlt übrigens auch nichts. Ich esse für zwei. Das macht die Meeresluft.«

»Aber man sieht ja Ihren Herrn niemals auf Deck?«

»Neugierig ist er nun mal nicht.«

»Wissen Sie, Herr Passepartout, hinter dieser vorgeschobenen Reise in 80 Tagen könnte doch am Ende irgendeine geheime Mission stecken, vielleicht diplomatischer Natur?«

»Meiner Treu, Herr Fix, von dergleichen weiß ich rein gar nichts, wie ich Ihnen offen gestehe! Im Grunde gäbe ich auch keinen Penny dafür, um es zu erfahren.«

Seit dieser Befragung fanden sich Passepartout und Fix öfter zu einem Plauderstündchen zusammen. Dem Detektiv lag daran, sich mit Herrn Foggs Diener gut zu stehen. Hieraus konnte er gelegentlich viel profitieren. Er spendierte ihm deshalb einige Male ein paar Whisky oder ein Gläschen Doppelbier, was Passepartout ohne Umstände annahm und, um sich nicht ausstechen zu lassen, auch manchmal erwiderte. Natürlich ergab sich, dass Passepartout in diesem Herrn Fix einen sehr netten und gemütlichen Gefährten erblickte.

Unterdessen dampfte das Schiff mit unheimlicher Geschwindigkeit weiter. Am 13. kam Mokka in Sicht, umgeben von einem Gürtel zerfallener Mauern, hinter denen einige Dattelbäume wuchsen. In der Ferne dehnten sich, von Gebirge umschlossen, riesige Kaffeeplantagen aus. Passepartout war entzückt über den Anblick dieser berühmten Stadt und meinte sogar, dass sie mit ihren kreisförmigen Mauern und dem zerstörten Fort, das einem Henkel nicht unähnlich sah, einer riesigen Kaffeetasse gliche.

In der Nacht passierte die ›Mongolia‹ die Meerenge von Bab el-Mandeb – was auf Deutsch »Tränentor« bedeutet – und am anderen Vormittag, dem 14. Oktober, ging sie auf der nordwestlichen Reede von Aden vor Anker. Dort musste sie ihren Kohlenvorrat ergänzen.

Die ›Mongolia‹ hatte noch 1650 Meilen bis Bombay zurückzulegen und musste vier Stunden vor Anker liegen, ehe sie ihren Bedarf an Kohlen gedeckt hatte.

Dieser Aufenthalt konnte jedoch dem Programm Herrn Foggs in keiner Weise schaden. Er war ja vorgesehen! Übrigens war die ›Mongolia‹ anstatt am 15. schon am 14. Oktober in Aden vor Anker gegangen, hatte also 15 Stunden Vorsprung.

Herr Fogg begab sich mit seinem Diener an Land, da er seinen Pass visieren lassen wollte. Fix folgte ihm, ohne bemerkt zu werden. Sobald die Formalität des Visierens beendet war, ging Phileas Fogg wieder an Bord, um die unterbrochene Partie Whist weiterzuspielen.

Passepartout bummelte seiner Gewohnheit gemäß unter der Adener Mischbevölkerung umher, die sich aus Somalis, Banjanen, Parsen, Juden, Arabern und Europäern zusammensetzte. Er bewunderte die Festungswerke, die aus diesem Platz das Gibraltar des Indischen Ozeans gemacht haben, und jene großartigen, einst unter König Salomon erbauten Zisternen an denen noch heute, 2000 Jahre später, englische Ingenieure arbeiten.

»Äußerst bemerkenswert! Äußerst bemerkenswert!«, sprach Passepartout zu sich, als er an Bord zurückkehrte. »Es ist doch nicht so unnütz, zu reisen, wenn man etwas Neues sehen will!«

Um sechs Uhr nachmittags setzte die ›Mongolia‹ ihre Schraubenräder in Bewegung und steuerte alsbald in den Indischen Ozean hinaus. Für die Überfahrt von Aden nach Bombay standen 68 Stunden zur Verfügung. Übrigens war der Indische Ozean höchst gnädig gestimmt. Der Wind stand auf Nordwest, die Segel wurden gesetzt und das Schiff schlingerte nicht mehr so stark. Die Damen zeigten sich in frischer Toilette auf Deck und Gesang und Tanz wechselten wieder einander ab. Die Reise vollzog sich also unter den besten Bedingungen. Passepartout war entzückt über den liebenswürdigen Gefährten, den ihm der Zufall beschert hatte.

Am Sonntag, dem 20. Oktober, um die Mittagszeit herum, wurde die indische Küste gesichtet. Zwei Stunden später kam der Lotse an Bord der ›Mongolia‹. Der Dampfer fuhr in die Reede, die von den Inseln Salsette und Elefanta gebildet wird, und legte um 5 Uhr am Kai von Bombay an.

Die ›Mongolia‹ sollte eigentlich erst am 22. Oktober in Bombay einlaufen. Also hatte Phileas Fogg seit der Abreise von London einen Vorsprung von 2 Tagen.

Er vermerkte diese Tatsache in der Gewinnspalte seines Reisetagebuchs.

10. *Passepartout verliert Schuhe und Strümpfe*

Ehemals reiste man in Indien mit allerhand altertümlichen Transportmitteln: zu Fuß, zu Pferd, im Karren oder Wagen, in der Sänfte oder auf Menschenrücken. Heute befahren Dampfschiffe den Indus und Ganges und eine Eisenbahn fährt in drei Tagen von Bombay nach Kalkutta.

Um halb fünf Uhr nachmittags waren die Passagiere der ›Mongolia‹ in Bombay an Land gegangen. Der Zug nach Kalkutta fuhr erst um acht Uhr abends ab.

Herr Fogg verabschiedete sich deshalb von seinen Mitspielern, verließ das Schiff, erteilte Passepartout den Auftrag, einiges einzukaufen, empfahl ihm ausdrücklich, vor 8 Uhr auf dem Bahnhof zu sein, und begab sich nach der Passkanzlei.

Es fiel ihm durchaus nicht ein, die Wunderwerke von Bombay zu betrachten, zu denen das Rathaus und die Bibliothek, die Forts und die Docks, der Baumwollmarkt und die Basare, die

Moscheen und die Synagogen, die armenischen Kirchen und die prachtvolle, mit zwei viereckigen Türen geschmückte Pagode auf dem Malabarhügel gehören. Auch konnten ihn weder die Kolossalbauten von Elefanta noch die Hypogäen reizen, auch nicht die Grotten Kanheris auf der Insel Salsette, diese bewundeungswürdigen Überreste der buddhistischen Baukunst.

Phileas Fogg schlenderte von der Passkanzlei seelenruhig zum Bahnhof und ließ sich dort sein Essen vorsetzen. Unter anderen Gerichten glaubte der Hotelbesitzer ihm ein ostindisches Hasenragout empfehlen zu können, von dessen Wohlgeschmack er Wunderdinge berichtete.

Phileas Fogg bestellte eine Portion dieses Ragouts und kostete es gewissenhaft. Trotz der stark gewürzten Soße fand er den Geschmack aber ganz abscheulich.

Er ließ sich den Wirt kommen.

»Das soll also Hase sein, Herr Wirt?«, fragte er und maß ihn dabei mit scharfen Blicken.

»Jawohl, Mylord, Dschungelhase!«

»Und der Hase hat wirklich nicht miaut, als er geschlachtet wurde?«

»Miaut? Aber Mylord, ein Hase! Ich gebe Ihnen die heilige Versicherung ...«

»Herr Wirt«, versetzte Phileas Fogg kühl, »sparen Sie sich Ihre heilige Versicherung und lassen Sie sich Folgendes sagen: Die Katzen wurden in Indien einmal als heilige Tiere angesehen – das war die gute alte Zeit ...«

»Für die Katzen, Mylord?«

»Vielleicht auch für die Reisenden!«

Nach dieser Bemerkung widmete sich Herr Fogg wieder seinem Dinner.

Bald nach Herrn Fogg hatte auch Fix die ›Mongolia‹ verlassen und war auf das Polizeibüro von Bombay geeilt. Er gab sich als Geheimpolizist zu erkennen, der den berüchtigten Urheber des letzten Bankdiebstahls dingfest machen sollte. Er schilderte die Lage, in der er sich dem mutmaßlichen Dieb gegenüber befand, und hoffte, in Bombay schon einen Haftbefehl aus London vorzufinden. Es war aber noch nichts eingetroffen, da der Haftbefehl erst nach der Abreise Herrn Foggs weggeschickt worden war, also auch tatsächlich noch nicht da sein konnte.

Fix war völlig ratlos. Er wollte nun von dem Polizeidirektor einen Haftbefehl haben. Doch der weigerte sich, diesem Ansinnen zu entsprechen. Die Sache ginge nur die Londoner Polizei an und bloß diese könne einen gesetzlich gültigen Haftbefehl erlassen. Diese Prinzipienreiterei, diese strenge Gesetzlichkeit erklärte sich aus den englischen Sitten, die hinsichtlich der persönlichen Freiheit keinen Einspruch duldeten.

Fix beharrte nicht auf seinem Ansinnen und sah ein, dass er sich darein schicken und auf das Eintreffen des Haftbefehls warten musste. Aber er nahm sich fest vor, seinen undurchsichtigen Gauner nicht aus den Augen zu lassen, solange dieser in Bombay weilte. Dass Phileas Fogg in Bombay Station machen würde, daran zweifelte er nicht – und wie der Leser weiß, war dies auch Passepartouts Überzeugung; also bestand noch Aussicht, dass der Haftbefehl rechtzeitig eintreffen konnte.

Aber Passepartout hatte seit den letzten Befehlen seines Herrn, die er ihm beim Verlassen der ›Mongolia‹ erteilt hatte, begreifen gelernt, dass es ihm in Bombay genauso ergehen wird wie in Suez und in Paris, dass die Reise auch hier noch nicht ihr Ende findet, sondern dass sie mindestens noch bis Kalkutta, wenn nicht noch weiter geht.

Er fragte sich bald, ob es mit dieser Wette des Herrn Fogg nicht doch Ernst sei und ob ihn das Schicksal wirklich dazu ausersehen habe – ihn, der sich so sehr nach einem ruhigen Leben sehnte! –, die Reise um die Erde zurückzulegen!

Mittlerweile aber hatte er seine Einkäufe getätigt und flanierte nun in den Straßen von Bombay. Es herrschte dort ein wahres Völkergemisch: Mitten unter Europäern aller Nationen waren Perser mit spitzen Mützen und runden Turbanen, Armenier in langen Gewändern und Parsen mit schwarzer Mitra anzutreffen. Es wurde gerade ein religiöses Fest der Parsen gefeiert, eine Art religiösen Karnevals mit Bittgesängen und weltlichen Zerstreuungen, auf dem auch Tempeltänzerinnen, in rosa Gazegewänder gekleidet, auftraten und nach einer durch Pfeifen und Trommeln hervorgerufenen Musik wunderschöne Tänze darboten.

Zum Unglück aber für ihn und seinen Herrn, dessen ganze Reise er auf diese Weise in Gefahr zu bringen drohte, riss Passepartout seine Neugierde weiter, als es gut war. Nachdem er sich diesen parsischen Karneval angesehen hatte, machte er sich zwar auf den Weg zum Bahnhof, hatte aber, als er an der wunderbaren Pagode auf dem Malabarhügel vorüberkam, den unglücklichen Einfall, sich das Innere dieses Tempels zu betrachten.

Es war ihm jedoch nicht bekannt, dass Christen das Betreten gewisser indischer Pagoden ausdrücklich untersagt ist und dass selbst die Gläubigen den Fuß in keine Pagode setzen dürfen, ohne sich zuvor ihres Schuhzeugs entledigt zu haben. Es muss hier bemerkt werden, dass die englische Regierung die Landesreligion durchaus respektiert und strenge Strafen für jede Verletzung religiöser Bräuche festgesetzt hat.

Passepartout war also, ohne sich etwas Böses zu denken, in

das Innere der Pagode getreten und stand bewundernd vor all der blendenden Flitterpracht brahmanischen Kirchenschmuckes, als er sich plötzlich grob auf die geheiligten Fliesen gestoßen fühlte.

Drei Priester stürzten mit wütenden Blicken über ihn her, rissen ihm Schuhe und Strümpfe von den Beinen und fingen an, ihn unter wildem Geschrei zu verprügeln.

Der kräftige, behände Franzose sprang rasch in die Höhe. Mit einem Faustschlag und einem Fußtritt streckte er zwei seiner Widersacher, die durch ihre langen Gewänder stark behindert waren, zu Boden, rannte, so schnell ihn seine Beine trugen, barfuß hinaus und hatte im Nu den dritten Hindu überholt, der die Absicht hatte, ihm das Volk auf den Leib zu hetzen.

Fünf Minuten vor acht Uhr, wenige Sekunden nur vor der Abfahrt des Zuges, kam Passepartout barfuß, ohne Hut und ohne seine getätigten Einkäufe, die er bei dem Handgemenge im Stich gelassen hatte, auf dem Bahnhof an.

Dort war selbstverständlich auch Fix, der Herrn Fogg bis hierher gefolgt war; als er nun eingesehen hatte, dass der Gauner Bombay zu verlassen gedachte, stand sein Entschluss fest, ihn bis Kalkutta und, wenn es sein musste, noch weiter zu begleiten. Passepartout konnte Fix nicht sehen, denn er stand im Schatten; aber Fix hörte den Bericht des Abenteuers, den Passepartout mit kurzen Worten erstattete.

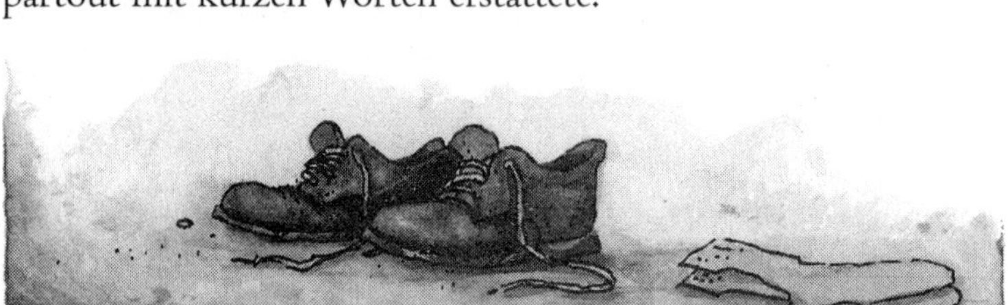

»Hoffentlich passiert dergleichen nicht zum zweiten Male«, begnügte sich Phileas Fogg zu bemerken und nahm in einem Abteil des Zuges Platz.

Der arme Kerl folgte seinem Herrn barfuß und fassungslos, ohne ein Wort zu sagen.

Fix wollte eben in ein anderes Abteil steigen, als ihn ein plötzlicher Einfall zurückhielt. Sofort stieß er seinen Plan um, mit abzureisen.

»Nein! Ich bleibe!«, sprach er zu sich. – »Ein Verbrechen, begangen auf indischem Grund und Boden! Jetzt habe ich meinen Mann!«

11. Phileas Fogg kauft ein Reittier

Der Zug war fahrplanmäßig abgefahren. Unter den Passagieren befanden sich einige Offiziere, bürgerliche Würdenträger, Opium- und Indigohändler, die ihr Geschäft nach dem östlichen Teil der Halbinsel rief.

Passepartout saß in demselben Abteil wie sein Herr. Ein dritter Passagier hatte sich in die gegenüberliegende Ecke gedrückt.

Es war der Brigadegeneral Sir Francis Cromarty, einer von Foggs Whistpartnern auf der Fahrt zwischen Suez und Bombay, der sich zu seinem Truppenteil nach Benares begab.

Sir Francis Cromarty war groß, blond und ungefähr fünfzig Jahre alt; beim letzten Eingeborenenaufstand hatte er sich rühmlich hervorgetan. Seit seiner frühesten Jugend lebte er in Indien und war nur einige Male im Heimatland gewesen. Er war ein wohl unterrichteter Herr, der gern über Sitten und Gebräuche, Geschäfte und Verwaltungen des Landes der Hindus Aufschluss gegeben haben würde, wenn Phileas Fogg ihn hiernach gefragt hätte. Aber Herr Phileas Fogg fragte nach nichts. In diesem Augenblick stellte er im Geist die Rechnung über die seit seiner Abreise von London zurückgelegten Stunden auf und würde sich, wenn es in seiner Natur gelegen hätte, eine unnütze Bewegung zu machen, jetzt die Hände gerieben haben.

Sir Francis Cromarty war durchaus über die seltsame Bewandtnis, die es mit seinem Reisegefährten hatte, unterrichtet, wenn er ihn auch nur mit den Karten in der Hand und in der Pause zwischen zwei Spielen studiert hatte. Er fragte sich infolgedessen, ob denn unter der eisigen Hülle wirklich ein menschliches Herz schlage und ob Phileas Fogg eine Seele habe, die empfänglich für die Schönheiten der Natur und für sittliche Regungen sei. Von allen Originalen, die dem Brigadegeneral in den Weg getreten waren, konnte keines mit diesem Menschen verglichen werden.

Eine Stunde nach der Abfahrt von Bombay hatte der Zug die Insel Salsette passiert und fuhr auf dem Festland. Bei der Station Kaljan ließ er die Zweigbahn nach dem südöstlichen Indien rechts liegen und erreichte dann Pauwell. Hier bog er in die reich verschlungenen Basaltsteingebirge der östlichen Châtes ein.

Von Zeit zu Zeit wechselten die beiden Herren einige Worte. Der Brigadegeneral begann jetzt wieder eine Unterhaltung, indem er sagte:

»Vor einigen Jahren, Herr Fogg, hätten Sie hier an dieser Stelle ihre Fahrt noch unterbrechen müssen und Ihre Reise wäre wahrscheinlich stark aus dem Konzept gebracht worden.«

»Inwiefern, Sir Francis?«

»Weil die Bahn am Fuß der Berge hielt und man die Strecke in der Sänfte oder auf einem Pony bis zur Station Kandallah, die drüben auf dem Hang liegt, zurücklegen musste.«

»Diese Verzögerung hätte mein Programm nicht im Geringsten geändert«, versetzte Herr Fogg. »Auf unvorhergesehene Zwischenfälle bin ich durchaus eingerichtet.«

»Aber Sie laufen Gefahr, Herr Fogg, sich durch das Abenteuer dieses Burschen dort eine sehr böse Sache auf den Hals geladen zu haben!«

Passepartout lag, in seine Reisedecke gewickelt, in festem Schlaf und ließ sich nicht träumen, dass man von ihm redete.

»Die englische Regierung geht äußerst streng gegen solche Vergehen vor, und mit Recht«, fuhr Sir Francis Cromarty fort. »Sie achtet vor allem darauf, dass die religiösen Bräuche der Hindus in Ehren gehalten werden, und wenn Ihr Bedienter ergriffen worden wäre ...«

»Nun, so wäre er eben ergriffen worden, Sir Francis«, antwortete Herr Fogg, »wäre verurteilt worden und hätte seine Strafe bekommen. Dann wäre er wieder ruhig nach Europa zurückgekehrt. Ich sehe nicht ein, inwiefern diese Sache seinen Herrn in Verzug hätte bringen können!«

Damit war die Unterhaltung beendet. In der Nacht passierte der Zug die Châtes, fuhr nach Nasik und kam am anderen Vormittag, dem 21. Oktober, durch ein verhältnismäßig flaches Land, das Gebiet des Kandesch. Die Landschaft war mit Ortschaften übersät, über denen sich das Minarett der Pagode anstelle des Turmes der europäischen Kirche erhob. Zahlreiche kleine Gewässer bewässerten dieses fruchtbare Land.

Passepartout war munter geworden, sah sich um und konnte gar nicht glauben, dass er das Land der Hindus in einer Eisenbahn durchquerte. Ihm schien das ganz unwahrscheinlich; und doch war es Wirklichkeit. Die von einem englischen Maschinisten und mit englischer Kohle geheizte Lokomotive sprühte ihren Rauch über die Kaffee- und Baumwollplantagen, über die Muskat-, Levkojen- und Birnbaumfelder. Der Dampf wand sich spiralförmig um Palmgruppen, zwischen denen malerische Bungalows und wunderbare Tempel hervorleuchteten. Dann sah man, so weit das Auge reichte, dichte Dschungel.

Um halb zwölf Uhr hielt der Zug auf der Station Burhampur. Hier konnte sich Passepartout endlich ein Paar Schuhe kaufen.

Die Reisenden nahmen rasch einen Morgenimbiss ein und fuhren dann weiter bis Assurghur, nachdem sie zuvor eine kurze Strecke auf dem kleinen Fluss Tapti, der sich bei Surat in den Meerbusen von Kambay ergießt, zurückgelegt hatten.

Es wird gut sein, dem Leser einige Gedanken mitzuteilen, die jetzt Passepartout beschäftigten. Bis zu der Ankunft in Bombay war er in dem Glauben gewesen, dass es nun mit der Reise sein Bewenden haben werde. Seitdem er aber mit Volldampf durch Indien reiste, hatte sich in seinem Geist ein Umsturz vollzogen. Er erinnerte sich der fantastischen Einfälle seiner Jugendzeit, nahm die Pläne seines Herrn ernst und glaubte an seine Wette und an das Maximum von Zeit, das er nicht überschreiten durfte. Er fing bereits an, sich sogar über eventuelle Verspätungen und Unglücksfälle, die sich unterwegs ereignen könnten, zu beunruhigen. Er fühlte sich gleichsam beteiligt an dieser Wette und zitterte bei dem Gedanken, dass er sie tags zuvor durch seine unverzeihliche Dummheit hätte in Gefahr bringen können. Weit weniger phlegmatisch als Herr Fogg, wurde er nun umso unruhiger. Er zählte die verflossenen Tage immer und immer wieder, verwünschte die Stationen, an denen der Zug hielt, schimpfte ihn langsam und tadelte insgeheim Herrn Fogg, weil er dem Lokomotivführer keine Prämie versprochen hatte. Er wusste nicht, dass so etwas wohl bei einem Schiff zulässig war, nicht aber bei einer Eisenbahn, die ihre fahrplanmäßige Geschwindigkeit einzuhalten hatte.

Gegen Abend fuhren sie in die Engpässe des Satpuragebirges ein, die das Landgebiet des Kandesch von dem des Bandelkhand scheiden.

Am anderen Morgen, dem 22. Oktober, gab Passepartout auf eine Frage Sir Francis Cromartys, wie spät es sei, zur Antwort, es sei drei Uhr morgens. Tatsächlich musste jetzt seine Uhr, die sich noch immer nach der Greenwicher Meridianzeit richtete, obwohl sie sich beinah auf dem 75. Grad östlicher Länge befanden, um fünf Stunden nachgehen, was auch wirklich der Fall war.

Sir Francis berichtigte demnach die von Passepartout angegebene Zeit. Passepartout jedoch reagierte darauf genauso wie Herrn Fix gegenüber. Sir Francis versuchte, ihm auseinander zu setzen, dass er seine Uhr bei jedem weiteren Meridian richtig stellen müsse und dass die Tage, da er beständig nach Osten vorrücke, das heißt also der Sonne entgegen, um sovielmal vier Minuten kürzer würden, als er Grade durchlaufen habe. Er bemühte sich jedoch vergeblich! Ob nun der hartnäckige Bursche die Argumente des Brigadegenerals begriff oder nicht, er blieb beharrlich dabei, seine Uhr nicht vorzustellen, sondern sie nach wie vor nach Londoner Zeit laufen zu lassen.

Um acht Uhr vormittags, 15 Meilen vor Rothal, machte der Zug inmitten einer Waldlichtung Halt, die von einigen Bungalows umsäumt war. Der Zugführer trat vor die Wagenreihe mit den Worten:

»Bitte alles aussteigen!«

Phileas Fogg sah Sir Francis Cromarty an, da ihm ein solcher Aufenthalt inmitten eines Tamarindenwaldes ganz unbegreiflich schien.

Passepartout war nicht weniger verwundert, rannte hinaus und kam sofort wieder zurück:

»Gnädiger Herr, mit der Bahn ist es hier zu Ende!«

»Was soll das heißen?«, fragte Sir Francis Cromarty.

»Nun, dass der Zug nicht weiterfährt!«

Der Brigadegeneral stieg sogleich aus. Phileas Fogg folgte ihm, ohne sich zu beeilen. Beide Herren wandten sich an den Zugführer mit der Frage:

»Wo befinden wir uns?«

»Im Weiler Kholby«, antwortete der Zugführer.

»Wir bleiben hier liegen?«

»Allerdings – die Eisenbahn ist noch nicht fertig.«

»Wieso noch nicht fertig?«

»Auf einer Strecke von 50 Meilen, zwischen hier und Allahabad, muss noch das Gleis gelegt werden. In Allahabad fährt die Bahn wieder.«

»In den Zeitungen hat aber gestanden, dass die Linie fertig ist?«

»Ja, mein Herr, dann haben sich die Zeitungen eben geirrt.«

»Was soll das heißen? Sie geben doch Fahrkarten von Bombay bis Kalkutta aus«, bemerkte Sir Francis Cromarty, der langsam in Hitze geriet.

»Zweifelsohne«, gab der Zugführer zur Antwort, »aber den Reisenden ist doch bekannt, dass sie von Kholby bis Allahabad ein anderes Transportmittel benutzen müssen.«

Sir Francis Cromarty wurde wütend. Passepartout hätte den

Zugführer, der gar nichts dafür konnte, am liebsten mit der Faust zu Boden geschlagen. Er wagte nicht, seinen Herrn anzusehen.

»Sir Francis«, begnügte sich Herr Fogg zu sagen, »wenn es Ihnen beliebt, so wollen wir uns über Mittel und Wege klar werden, wie Allahabad zu erreichen ist.«

»Herr Fogg, es handelt sich hier um einen Aufenthalt, der sich mit Ihren Interessen absolut nicht vereinbaren lässt.«

»Keineswegs, Sir Francis, das war vorgesehen!«

»Was, es war Ihnen bekannt, dass die Strecke ...«

»Durchaus nicht. Aber es war mir bekannt, dass sich meiner Reise früher oder später irgendein Hindernis entgegenstellen wird. Gefährdet ist also dadurch nichts! Ich hab zwei Tage Vorsprung und die kann ich opfern! Von Kalkutta nach Hongkong geht am 25. mittags ein Dampfer ab. Heute haben wir erst den 22. Oktober, also werden wir noch zur rechten Zeit in Kalkutta eintreffen.«

Gegen eine solche Antwort ließ sich nichts einwenden.

Es erwies sich als durchaus richtig, dass die Bauarbeiten hier stockten. Mit den Zeitungen verhält es sich wie mit gewissen Uhren, die den Drang haben vorzugehen; sie hatten die Vollendung der Strecke auch voreilig angezeigt. Den meisten Reisenden war diese Fahrtunterbrechung freilich bekannt. Sobald sie den Zug verlassen hatten, versuchten sie auch schon, sich der verschiedenen Transportmittel zu bemächtigen, die in dem Ort zu haben waren. Da gab es vierrädrige Palkigharis, von Zebus gezogene Karren, Reisekutschen, die wie wandelnde Pagoden aussahen, Sänften, Ponys und andere Beförderungsmittel. Nachdem Herr Fogg und Sir Francis Cromarty die ganze Ortschaft durchstöbert hatten, kehrten sie zurück, ohne etwas gefunden zu haben.

»Ich werde zu Fuß gehen«, sagte Phileas Fogg.

Da trat Passepartout, mit einem viel sagenden Grinsen seine Schuhe betrachtend, zu seinem Herrn. Glücklicherweise war auch er auf Entdeckung ausgezogen und sagte jetzt, allerdings ein bisschen zögernd:

»Gnädiger Herr, ich glaube, ich habe ein Transportmittel gefunden.«

»Was denn für eins?«

»Einen Elefanten! Er gehört einem Hindu, der keine hundert Schritt von hier wohnt.«

»Sehen wir uns den Elefanten an!«, sagte Herr Fogg.

Fünf Minuten später gelangten die drei in die Nähe einer Hütte, die an einen mit hohen Palisaden umschlossenen Weideplatz stieß, auf dem ein Elefant hin und her stapfte. Auf ihren Wunsch führte der Hindu Herrn Fogg und seine beiden Gefährten in die Einfriedung.

Dort sahen sie sich einem Tier gegenüber, das sein Eigentümer nicht als Lastträger, sondern als Kampftier für den Zirkus aufzog. Deshalb hatte er angefangen, den sanftmütigen Charakter des Tieres umzuwandeln, indem er es schrittweise jenem Zustand von Wut entgegenführte, der in der Hindusprache mit dem Worte »Mutsch« bezeichnet wird. Dieser Zustand konnte dadurch bewirkt werden, dass man das Tier ein Vierteljahr lang mit Zucker und Butter fütterte. Diese Kur mag manchem als ungeeignet erscheinen, um ein solches Resultat zu erzielen; aber sie wird trotzdem von den Züchtern mit Erfolg angewandt. Zum Glück für Herrn Fogg war der Elefant aber erst seit sehr kurzer Zeit in diese Zucht genommen worden, sodass es bei ihm zu einem richtigen »Mutsch« noch nicht gekommen war.

Kiuni, so hieß das Tier, war wie alle seine Stammesbrüder imstande, lange Strecken in schnellem Marschtempo zurückzulegen; deshalb, und weil kein anderes Reittier vorhanden war, entschloss sich Phileas Fogg, den Elefanten zu mieten.

Aber die Elefanten sind in Indien teuer, da sie dort bereits selten werden. Die männlichen Tiere, die sich nur für Zirkuskämpfe eignen, sind außerordentlich begehrt. Sie werden mit äußerster Sorgfalt gehegt; und darum bekam Herr Fogg auf seine Frage, ob ihm der Hindu den Elefanten vermieten wolle, ein kategorisches Nein zur Antwort.

Fogg war aber zäh und bot für das Tier einen sehr hohen Preis: zehn Pfund für die Stunde. Der Hindu schüttelte den Kopf. Auch ein Angebot von 40 Pfund ließ ihn nicht schwankend werden. Und dabei war es ein stattliches Sümmchen! Angenommen, der Elefant brauchte 15 Stunden bis Allahabad, so würde er seinem Herrn nicht weniger als 600 Pfund einbringen.

Phileas Fogg machte nunmehr, ohne sich aufzuregen, dem Hindu den Vorschlag, ihm das Tier zu verkaufen, und bot ihm einen Preis von 1000 Pfund.

Sir Francis Cromarty nahm Herrn Fogg beiseite und riet ihm, sich die Sache gut zu überlegen, bevor er sich weiter in diesen Handel einließe. Phileas Fogg antwortete seinem Gefährten, es sei nicht seine Gewohnheit, ohne Überlegung zu handeln, wenn es um den Ausgang einer Wette im Betrag von 20 000 Pfund ginge! Der Elefant sei eben unentbehrlich für seine Zwecke, und deshalb wolle er ihn unbedingt in seinen Besitz bringen, wenn er den Wert auch zwanzigfach bezahlen müsse.

Herr Fogg trat nun wieder zu dem Hindu, dessen kleine, habgierige Augen deutlich verrieten, dass es sich bei ihm nur um eine Preisfrage handelte. Phileas Fogg bot 1200 Pfund, dann

1500, dann 1800, schließlich 2000 Pfund. Passepartout, der sonst immer ein rotes Gesicht hatte, war durch die Aufregung kreidebleich geworden.

Bei 2000 Pfund streckte der Hindu die Waffen.

»Bei meinen Schuhen!«, rief Passepartout, »ein schöner Preis für Elefantenfleisch!«

Der Handel wurde abgeschlossen. Es ging nun nur noch darum, einen Kornak, also einen Elefantenführer zu finden. Das war jedoch leichter. Ein junger Parse mit klugem Gesicht bot seine Dienste an. Herr Fogg mietete ihn und versprach ihm außerdem noch eine hohe Prämie.

Der Elefant wurde ohne Säumen aus der Einfriedung geführt und aufgeschirrt. Der Parse verstand sich auf das Handwerk eines Kornaks ausgezeichnet. Über den Rücken des Tieres legte er eine Art Sattel, und rechts und links wurden zwei Tragkörbe angebracht, die alles andere als bequem zu sein schienen.

Phileas Fogg bezahlte den Hindu mit Banknoten, die aus dem bekannten Reisesack hervorgeholt wurden. Es schien wahrhaftig so, als wenn man sie Passepartout aus den Eingeweiden herauszöge. Dann machte Herr Fogg Sir Francis Cromarty das Anerbieten, ihn zur Station Allahabad mitzunehmen, das der Brigadegeneral dankend annahm. Ein Reisender mehr war keine Last für das gewaltige Tier.

Nachdem Proviant in Kholby eingekauft worden war, nahm Sir Francis Cromarty in dem einen und Phileas Fogg in dem anderen Tragkorb Platz. Passepartout setzte sich mit gespreizten Beinen auf den Sattel und der Parse hockte sich auf den Hals des Elefanten. Um neun Uhr verließ das Tier den kleinen Ort und galoppierte in den dichten Latanenwald.

12. Quer durch die indischen Wälder

Der indische Führer ließ in der Absicht, die zu durchwandernde Strecke abzukürzen, die Bahnlinie, an welcher noch gearbeitet wurde, links liegen. Das Vindhyagebirge machte der Bahnbauleitung außerordentlich große Schwierigkeiten. Der mit allen Wegen und Pfaden des Landes gut vertraute Parse behauptete, ungefähr 20 Wegstunden zu gewinnen, wenn er quer durch den Wald ritt; die Reisenden waren damit einverstanden.

Phileas Fogg und Sir Francis Cromarty, die bis an den Hals in ihren Tragkörben steckten, wurden durch den kurzen Trab des Elefanten, der noch fortwährend angetrieben wurde, stark durcheinander gerüttelt. Aber ihr englisches Phlegma ließ sie es mit Fassung ertragen, und sie verzichteten darauf, viel zu schwatzen.

Was den auf dem Rücken des Tieres postierten und den Stößen unmittelbar ausgesetzten Passepartout angeht, so hütete er sich zunächst sehr davor, einer Empfehlung seines Herrn gefügig zu sein und seine Zunge zwischen den Zähnen zu halten; denn wenn er das getan hätte, wäre ihm die Zunge sicher zerquetscht worden. Der wackere Geselle, der bald nach vorn auf den Hals des Elefanten, bald auf das Rückenteil geschleudert wurde, voltigierte wie ein Clown auf einem Trampolin.

Nach zwei Stunden wurde Halt gemacht. Das Tier verschlang eine Unmenge Äste, nachdem es sich zuvor in einem nahen Wassertümpel gewälzt hatte.

Sir Francis Cromarty war der Aufenthalt willkommen. Er

fühlte sich wie zerschlagen. Herrn Fogg dagegen schien es nicht anders zumute zu sein, als wenn er aus seinem Bett gestiegen wäre.

»Ist denn der Mensch aus Eisen?«, rief der Brigadegeneral, indem er ihn voller Bewunderung ansah.

»Aus Schmiedeeisen«, erwiderte Passepartout, der sich mit der Zubereitung eines Frühstücks beschäftigte.

Gegen Mittag gab der Führer das Signal zum Aufbruch. Die Gegend änderte sich zusehends. Auf die großen Wälder folgten Tamarinden- und Zwergpalmengehölz, und bald führte der Weg durch dürre, mit Gestrüpp bewachsene Ebenen, auf denen ab und zu mächtige Felsblöcke lagen. Dieser ganze Teil des Bandelkhand wird selten von Fremden besucht; denn hier wohnt eine fanatische Bevölkerung, unter der die schrecklichsten Gebräuche der Hindureligion ausgeübt werden.

Die Herrschaft der Engländer hat in dem Gebiet, das den Radschas unterworfen ist, noch immer nicht Fuß fassen können; denn es wäre eine Aufgabe von gewaltigen Schwierigkeiten gewesen, ihnen in die unzugänglichen Schlupfwinkel des Vindhyagebirges zu folgen.

Mehrere Male begegneten die Reisenden einigen Hindus, die mit zornigen Gebärden dem raschen Vierfüßler nachsahen. Übrigens ging ihnen der Parse so viel wie möglich aus dem Wege, denn er hielt sie mit Recht für Leute, mit denen nicht gut Kirschen essen war. Tiere sah man tagsüber kaum, nur hin und wieder ein paar Affen, die sich mit tausenderlei Verrenkungen und Grimassen aus dem Staube machten. Passepartout bereiteten die Kerle einen Heidenspaß.

Ein Gedanke unter vielen anderen machte dem wackeren Burschen große Sorge, nämlich, was Herr Fogg mit dem Elefanten machen würde, wenn sie die Station Allahabad erreicht hatten. Ob er ihn mitnehmen wollte? Das war doch unmöglich! Kamen zu dem Kaufpreis noch Transportkosten hinzu, so musste das Tier ja zu einem höchst waghalsigen Finanzobjekt werden. Ob er ihn wieder verkaufen oder in Freiheit setzen wollte? Wenn Herr Fogg etwa die Absicht hatte, ihm, Passepartout, das Tier zu schenken, so würde ihm das sehr große Verlegenheit bereiten. Die Sache ließ ihm jedenfalls keine Ruhe.

Um acht Uhr abends war die Hauptkette des Vindhyagebirges überschritten und die Reisenden machten am Fuße des westlichen Abhangs in einem verfallenen Bungalow Halt.

Die an diesem Tag durchquerte Strecke betrug etwa 25 englische Meilen und genau ebenso viele Meilen waren noch bis Allahabad zurückzulegen.

Es war eine kalte Nacht. Der Parse entfachte in dem Bungalow aus trockenen Zweigen ein Feuer, dessen Wärme äußerst wohltuend war. Das Abendessen bestand aus Vorräten, die in Kholby eingekauft worden waren und die ihnen vorzüglich mundeten, da sie sehr ausgehungert waren. Die Unterhaltung wurde nur bruchstückweise geführt und bald lagen alle in tiefem Schlaf. Der Kornak wachte neben Kiuni, der im Stehen, an den Stamm eines mächtigen Baumes gelehnt, schlief.

Kein Zwischenfall störte die nächtliche Ruhe, nur hin und wieder war das Gebrüll eines Panters oder eines Leoparden zu hören und ab und zu das Geschrei der Affen. Sir Francis Cromarty schlief so fest wie ein von Anstrengung erschöpfter Soldat. Passepartout dagegen fing sogar im Traum an, Kobolz zu schießen. Und was Herrn Fogg betrifft, so ruhte er ebenso friedlich und ruhig, als schliefe er in seinem stillen Haus in der Saville Row.

Um sechs Uhr früh machte man sich auf den Marsch. Der Kornak hoffte, noch am Abend desselben Tages Allahabad zu erreichen. Auf diese Weise würde dann Herr Fogg nur einen geringen Teil des Vorsprungs von 48 Stunden eingebüßt haben, den er seit Beginn der Reise gewonnen hatte.

Sie passierten die letzten Hänge des Vindhyagebirges und Kiuni hatte ein rasches Tempo angeschlagen. Um die Mittagszeit erreichte der Kornak einen an einem Nebenfluss des Ganges gelegenen Marktflecken. Er ging den bewohnten Ortschaften immer aus dem Wege, weil er sich auf freiem, unbewohntem Lande sicherer fühlte. Die Station Allahabad war kaum zwölf Meilen mehr entfernt. Unter einem Bananengebüsch wurde Rast gemacht. Die Früchte, so gesund wie Brot und so wohlschmeckend süß wie Manna, wurden mit Wohlbehagen verzehrt.

Um zwei Uhr kamen sie in einen sehr dichten Wald, der sich über ein Gebiet von mehreren Meilen erstreckte. Im Schutz des Waldes zu reisen, war dem Kornak offenbar lieber. Jedenfalls hatte er bislang keine einzige unangenehme Begegnung gehabt, und es gewann den Anschein, als ob die Reise ohne Unfälle vonstatten gehen sollte. Da blieb der Elefant plötzlich stehen, deutliche Anzeichen von Unruhe verratend.

Es war gerade vier Uhr.

»Was gibt es denn?«, fragte Sir Francis Cromarty, den Kopf aus seinem Tragkorb heraussteckend.

»Ich kann es nicht sagen«, erwiderte der Parse, angestrengt auf ein wirres Gemurmel lauschend, das durch die dichten Zweige drang.

Kurze Zeit darauf waren die Geräusche deutlicher zu vernehmen. Sie hörten sich wie ein Konzert menschlicher Stimmen an, begleitet von metallenen Instrumenten.

Passepartout war ganz Auge und Ohr. Herr Fogg wartete mit Geduld und sprach kein einziges Wort.

Der Parse sprang zur Erde, band den Elefanten an einen Baum und durchdrang das dichte Gebüsch. Nach wenigen Minuten kam er wieder und rief:

»Eine Prozession von Brahmanen, die hier vorbeikommen wird. Wenn irgend möglich, wollen wir vermeiden, gesehen zu werden.«

Der Kornak band den Elefanten los und führte ihn in dichtes Gestrüpp. Den Reisenden legte er ans Herz, unbedingt in ihren Körben zu bleiben. Er selbst hielt sich bereit, um sofort auf das Tier springen zu können, sobald sich eine Flucht als notwendig erweisen sollte. Aber er war der Meinung, die Schar der Gläubigen würde vorüberziehen, ohne ihn gewahr zu werden; denn das überdichte Laub verbarg ihn vollständig.

Das wirre Getöse von Stimmen und Instrumenten kam näher. Eintöniger Gesang vermischte sich mit dem Klang der Trommeln und Zimbeln. Bald wurde in einer Entfernung von etwa fünfzig Schritt die Spitze des Zuges sichtbar. Es war nicht schwer, durch die Zweige hindurch dieses merkwürdige religiöse Schauspiel zu beobachten.

Voran zogen Priester, die Mitra auf dem Haupt, mit langen karierten Gewändern bekleidet. Sie waren von Männern, Weibern und Kindern umringt, die eine Art Todespsalm zu singen schienen, der regelmäßig von Trommel- und Zimbelschlägen unterbrochen wurde. Hinter ihnen erschien auf einem breiträdrigen Karren, von Zebus gezogen, eine abscheuliche Standfigur. Diese hatte vier Arme und einen rot angestrichenen Leib. Die Augen lagen tief in ihren Höhlen und das Haar hing wirr am Kopf herum. An ihrem Hals hing ein Schmuck aus Totenköpfen und um ihre Hüfte lag ein Gurt aus abgehauenen Händen. Sie stand auf einem Riesenleib, dem der Kopf abgeschlagen war.

Sir Francis Cromarty kannte die Standfigur. »Die Göttin Kali«, murmelte er, »die Göttin der Liebe und des Todes!«

»Des Todes, will ich zugeben – aber der Liebe? Niemals!«, meinte Passepartout. »So eine gräuliche Fratze!«

Der Parse winkte ihm zu schweigen.

Um die Standfigur wand und drehte sich eine Schar alter Fakire, die mit ockerfarbigen Streifen zebraartig bemalt und mit kreuzweisen Einschnitten bedeckt waren, aus denen das Blut tropfte – verrückte Kerle, die sich bei den großen Zeremonien der Hindus sogar unter die Räder der Zeremonienwagen warfen.

Hinter ihnen schleppten ein paar Brahmanen, in prächtige orientalische Kostüme gekleidet, eine junge Frau von weißer Hautfarbe, die sich kaum auf den Füßen halten konnte. Kopf, Hals, Schulter, Ohren und Hände waren mit Juwelen überladen. Sie trug eine goldgestickte Tunika.

Hinter dieser jungen Frau trugen Wächter, mit langen Säbeln und Pistolen im Gürtel, auf einer Sänfte eine Leiche, die eines Greises, bekleidet mit all dem verschwenderischen Putz eines Radscha. Ein mit Perlen bestickter Turban bedeckte das Haupt, und den Leib verhüllte ein Gewand aus Seide und Gold, das von einem mit Diamanten besetzten Kaschmirgürtel zusammengehalten wurde, in dem prächtige Waffen steckten.

Dann folgten Musiker, und den Schluss des Zuges bildeten Fanatiker, die mit ihrem Geschrei zuweilen sogar den betäubenden Lärm der Instrumente übertönten.

Sir Francis Cromarty betrachtete tief betrübt die ganze Pracht, und, zu dem Kornak sich wendend, sagte er: »Eine Sutty!«

Der Parse nickte zustimmend und legte den Finger auf die Lippen. Der Zug bewegte sich langsam unter den Bäumen dahin; aber bald verschwanden die letzten Reihen im Dunkel des Waldes.

Nach und nach verstummten die Gesänge. Einige Male noch klang wildes Geschrei aus der Ferne herüber, dann folgte auf den ganzen Spektakel eine tiefe Stille.

Phileas Fogg hatte gehört, was Sir Francis Cromarty zu dem Kornak gesagt hatte, und kaum war die Prozession verschwunden, so fragte er: »Was bedeutet das Wort Sutty?«

»Ein Menschenopfer, Herr Fogg, aber eines aus freiem Willen«, antwortete der Brigadegeneral. »Die Frau, die Sie eben gesehen haben, soll morgen früh verbrannt werden.«

»Die Halunken!«, rief Passepartout, der seinen Unwillen nicht meistern konnte.

»Und der Leichnam?«, fragte Herr Fogg.

»War die sterbliche Hülle ihres Mannes, eines Fürsten«, erwiderte der Kornak, »eines unabhängigen Radschas aus dem Bandelkhand.«

»Was?«, rief Phileas Fogg, ohne die geringste Erregung zu verraten, »diese barbarischen Sitten bestehen immer noch in Indien? Und die Engländer sind nicht imstande, sie auszurotten?«

»Im größten Teil des indischen Reiches«, gab Sir Francis Cromarty zur Antwort, »finden diese Menschenopfer nicht mehr statt; aber auf diese wilden Gebiete und ganz besonders auf das Gebiet des Bandelkhand haben wir gar keinen Einfluss. Der ganze nördliche Teil des Vindhyagebirges ist der Schauplatz von unaufhörlichen Mordtaten und Plünderungen.«

»Die Unglückliche!«, flüsterte Passepartout, »lebendig verbrannt!«

»Ja«, sagte der Brigadegeneral, »verbrannt! Und wenn sie sich nicht verbrennen ließe, so würde sie, von ihrer Verwandtschaft verstoßen, ein elendes Leben führen, von dem Sie sich keine Vorstellung machen können. Man würde ihr das Haar scheren, sie kaum mit einer Hand voll Reis füttern, man würde sie umherstoßen und von der Schwelle jagen; sie würde als unrein gelten und in irgendeinem Winkel krepieren müssen wie ein räudiger Hund. Die Aussicht auf ein so furchtbares Leben treibt diese Unglücklichen deshalb häufig zum Flammentod, weit häufiger als die Liebe oder der religiöse Fanatismus. Geschieht der Opfertod aus freiem Willen, dann bedarf es der tatkräftigen Einmischung der Regierung, um ihn zu verhindern. Als ich vor wenigen Jahren in Bombay meinen Amtssitz hatte, richtete eine junge Witwe die Bitte an den Gouverneur, sich mit der Leiche ihres Mannes verbrennen lassen zu dürfen. Wie sie sich wohl denken können, ließ der Gouverneur das nicht zu. Daraufhin verließ die Witwe die Stadt und flüchtete zu einem unabhängigen Radscha, um bei ihm sterben zu können.«

Der Kornak schüttelte zu der Erzählung des Generals den Kopf und sagte, als er fertig war:

»Der morgige Opfertod ist kein freiwilliger!«

»Wieso? Woher wissen Sie das?«

»Die Sache ist in ganz Bandelkhand bekannt genug«, erwiderte der Führer.

»Aber die Unglückliche schien doch keinen Widerstand zu leisten«, bemerkte Sir Francis Cromarty.

»Weil man sie mit dem Rauch von Hanf und Opium berauscht hat«, erklärte der Kornak.

»Aber wohin führt man sie denn?«

»In die Pagode von Pillaji, zwei Meilen von hier. Dort wird sie die Nacht zubringen und ihrer Todesstunde harren.«

»Und wann soll das Opfer stattfinden?«

»Morgen, beim ersten Tagesgrauen.«

Nach dieser Antwort führte der Kornak den Elefanten aus dem dichten Gehölz und schwang sich auf seinen Hals. Aber in dem Augenblick, als er ihn durch einen besonderen Pfiff anspornen wollte, gebot ihm Herr Fogg Einhalt, um an Sir Francis Cromarty die Frage zu richten:

»Was meinen Sie dazu, wenn wir die Frau retten?«

»Diese Frau vor dem Tode retten? Aber Herr Fogg!«, rief der Brigadegeneral.

»Zwölf Stunden Vorsprung habe ich noch. Ich kann sie dieser Rettung opfern.«

»Sie haben also doch ein Herz im Leibe!«, rief Sir Francis Cromarty.

»Wenn ich Zeit dazu habe«, versetzte Phileas Fogg gelassen.

13. Dem Kühnen ist das Glück oft hold

Die Absicht war kühn; große Schwierigkeiten standen ihrer Ausführung im Wege, ja, machten sie vielleicht unmöglich. Herr Fogg wollte sein Leben oder zumindest seine Freiheit und demnach das Gelingen all seiner Pläne aufs Spiel setzen; aber er zauderte nicht. Im Übrigen fand er in Sir Francis Cromarty einen energischen Bundesgenossen. Was Passepartout angeht, so war er wie immer bereit und zur Verfügung. Der Plan seines Herrn versetzte ihn in Begeisterung. Er fühlte, dass unter dieser eisigen Hülle ein Herz, eine Seele lebte, und er hatte mit einem Male sehr viel für Herrn Phileas Fogg übrig.

Es fragte sich also nur, wie sich der Kornak zu verhalten gedachte, welchen Entschluss er in diesem Fall fassen und ob er sich eventuell auf die Seite der Hindus schlagen würde. Wenn mit seiner Hilfe nicht zu rechnen war, so musste man sich wenigstens seiner Neutralität versichern.

Sir Francis Cromarty legte ihm offen die Frage vor.

»Herr Offizier«, antwortete der Führer, »ich bin ein Parse und dieses Weib ist eine Parsin. Verfügen Sie über mich!«

»Recht so«, sagte Herr Fogg.

»Vor allen Dingen müssen Sie wissen, dass wir nicht bloß unser Leben, sondern grässliche Martern riskieren, wenn wir erwischt werden. Sehen Sie sich also vor!«

»Das ist selbstverständlich«, antwortete Herr Fogg. »Ich denke, wir warten die Nacht ab, bevor wir handeln.«

»Das meine ich auch«, erwiderte der Kornak.

Der Hindu erzählte nun einiges über das Opfer. Es war ein Hindumädchen von berühmter Schönheit, parsischer Abstammung und die Tochter reicher Kaufleute aus Bombay. Dort hatte sie eine englische Erziehung genossen. Ihren Manieren und ihrer Bildung nach hätte man sie für eine Europäerin halten können. Ihr Name war Auda.

Als Waise war sie wider ihren Willen mit diesem alten Radscha des Bandelkhand verheiratet worden. Nach einem Vierteljahr war sie schon Witwe. Sie kannte das Schicksal, das ihrer wartete, und entfloh; sie wurde aber bald ergriffen, und die Verwandten des Radschas, die ein Interesse an ihrem Tode hatten, weihten sie jenem Tode, von dem es kein Entrinnen für sie zu geben schien.

Diese Erzählung konnte Herrn Fogg und seine Gefährten nur noch in ihrem hochherzigen Entschluss bestärken. Es wurde also abgemacht, dass der Kornak den Elefanten so dicht wie möglich an die Pagode heranführen sollte.

Nach einer halben Stunde wurde hinter einem Gebüsch, fünfhundert Schritt von der Pagode entfernt, Halt gemacht. Das Geheul der Fakire war ganz deutlich zu hören.

Nun wurden die Mittel und Wege erörtert, wie man zu der dem Feuertode geweihten Frau gelangen konnte. Der Führer kannte die Pagode, in der seiner Behauptung nach das junge Weib eingesperrt war. Vielleicht war es möglich, dort einzudringen, wenn die ganze Schar im trunkenen Schlaf lag, oder ein Loch in die Mauer zu schlagen. Darüber aber konnte man sich erst am Ort der Handlung schlüssig werden. Fest stand, dass die

Rettung in dieser Nacht geschehen musste und nicht erst am anderen Morgen, wenn die Witwe zum Opfertod geführt wurde; dann nämlich vermochte sie keine Macht mehr zu retten.

Herr Fogg und seine Kameraden warteten die Nacht ab. Sobald sich in der sechsten Abendstunde ihre Schatten niedersenkten, beschlossen sie, das Terrain um die Pagode auszukundschaften. Das Geschrei der Fakire war nun verstummt. Ihrer Gewohnheit gemäß mussten diese Hindus jetzt in dem tiefem Schlaf liegen. Traf das zu, konnte es für die Freunde des Opfers nicht schwer sein, sich bis zum Tempel hinzuschleichen.

Der Parse, der den anderen voranschritt, eilte geräuschlos durch den Wald. Nachdem sie etwa zehn Minuten unter den Zweigen entlanggekrochen waren, kamen sie an das Ufer eines kleines Flusses, und dort erblickten sie im Schein mächtiger Pechfackeln aufgeschichtetes Holz. Es war der Scheiterhaufen, aus kostbarem Sandelholz errichtet und mit wohl riechenden Ölen getränkt.

Obenauf ruhte der einbalsamierte Leichnam des Radschas. Hundert Schritt von dem Scheiterhaufen entfernt erhob sich die Pagode, deren Minaretts im nächtlichen Schatten über die Wipfel der Bäume ragten.

»Kommt!«, sagte der Führer leise.

Gefolgt von seinen Gefährten, glitt er vorsichtig durch die hohen Kräuter, bloß das Säuseln des Windes in den Baumkronen unterbrach die tiefe Stille.

Bald verhielt der Parse in der Nähe einer Lichtung. Auf dem Boden lagen trunkene Schläfer umher: Männer, Frauen, Kinder – alles in wüstem Durcheinander.

Im Hintergrund erhob sich in unklaren Umrissen der Tempel von Pillaji. Aber zur großen Enttäuschung des Parsen wachten vor den Toren, beschienen von mächtigen Fackeln, die Soldaten des Radschas und gingen mit blankem Säbel auf und ab. Es war also anzunehmen, dass im Innern der Pagode die Priester ebenfalls wachten.

Der Parse konnte nun nicht weiter vordringen. Er hatte die Unmöglichkeit erkannt, in das Innere des Tempels zu gelangen, und führte seine Gefährten wieder zurück.

Phileas Fogg und Sir Francis Cromarty hatten so gut wie er begriffen, dass sich auf diese Art nichts unternehmen ließ.

Sie hielten inne und berieten sich leise.

»Warten wir«, sagte der Brigadegeneral, »es ist noch nicht acht Uhr. Möglich, dass die Wachen ebenfalls dem Schlaf erliegen.«

»Unmöglich ist das allerdings nicht«, antwortete der Parse.

Die vier Männer legten sich nun am Fuße eines Baumes nieder und warteten.

Die Zeit wurde ihnen furchtbar lang. Der Parse ließ sie zuweilen allein, um die Pagode zu beobachten. Die Soldaten des Radschas waren noch immer munter. Auch brannten die Fackeln noch und durch die Fenster der Pagode drang matter Schein.

Sie warteten bis Mitternacht, doch die Lage änderte sich nicht. Es war jetzt klar, dass mit dem Einschlafen der Wachen nicht zu rechnen war. Man musste also anders vorgehen und ein Loch in die Mauer der Pagode schlagen, um dort eindringen zu können. Nun war allerdings zu fürchten, dass die Priester mit dem gleichen Eifer bei ihrem Opfer wachten wie die Soldaten an der Pforte des Tempels.

Nach einer kurzen Beratung erklärte sich der Kornak zum Aufbruch bereit. Herr Fogg, Sir Francis und Passepartout folgten ihm. Um die Pagode von der anderen Seite zu erreichen, mussten sie einen ziemlich weiten Umweg machen.

Eine halbe Stunde nach Mitternacht gelangten sie dort an, ohne jemand begegnet zu sein. Auf dieser Seite waren keine Wachen aufgestellt, allerdings gab es hier weder Türen noch Fenster.

Die Nacht war sehr finster. Der Mond, der in seinem letzten Viertel stand, stieg kaum über den Horizont. Dichte Wolken umgaben ihn.

Es galt, eine Öffnung in die Mauer zu schlagen. Für dieses Beginnen hatten Herr Fogg und seine Gefährten kein besseres Werkzeug zur Verfügung als ihre Taschenmesser. Zum Glück für sie bestanden die Wände des Tempels aus einem Gemisch von Ziegelsteinen und Holz, das nicht allzu schwer zu durchdringen sein durfte. War erst einmal ein Ziegel ausgehoben, so konnten die übrigen mit Leichtigkeit entfernt werden.

Sie gingen ans Werk und waren bemüht, so wenig Geräusch wie möglich zu machen. Der Parse arbeitete auf der einen und Passepartout auf der anderen Seite, um auf diese Weise zu einer Öffnung von etwa zwei Fuß im Umfang zu gelangen.

Die Arbeit ging gut voran. Plötzlich jedoch erscholl im Innern des Tempels lautes Geschrei, auf das fast gleichzeitig mit Geschrei von draußen geantwortet wurde.

Sofort stellten die beiden ihre Arbeit ein. Hatte man sie bemerkt? War Alarm geschlagen worden? Die Klugheit gebot ihnen, sich zu entfernen – das taten sie auch, und zwar zu derselben Zeit wie Phileas Fogg und Sir Francis Cromarty. Sie schlüpften von neuem in das Dickicht, um abzuwarten, waren aber bereit, ihr Werk sofort wieder aufzunehmen.

Indessen spielte ihnen das Schicksal einen bösen Streich. Dort, wo sie gearbeitet hatten, erschienen Wachen und stellten sich so auf, dass es ihnen nicht mehr möglich war, sich der Pagode zu nähern.

Die Enttäuschung zu beschreiben, die sich nunmehr dieser vier Männer bemächtigte, wäre recht schwierig. Wie sollten sie die arme Frau retten, da sie nicht mehr zu dem Opfer gelangen konnten? Sir Francis Cromarty ballte die Fäuste. Passepartout war außer sich und der Kornak konnte ihn kaum zurückhalten. Der unerschütterliche Fogg verharrte, ohne seine Empfindungen zu zeigen.

»Nun können wir also weiterreisen?«, fragte der Brigadegeneral mit leiser Stimme.

»Gewiss«, antwortete der Parse.

»Halt«, sagte Herr Fogg, »vor morgen Mittag brauche ich nicht in Allahabad zu sein.«

»Aber worauf hoffen Sie noch?«, fragte Sir Francis Cromarty. »In wenigen Stunden bricht der Tag an und ...«

»Der glückliche Zufall, der uns bis jetzt gemieden hat, kann sich schließlich doch noch einstellen.«

Der Brigadegeneral hätte allzu gern die Gedanken Phileas Foggs gelesen.

Womit rechnete denn dieser noch? Wollte er sich in dem Augenblick, da der Opfertod erfolgen sollte, auf die junge Frau stürzen und sie den Armen ihrer Henker entreißen? Das wäre ja heller Wahnsinn gewesen! Aber nichtsdestoweniger erklärte sich Sir Francis Cromarty damit einverstanden, diesen schrecklichen Auftritt abzuwarten.

Auf alle Fälle hielt es der Kornak für angebracht, seine Gefährten nicht an dem Platz zu lassen, wohin sie sich geflüchtet hatten, sondern er führte sie zu der Lichtung, wo sie vorher gewesen waren. Von dort konnten sie hinter dem Schutz eines Baumdickichts die im Schlaf liegenden Gruppen beobachten.

In Passepartout aber gärte, während er auf den vordersten

Zweigen eines Baumes hockte, eine Idee, die ihm erst wie ein Blitz durch den Kopf geschossen war und sich jetzt in seinem Gehirn festzunisten schien.

Anfangs hielt er sie für Wahnsinn. Jetzt aber sagte er zu sich: »Nun, warum nicht? Schließlich ist's doch eine Möglichkeit! Vielleicht die einzige!«

Eine andere Form gab Passepartout seinen Gedanken jedenfalls nicht, sondern schlüpfte stattdessen mit der Geschmeidigkeit einer Schlange über die niedrigen Zweige des Baumes, die bis auf den Boden hinunterreichten.

Die Stunden verflossen und bald kündete ein heller Streifen am Horizont den Anbruch des Tages an. Trotzdem herrschte aber noch tiefe Finsternis.

Das war der gegebene Zeitpunkt. In die verschlafene Menschenmenge kam Leben. Trommelschläge erklangen und das Geschrei ging von neuem los. Die Stunde war gekommen, in der die Unglückliche sterben sollte.

Tatsächlich öffneten sich jetzt die Tore der Pagode. Ein heller Lichtschein drang aus dem Innern. Herr Fogg und Sir Francis Cromarty konnten das Opfer sehen, das von zwei Priestern hinausgeschleppt wurde. Es schien ihnen, als ob die Unglückliche, von einem Erhaltungsinstinkt getrieben, die Betäubung ihres künstlichen Rausches von sich zu schütteln suchte, um ihren Henkern zu entrinnen. Sir Francis Cromarty hüpfte das Herz im Leibe; krampfhaft griff er nach Foggs Hand und spürte, dass in dieser ein offenes Messer lag.

Aber die junge Frau war schon wieder in jene Starrheit zurückgesunken, die der Rauch des Hanfes bewirkt hatte. Sie schritt durch die Reihen der Fakire, die sie mit ihren religiösen Ausrufen begleiteten.

Phileas Fogg und seine Gefährten mischten sich unter die Letzten der Menge und folgten ihr.

Zwei Minuten später gelangten sie an das Ufer des Flusses und blieben etwa fünfzig Schritt von dem Scheiterhaufen entfernt stehen, auf dem der Leichnam des Radschas lag. Im Halbdunkel sahen sie das dem Tode geweihte Opfer im Zustand völliger Teilnahmslosigkeit neben dem Leichnam ihres Gatten liegen.

Dann wurde eine Fackel an den Holzstoß gehalten und das mit Öl betränkte Holz flammte im Nu auf.

In diesem Augenblick packten Sir Francis Cromarty und der Kornak Phileas Fogg, der in einer Anwandlung edelmütiger Narrheit zu dem Scheiterhaufen stürzen wollte …

Er war gerade im Begriff, sie zurückzustoßen, als sich ein fürchterliches Geschrei erhob. Die ganze Menschenmenge stürzte entsetzt zu Boden. War denn der alte Radscha nicht tot, dass er sich plötzlich aufrichtete, gleich einem Gespenst, und das junge Weib in seine Arme nahm und mitten durch den Rauch, der ihm ein überirdisches Aussehen gab, vom Scheiterhaufen niederstieg?

Die Fakire, Soldaten und Priester, von jähem Entsetzen gepackt, lagen mit dem Gesicht auf der Erde und wagten es nicht, den Kopf zu heben und ein solches Wunder zu betrachten.

Das leblose Opfer schien für die kräftigen Arme, die es trugen, absolut keine Last zu sein. Herr Fogg und Sir Francis Cromarty blieben wie angewurzelt stehen. Der Parse hatte das Haupt geneigt und sicherlich war Passepartout nicht minder versteinert …

Jener wieder Auferstandene gelangte jetzt in die Nähe von Herrn Fogg und Sir Francis Cromarty und rief mit scharfer Stimme: »Hinweg!«

Passepartout selbst war es, der mitten durch den dichten Qualm zum Scheiterhaufen hingerutscht war! Passepartout war es, der, die noch herrschende Dunkelheit ausnutzend, das junge Weib dem Tode entrissen, seine Rolle mit Kühnheit und Glück gespielt hatte und inmitten des allgemeinen Entsetzens als Sieger hervorging.

Kurz danach waren alle vier mit ihrer schönen Last im Walde verschwunden und der Elefant führte sie im raschen Trabe von dannen. Aber hinter ihnen her erklang wüstes Geschrei, und eine Kugel durchlöcherte Herrn Fogg den Hut, zum Zeichen dafür, dass ihre List entdeckt worden war.

Jetzt sah man auch auf dem flammenden Scheiterhaufen deutlich die Umrisse der Leiche des alten Radscha. Die von ihrem Entsetzen befreiten Priester hatten bemerkt, dass soeben ihr Opfer entführt worden war.

Im Nu hatten sie sich in den Wald gestürzt und schickten den Entführern Kugeln und Pfeile hinterher. Die aber flohen in einem solchen Tempo, dass sie in wenigen Minuten aus dem gefährlichen Bereich heraus waren.

14. Von Allahabad nach Kalkutta

Die kühne Entführung war also geglückt! Eine Stunde später noch lachte Passepartout über seinen brillanten Erfolg. Sir Francis Cromarty hatte dem unerschrockenen Burschen die Hand gedrückt. Phileas Fogg hatte »Recht so!« zu ihm gesagt, was für diesen Herrn gleichbedeutend mit einer langen Lobrede war. Passepartout hatte darauf geantwortet, dass die ganze Ehre der Aktion seinem Herrn gebühre. Er habe ja doch nur einen tollen Einfall gehabt und amüsiere sich noch darüber, dass er, Passepartout, der alte Turnlehrer und ehemalige Feuerwehrhauptmann, für ein paar Minuten als wieder Auferstandener Radscha gegolten habe.

Die junge Hindufrau aber ahnte nicht das Geringste von diesen Vorgängen. In die vorhandenen Reisedecken eingehüllt, ruhte sie in einem der Tragkörbe.

Der von dem jungen Parsen mit außerordentlicher Sicherheit geführte Elefant trabte mit unglaublicher Geschwindigkeit durch den noch finsteren Wald. Eine Stunde nach ihrem Aufbruch raste er quer über eine weite Ebene. Um sieben Uhr wurde eine Pause eingelegt. Die junge Frau war noch immer von der Starrheit befallen. Der Kornak flößte ihr ein paar Tropfen Branntwein mit Wasser ein, aber der lähmende Einfluss, der sie in seinem Bann hielt, sollte noch eine Zeit lang währen.

Sir Francis Cromarty kannte die Wirkung des Rausches, der durch das Einatmen von Hanfdämpfen verursacht wird, und zeigte deshalb keinerlei Unruhe. Weniger beruhigt aber war er über die Zukunft der jungen Frau. Er sagte Phileas Fogg unumwunden, dass Frau Auda, wenn sie in Indien bliebe, den Händen ihrer Henker unter keinen Umständen entgehen könne. Diese Sektierer wären überall auf der Halbinsel zu finden und würden trotz der englischen Polizei ihr Opfer wieder einfangen, mochte es sich nun in Bombay, Madras oder Kalkutta aufhalten. Um seinen Worten Nachdruck zu verleihen, erzählte er ein Ereignis gleicher Art, das sich erst vor einigen Jahren zugetragen hatte. Seiner Ansicht nach wäre die junge Frau erst in Sicherheit, nachdem sie Indien verlassen hatte. Phileas Fogg erwiderte, dass er diesen Äußerungen Rechnung tragen und danach handeln werde.

Gegen zehn Uhr meldete der Kornak, dass Allahabad in Sicht sei. Von dort fuhr die Bahn wieder. In knapp einem Tag und einer Nacht legte der Zug die Strecke zwischen Allahabad und Kalkutta zurück.

Phileas Fogg musste also noch rechtzeitig ankommen, um den Dampfer zu erreichen, der erst am anderen Vormittag, dem 25. Oktober, nach Hongkong abfuhr.

Die junge Frau wurde in einem Zimmer des Bahnhofs untergebracht und Passepartout beauftragt, allerhand Toilettengegenstände, Kleider, Tücher, Pelze und andere Dinge für sie einzukaufen.

Passepartout machte sich sofort auf den Weg und lief in den Straßen der Stadt umher. Allahabad, zu Deutsch »Stadt Gottes«, ist eine der heiligsten Städte Indiens, weil sie am Zusammenfluss der beiden heiligen Ströme Ganges und Dschamna liegt, zu deren Wassern die Pilger der ganzen Halbinsel ziehen. Im Übrigen ist ja bekannt, dass nach den Sagen des Ramajana die Quelle des Ganges im Himmel ist, von wo er durch Brahmas Gnade zur Erde niederrinnt!

Auf der Suche nach dem, was er einkaufen sollte, hatte Passepartout bald die ganze Stadt durchstreift, die ehemals von einem stattlichen Fort verteidigt wurde. Das Fort dient jetzt als Staatsgefängnis. Heute war von der einstmals großen Handels- und Industriestadt nichts mehr zu merken. Es war vergebliche Mühe, dass Passepartout sich nach einem Basar umsah. Schließlich fand er die Dinge, die er suchte, bei einem alten Trödler; eine Robe aus schottischem Stoff, einen weiten Mantel und einen stattlichen Pelzkragen aus Hermelinfellen, für den er ohne Besinnen 75 Pfund bezahlte. Dann begab er sich triumphierend zum Bahnhof.

Frau Auda wachte nun allmählich auf. Langsam verflog der Rausch und ihre schönen Augen blickten wieder klar.

Im Übrigen genügt es, zu sagen, dass Frau Auda, die Witwe des Radschas vom Bandelkhand, eine reizende Dame war, und zwar reizend im europäischen Sinne. Sie sprach ein sehr reines Englisch, und der Kornak hatte durchaus nicht übertrieben, als er sagte, diese junge Parsin sei durch die Erziehung zur Engländerin geworden.

Mittlerweile sollte der Zug von der Station Allahabad weitergehen. Herr Fogg zahlte dem Parsen den ausgemachten Lohn, aber nicht mehr. Das verwunderte Passepartout, da er doch wusste, was sein Herr dem Eifer des Kornaks zu verdanken hatte. Der Parse hatte doch tatsächlich freiwillig sein Leben in die Schanze geschlagen, und wenn die Hindus später wirklich noch hinter den eigentlichen Sachverhalt kamen, so war kaum anzunehmen, dass er ihrer Rache jemals entgehen würde.

Es blieb nun bloß die Frage zu klären, was mit Kiuni werden sollte, der doch so viel Geld gekostet hatte.

Aber Phileas Fogg hatte bereits einen Entschluss gefasst.

»Parsi«, redete er den Führer an, »du bist diensteifrig gewesen und hast keine Rücksicht gegen dich geübt. Ich habe dich für deinen Dienst bezahlt, aber deine Hingabe erheischt noch ihren Lohn. Willst du den Elefanten haben? Er soll dir gehören!«

Die Augen des Kornaks leuchteten.

»Das ist ja ein Vermögen, was Euer Ehren mir schenken!«, rief er.

»Nimm ihn, Kornak!«, antwortete Herr Fogg. »Ich bleibe ja trotzdem in deiner Schuld!«

»Das ist recht!«, rief Passepartout. »Nimm ihn, Freund! Kiuni ist ein braves, mutiges Tier!« Und er gab dem Elefanten ein paar Stückchen Zucker mit den Worten: »Da, Kiuni! Da, da!«

Der Elefant ließ grunzende Laute der Befriedigung hören. Dann schlang er seinen Rüssel um Passepartout und hob ihn bis zur Höhe seines Kopfes empor. Passepartout war keineswegs erschrocken, sondern streichelte das Tier, das ihn behutsam wieder auf die Erde stellte; und auf den Rüsseldruck Kiunis gab ein kräftiger Druck seiner Hand die richtige Antwort.

Kurze Zeit danach fuhren Phileas Fogg, Sir Francis Cromarty und Passepartout in einem bequem eingerichteten Wagen der Halbinselbahn, dessen besten Platz Frau Auda innehatte, mit Volldampf nach Benares.

80 englische Meilen trennten diese Stadt von Allahabad; in zwei Stunden waren sie zurückgelegt.

Auf dieser Fahrt fand die junge Frau ihr Bewusstsein wieder; die betäubenden Dämpfe des Hanfes verflogen ganz und gar.

Wie groß war ihr Erstaunen, als sie merkte, dass sie sich in der Eisenbahn befand, bekleidet mit europäischen Gewändern und mitten zwischen Reisenden, die ihr gänzlich unbekannt waren.

Zuerst wurde sie mit einem Schluck guten Likörs belebt, dann erzählte ihr der Brigadegeneral die Geschichte. Er schilderte mit nachdrücklicher Beredsamkeit Herrn Foggs Hingabe, der sich nicht besonnen hatte, sein Leben für ihre Rettung aufs Spiel zu setzen, und erging sich weitläufig über die Lösung des Abenteuers, wobei das Hauptverdienst Passepartouts verwegenem Einfall zufiel.

Herr Fogg ließ ihn reden, ohne sich mit einem Wort einzumischen. Passepartout wiederholte ganz verschämt, dass die ganze Sache ja nicht der Rede wert sei!

Frau Auda dankte ihren Rettern mehr durch Tränen als durch Worte. Ihre schönen Augen waren bessere Dolmetscher ihres Dankbarkeitsgefühls als ihre Lippen. Als die Erinnerung sie zu dem Erlebten zurücktrug und ihre Blicke über das indische Land schweiften, wo ihrer noch so viele Gefahren warteten, da wurde sie von Entsetzen geschüttelt.

Phileas Fogg begriff, was in der jungen Frau vorging, und um sie zu beruhigen, machte er ihr das Anerbieten, sie mit nach Hongkong zu nehmen, wo sie so lange bleiben sollte, bis Gras über die ganze Geschichte gewachsen war.

Frau Auda nahm das Angebot dankend an. Wohnte doch in Hongkong ein naher Verwandter von ihr, Parse wie sie und einer der angesehensten Kaufleute dieser Stadt.

Mittags um halb zwölf Uhr hielt der Zug in der Stadt Benares. Hier musste Sir Francis Cromarty seine Reisegefährten verlassen. Die Truppen, zu denen er sich begab, lagerten einige Meilen nördlich der Stadt. Der Brigadegeneral verabschiedete sich von Phileas Fogg und wünschte ihm für seine Reise den besten Erfolg, gab auch dem Wunsch Ausdruck, er möge die Reise auf weniger originelle, aber vorteilhaftere Weise noch einmal machen. Frau Auda nahm sehr zärtlich von ihm Abschied; nie in ihrem Leben werde sie vergessen, was Sir Francis Cromarty für sie getan habe. Passepartout wurde durch einen Händedruck von dem Brigadegeneral geehrt. Dann trennte man sich.

Von Benares folgte der Schienenstrang dem Tal des Ganges. Durch die Glasscheiben sahen sie die bunte Landschaft des Bihar, mit Laubwald bedeckte Gebirge, Gersten- und Weizenfelder, Seen und Teiche, von grünlichen Alligatoren bevölkert, Dörfer und Wälder.

Dieses ganze Panorama glitt wie ein Blitz vorüber, aber oft verhüllte eine weiße Dampfwolke die Aussicht. Kaum konnten die Reisenden das Fort von Chunar, 20 Meilen südöstlich von Benares, sehen, die altertümliche Feste des Radschas von Bihar. Es ging an Ghasipur und seinen bedeutenden Rosenwasserfabriken vorbei, an dem Grabmal Lord Cornwallis', das sich auf dem linken Gangesufer erhebt, an der befestigten Stadt Buxar und an Patna, dem großen Industrie- und Handelszentrum, und an der europäisch gebauten Stadt Monghyr, die an Manchester oder Birmingham erinnert, mit ihren berühmten Eisengießereien und Waffenfabriken.

Dann kam die Nacht und um sieben Uhr früh endlich erreichten sie Kalkutta. Der Dampfer nach Hongkong ging erst gegen Mittag ab. Phileas Fogg hatte also fünf Stunden Zeit.

Nach seinem Reisetagebuch musste er am 25. Oktober in der Hauptstadt Indiens eintreffen, am 23. Tag nach seiner Abreise aus London, und er kam wirklich zu diesem Zeitpunkt dort an, hatte also weder Verspätung noch Vorsprung. Leider waren die beiden zwischen London und Bombay gewonnenen Tage bei der Durchquerung Indiens verloren gegangen, wodurch, weiß ja der Leser. Aber es darf angenommen werden, dass Phileas Fogg den Verlust nicht beklagte.

15. Der Banknotensack wird leichter

Der Zug hatte Kalkutta erreicht. Passepartout stieg als Erster aus dem Wagen, ihm folgte Herr Fogg, der seiner jungen Begleiterin beim Aussteigen behilflich war. Er wollte sich sogleich zur Dampferhaltestelle begeben, um Frau Auda auf dem Schiff bequem und behaglich unterzubringen. Gerade als Herr Fogg die Bahnhofshalle verlassen wollte, trat ein Polizist zu ihm mit der Frage:

»Herr Phileas Fogg?«

»So heiße ich.«

»Der Mann hier ist Ihr Diener?«, fragte der Polizist weiter, auf Passepartout zeigend.

»Jawohl.«

»Wollen Sie mir bitte beide folgen!«

Herr Fogg machte keine Gebärde, die ein Erstaunen hätte verraten können. Der Polizist war ein Vertreter des Gesetzes und für jeden Engländer ist das Gesetz ein Heiligtum. Passepartout als Franzose dagegen wollte zu schmähen anfangen, aber der Polizist berührte ihn mit seinem Stab, und Phileas Fogg riet Passepartout zu gehorchen.

»Die junge Dame kann uns doch begleiten?«, fragte Herr Fogg.

»Das kann sie«, antwortete der Polizist.

Dieser Vertreter des Gesetzes führte Herrn Fogg, Frau Auda und Passepartout zu einem Palkighari, einem vierrädrigen Transportwagen mit vier Sitzen, der von einem Doppelgespann gezogen wurde. Die Fahrt dauerte etwa zwanzig Minuten, aber niemand sprach unterwegs ein Wort.

Es ging quer durch die »schwarze Stadt« mit ihren engen Gassen und den niedrigen, ärmlichen Hütten zu beiden Seiten.

Dann fuhren sie durch die Europäerstadt mit ihren hellen Ziegelhäusern, die im Schatten von Baumwollbäumen einen sehr freundlichen Eindruck machten.

Der Palkighari hielt vor einem einfachen Gebäude, dem man aber auf den ersten Blick ansah, dass es kein Wohnhaus war.

Der Polizist ließ seine Gefangenen aussteigen – mit diesem Namen dürfte man sie nun bezeichnen – und führte sie in einen Raum mit vergitterten Fenstern. Dort sagte er zu ihnen:

»Um halb neun werden Sie vor den Richter Obadjah zitiert!«

Dann verließ er die Zelle, deren Tür er hinter sich abschloss.

»Na, nun haben sie uns ja!«, rief Passepartout und sank auf einen Stuhl.

Frau Auda wandte sich gleich an Herrn Fogg und sagte mit einer Stimme, deren Rührung sie vergeblich zu verbergen suchte:

»Sie müssen mich im Stich lassen! Nur um meinetwillen sind Sie solchen Verfolgungen ausgesetzt!«

Phileas Fogg begnügte sich mit der Antwort, dass solche Möglichkeit nicht vorliegen könne; denn so eine Sache werde nicht gerichtlich verfolgt. Wie hätten sich diese Sektierer vor Gericht wagen können? Das wäre ja heller Wahnsinn von ihnen gewesen. Herr Fogg setzte hinzu, dass er die junge Frau unter keinen Umständen im Stich lassen, sondern sie heil und sicher nach Hongkong führen werde.

»Aber der Dampfer geht gegen Mittag ab«, bemerkte Passepartout.

»Wir werden vor zwölf Uhr an Bord sein«, gab der unerschütterliche Mensch zur Antwort.

Auf diesen so klar und bestimmt erteilten Bescheid konnte Passepartout nicht umhin sich zu sagen:

»Sapperment! Das wäre doch gelacht, vor zwölf Uhr werden wir an Bord sein!«

Aber seiner Sache sicher war er darum durchaus nicht.

Um halb neun Uhr wurde die Zelle geöffnet. Der Polizist erschien wieder und führte die Gefangenen in den anstoßenden Raum. Es war ein Verhandlungssaal. Ein sehr zahlreiches Publikum, aus Europäern und Eingeborenen zusammengesetzt, hockte auf den halbkreisförmigen Bänken.

Herr Fogg, Frau Auda und Passepartout bekamen ihren Platz gegenüber dem Richter und dem Schreiber angewiesen.

Richter Obadjah, ein großer, feister Herr, trat sogleich ein, ihm folgte der Schreiber. Von einem Nagel an der Wand nahm der Richter eine Perücke herunter und setzte sie auf.

»Prozess Nummer eins«, sagte er.

Dann griff er sich nach dem Kopf.

»Aber das ist ja gar nicht meine Perücke!«, rief er.

»Allerdings nicht, Herr Obadjah, es ist meine Perücke«, antwortete der Schreiber.

»Lieber Herr, wie können Sie von einem Richter erwarten, dass er einen gerechten Spruch in der Perücke eines Schreibers fälle?«

Die Perücken wurden getauscht. Während dieser Präliminarien kochte Passepartout vor Ungeduld, denn der Zeiger der großen Saaluhr schien mit entsetzlicher Geschwindigkeit vorzurücken.

»Prozess Nummer eins«, nahm nun der Richter Obadjah wieder das Wort.

»Phileas Fogg?«, fragte der Schreiber.

»Hier«, antwortete Herr Fogg.

»Passepartout?«

»Ist da!«, antwortete der Gefragte.

»Gut!«, sagte der Richter. »Angeklagte! Seit zwei Tagen lauert man Ihnen bei allen Zügen auf, die aus Bombay einlaufen.«

»Worauf fußt die Anklage?«, rief Passepartout ungeduldig.

»Das werden Sie gleich hören«, versetzte der Richter.

»Mein Herr«, bemerkte nun Herr Fogg, »ich bin englischer Staatsbürger und habe das Recht …«

»Hat man es Ihnen gegenüber an Rücksichtnahme fehlen lassen?«, fragte Herr Obadjah.

»Keineswegs.«

»Nun, so führen Sie die Ankläger herein!«

Daraufhin wurde von einem Gerichtsdiener eine Tür des Verhandlungssaales geöffnet und herein traten drei Priester.

»Ah, von dort her weht der Wind!«, sprach Passepartout leise. »Die Schufte also, die unsere junge Dame verbrennen wollten!«

Die Priester stellten sich vor dem Richter auf, und der Gerichtsschreiber las mit lauter Stimme eine Klage wegen Kirchenschändung vor, die sich gegen Herrn Phileas Fogg und seinen Diener Passepartout richtete.

»Sie haben vernommen?«, fragte der Richter Phileas Fogg.

»Jawohl, Herr Richter, und ich bekenne mich schuldig«, antwortete er, indem er seine Uhr aus der Tasche nahm.

»Ah, Sie bekennen sich schuldig?«

»Ich bekenne mich schuldig und erwarte, dass diese drei Priester auch ihrerseits bekennen, was sie in der Pagode von Pillaji tun wollten.«

Die Priester sahen einander an; sie schienen die Worte des Angeklagten nicht zu verstehen.

»Jawohl!«, rief nun heftig Passepartout. »In der Pagode von Pillaji, vor der sie ihr Opfer verbrennen wollten!«

Neue Versteinerung der Priester und tiefes Erstaunen des Richters Obadjah.

»Von welchem Opfer sprechen Sie?«, fragte er. »Und wer sollte denn in Bombay verbrannt werden?«

»In Bombay?«, rief Passepartout.

»Zweifellos. Nicht um die Pagode von Pillaji handelt es sich hier, sondern um die Pagode auf dem Malabarhügel in Bombay!«

»Und als Beweisstücke sind hier die Schuhe des Kirchenschänders«, setzte der Gerichtsschreiber hinzu, indem er ein Paar Schuhe auf seinen Schreibtisch stellte.

»Meine Schuhe!«, rief Passepartout, in höchstem Maße erstaunt und außerstande, diesen unwillkürlichen Ausruf zu unterdrücken.

Man errät die Verwirrung, in die Herr Fogg und Passepartout gebracht wurden. An das Ereignis in der Pagode von Bombay hatten sie in keiner Weise mehr gedacht und nun wurden sie deshalb vor das Gericht in Kalkutta gezerrt.

Detektiv Fix hatte den ganzen Vorteil, den er aus diesem unglücklichen Vorfall ziehen konnte, nur zu gut begriffen. Er hatte seine Abreise um zwölf Stunden verschoben und sich den Priestern vom Malabarhügel mit seinem Rat zur Verfügung gestellt; hatte ihnen, da ihm bekannt war, wie schwer die englische Regierung solche Vergehen ahndet, einen sehr bedeutenden Schadenersatz in Aussicht gestellt und sie dann mit dem nächsten Zug dem Kirchenschänder auf die Fersen gehetzt. Da aber die Befreiung der jungen Witwe einige Stunden in Anspruch genommen hatte, waren Fix und die Hindus, die von Bombay aus an das Gericht in Kalkutta telegrafiert hatten, die beiden Reisenden festzunehmen, früher als sie dort angekommen. Wie groß nun die Enttäuschung Fixens war, als er vernahm, Phileas Fogg sei noch gar nicht in der Hauptstadt von Indien eingetroffen, wird sich der Leser denken können! Er musste annehmen, sein Spitzbube habe sich von einer der Stationen der Halbinselbahn in die nördlichen Provinzen geflüchtet. 24 Stunden lang lauerte Fix auf dem Bahnhof. Umso größer war deshalb

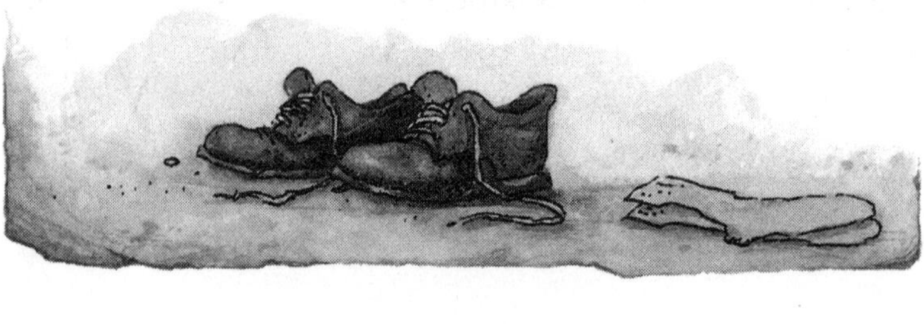

seine Freude, als er ihn nun am Morgen dieses Tages aus dem Wagen steigen sah, allerdings in Gesellschaft einer jungen Dame, deren Anwesenheit er sich nicht zu erklären vermochte. Im Nu jagte er ihm einen Polizisten auf den Hals, und auf diese Weise geschah es dann, dass Herr Fogg, Passepartout und die Witwe des Radschas von Bandelkhand vor den Richter Obadjah geführt wurden.

Wäre Passepartout nicht so ganz von dem Vorfall in Anspruch genommen worden, hätte er bestimmt den Detektiv bemerkt, der, in einen Winkel des Verhandlungssaales gedrückt, dem Prozess mit einem leicht begreiflichen Interesse folgte; denn auch in Kalkutta war der Haftbefehl aus London noch nicht eingetroffen.

Indessen hatte der Richter Obadjah das Passepartout entfahrene Geständnis seiner Schuld zu den Akten genommen. Es half nun wenig, dass der arme Kerl gern alles, was er besaß, geopfert hätte, um seine unvorsichtigen Worte ungesagt zu machen.

»Die Tatsachen werden zugegeben?«, fragte der Richter.

»Jawohl, sie werden zugegeben«, antwortete kühl Herr Fogg.

»In Ansehung dessen, dass das englische Gesetz«, hub nun der Richter an, »allen Glaubensbekenntnissen Indiens gleichmäßigen Schutz angedeihen lässt und streng über ihre Unverletzlichkeit wacht, ferner in Ansehung dessen, dass der Angeklagte Passepartout eingesteht, den Boden der Pagode vom Malabarhügel in Bombay am 20. Oktober im Laufe des Tages in kirchenschänderischer Weise betreten und entheiligt zu haben, wird der Angeklagte zu 14 Tagen Gefängnis und zu einer Geldstrafe von 300 Pfund verurteilt.«

»300 Pfund?«, rief Passepartout, der bloß die Geldstrafe beachtete.

»Ferner in Ansehung dessen«, fuhr Richter Obadjah fort, »dass es nicht sachlich erwiesen worden ist, dass zwischen dem Bedienten und dem Herrn kein ursächlicher Zusammenhang hinsichtlich des begangenen Verbrechens bestanden hat, und dass besagter Herr dem Gesetz nach verantwortlich zu machen ist für das Tun und Lassen des in Brot und Lohn bei ihm stehenden Dieners, verurteilt das Gericht besagten Phileas Fogg zu acht Tagen Gefängnis und zu seiner Geldstrafe von 150 Pfund. – Gerichtsschreiber, rufen Sie die nächste Sache auf!«

Fix empfand in seinem Winkel eine unsagbare Genugtuung. Phileas Fogg war nun in Kalkutta auf acht Tage dingfest gemacht – und allzu lange konnte es nicht mehr dauern, bis der Haftbefehl aus London eintraf.

Passepartout war ganz außer sich. Die Verurteilung bedeutete den Bankrott für seinen Herrn, und zwar den physischen und moralischen Bankrott. Eine Wette von 20 000 Pfund war einzig und allein dadurch verloren, weil er den Fuß in diese vermaledeite Pagode gesetzt hatte!

Phileas Fogg saß so ruhig und selbstbewusst da, als wenn ihn diese Verurteilung nicht das Geringste anginge. In dem Augenblick aber, als der Gerichtsschreiber die nächste Sache aufrief, erhob er sich mit den Worten:

»Ich stelle Sicherheit!«

»Dieses Recht gehört Ihnen«, antwortete der Richter.

Fix fühlte, dass es ihm kalt den Rücken hinunterlief; aber er gewann seine Ruhe wieder, als er aus dem Mund des Richters die Worte vernahm: »In Ihrer Eigenschaft als Fremde haben Sie sowohl als auch Ihr Diener Anspruch darauf.« Sodann wurde die Bürgschaft für jeden Einzelnen auf die ungeheure Summe von 1000 Pfund festgesetzt.

2000 Pfund also sollte es Herrn Fogg kosten, wenn er sich seiner Strafe nicht unterzöge.

»Ich bezahle«, sprach er und nahm aus dem Sack, den Passepartout trug, ein Bündel Banknoten, um sie auf den Tisch des Gerichtsschreibers zu legen.

»Wenn Sie das Gefängnis verlassen, wird Ihnen diese Summe zurückerstattet werden, abzüglich der Geldstrafen, zu denen Sie und Ihr Diener verurteilt worden sind«, sagte der Richter. »Einstweilen sind Sie unter Bürgschaft frei!«

»Komm«, sagte Phileas Fogg zu seinem Diener.

»Aber meine Schuhe sollen sie mir doch wenigstens wiedergeben!«, rief Passepartout mit wütender Gebärde.

Die Schuhe wurden ihm verabfolgt.

»Eine teure Geschichte«, murmelte er. »Jeder Schuh kostet über 1000 Pfund! Ganz abgesehen davon, dass sie mich noch drücken!«

Passepartout folgte Herrn Fogg, der Frau Auda den Arm geliehen hatte, grimmig wie ein Bär. Fix hoffte noch immer, dass sich Herr Fogg niemals entschließen werde, die Summe von 2000 Pfund schießen zu lassen, sondern lieber acht Tage Gefängnis absitzen würde. Er lief ihm deshalb hinterher. Herr Fogg mietete sich jedoch einen Wagen und fuhr mit Frau Auda und Passepartout zum Kai der Stadt.

Die ›Rangun‹ lag auf der Reede vor Anker, zur Abfahrt bereit. Es schlug elf Uhr. Herrn Fogg blieb also noch eine Stunde Zeit. Fix sah ihn den Wagen verlassen und mit Frau Auda und dem Diener ein Boot besteigen. Der Detektiv stampfte zornig auf die Erde.

»Der Lump!«, schrie er. »Fährt ab und lässt 2000 Pfund im Stich! Nobel wie ein Spitzbube. Aber ich setze hinter ihm her!

Wenn' sein muss, bis ans Ende der Welt! Doch wird, wenn er so weitermacht, bald nichts mehr von dem gestohlenen Geld da sein!«

Der Polizeikommissar hatte guten Grund zu dieser Annahme. Denn tatsächlich hatte Phileas Fogg seit seiner Abreise aus London an Fahrt- wie an Prämienkosten, hinterlegten Bürgschaften und Geldstrafen einschließlich des Preises für den Elefanten schon über 5000 Pfund ausgegeben. Da aber dem Detektiv nur von dem geretteten Betrag der gestohlenen Summe Prozente ausgezahlt werden sollten, so wurden die Aussichten für ihn natürlich immer geringer.

16. *Fix täuscht Unwissenheit vor*

Die ›Rangun‹ war ein Schraubendampfer der Ostindischen Handelsgesellschaft. Sie nahm es im Punkt Fahrgeschwindigkeit mit der ›Mongolia‹ auf, besaß aber nicht ihren Komfort und ihre Eleganz. Frau Auda fand deshalb hier nicht jene vorzügliche Unterkunft, die Herr Fogg für sie wünschte. Ein Glück, dass es sich nur um elf bis zwölf Tage handelte und dass sich die junge Dame als kein besonders heikler Passagier erwies.

Auf dem Schiff schloss Frau Auda engere Bekanntschaft mit Phileas Fogg. Bei jeder Gelegenheit bewies sie ihm ihre Dankbarkeit. Der phlegmatische Mensch hörte ihr, wie es schien, höchst gleichgültig zu, ohne durch eine Änderung im Tonfall oder eine lebhaftere Gebärde die leiseste Erregung zu bekunden. Er wachte darüber, dass es der jungen Frau an nichts fehlte. Zu gewissen Stunden sprach er regelmäßig bei ihr vor, und wenn er auch selbst nicht viel sagte, so lauschte er doch ihren Worten. Er erfüllte die Pflichten der Höflichkeit aufs Strengste, aber wie ein Automat.

Frau Auda wusste sich seine Art kaum zu erklären, obwohl Passepartout es an der notwendigen Aufklärung über die sonderbare Veranlagung seines Herrn nicht hatte fehlen lassen. Er hatte ihr mitgeteilt, was für eine Wette diesen Herrn um die Welt führe. Frau Auda hatte dazu nur gelächelt. Aber schließlich verdankte sie ihm das Leben; und dadurch, dass sie ihn mit einem Gefühl der Dankbarkeit betrachtete, konnte ihr Erretter doch nur gewinnen und nicht verlieren.

Frau Auda bestätigte, was der Kornak von ihrer Vergangenheit erzählt hatte. Sie stammte tatsächlich von jener Rasse ab, die unter den Eingeborenen Indiens den ersten Rang einnimmt. Viele Parsen waren als Kaufleute, und zwar durch den Baumwollhandel, zu ungeheuren Reichtümern gelangt. Einer von ihnen, Sir James Dschidschihbhoy, war sogar von der englischen Regierung in den Ritterstand erhoben worden und mit diesem reichen Mann aus Bombay war Frau Auda nahe verwandt. Einen Neffen Dschidschihbhoys – den ehrenwerten Dschidschih – gedachte sie in Hongkong aufzusuchen. Ob sie bei ihm eine Zuflucht finden und ob er ihr Beistand leisten würde, wusste sie nicht. Aber Herr Fogg antwortete ihr, sie solle sich nur nicht beunruhigen, es werde sich alles mit mathematischer Genauigkeit fügen!

Ob die junge Frau diese entsetzliche Phrase von der mathematischen Genauigkeit begriff? Es weiß niemand etwas darüber zu sagen. Aber ihre großen Augen, klar und tief wie die heiligen Seen des Himalajas, hefteten sich auf Herrn Fogg. Doch dieser unergründliche Herr war so zugeknöpft wie sonst und schien keineswegs danach beschaffen, sich in diesen »See« zu stürzen.

Die Fahrt der ›Rangun‹ vollzog sich unter ausgezeichneten Bedingungen. Das Wetter war außerordentlich günstig. Bald sichtete die ›Rangun‹ Nordandaman, die wichtigste der bengalischen Inseln, die sich durch ihren malerischen Saddle Peak von 2400 Fuß Höhe den Schiffen schon aus sehr weiter Ferne ankündet.

Das Panorama, das diese Insel dem Auge darbot, war von großartiger Pracht. Ausgedehnte Palmen-, Bambus-, Muskat- und Teakholzwälder, Mimosen von riesigem Umfang und Farne von baumhohem Wuchs bedeckten das Land und dahinter zeichneten sich Schattenrisse der Gebirge ab. Am Strand schwirrten zu tausenden jene kostbaren Salanganen, deren essbare Nester ein sehr begehrtes Gericht waren.

Aber dieses bunte Bild, das die Inselgruppe der Andamanen bietet, verschwand bald vor den Blicken der Reisenden, und die ›Rangun‹ fuhr der Meerenge von Malakka entgegen, die sie in die chinesischen Gewässer führen sollte.

Was trieb nun während dieser Überfahrt der Polizeikommissar Fix, der auf so unglückselige Weise in eine Reise um die Welt hineingezogen worden war? Nachdem er in Kalkutta hinterlassen hatte, ihm den Haftbefehl nach Hongkong nachzusenden, hatte er sich an Bord der ›Rangun‹ einschiffen können, ohne gesehen worden zu sein. Er trug sich auch mit der Hoffnung, seine Anwesenheit an Bord bis zur Ankunft des Dampfers geheim halten zu können. Es wäre für ihn auch wirklich eine sehr schwierige Sache gewesen, eine befriedigende Erklärung zu geben, die Passepartouts Argwohn nicht wachgerufen hätte; denn Passepartout war doch der Meinung, Herr Fix befände sich in

Bombay. Aber es fügte sich, dass er seine Bekanntschaft mit ihm wieder anknüpfen musste. Wie, wird der Leser bald erfahren.

Alle Hoffnungen und Wünsche des Kommissars richteten sich auf einen einzigen Punkt der Erde, auf Hongkong; denn in Singapur hatte das Schiff einen zu kurzen Aufenthalt, um irgend etwas unternehmen zu können. In Hongkong musste die Festnahme des Spitzbuben erfolgen, wenn er nicht sozusagen ohne Wiederkehr entwischen sollte. Hongkong war ja noch englischer Besitz, aber auch der letzte, den Herr Fogg auf der ganzen Reise um die Erde passieren musste. Und war er einmal über Hongkong hinaus, so fand er in China, Japan und Amerika sichere Zufluchtsorte. Wenn Herr Fix den Haftbefehl, der gewiss hinter ihm herlief, endlich in Hongkong vorfand, so konnte er Fogg dort einfach festnehmen und ihn der Ortspolizei ausliefern. Nichts leichter und einfacher als das! Aber lag Hongkong erst hinter ihnen, genügte ein bloßer Haftbefehl nicht mehr. Dann musste noch ein Auslieferungsschein beschafft werden, was aber mit Aufenthalten und Hindernissen verbunden war – inzwischen würde sich der Gauner endlich in völlige Sicherheit bringen können.

»Wenn mir der Kerl auch in Hongkong entwischt«, sagte sich Herr Fix immer wieder während der langen Stunden, die er in seiner Kabine zubrachte, »wie er mir in Bombay und Kalkutta entwischt ist, dann ist mein Renommee zum Teufel. Diesmal muss ich seine Weiterreise um jeden Preis verhindern; mag es kosten, was es will, diesmal muss es gelingen! Aber wie halte ich den verwünschten Kerl fest, wie verhindere ich seine Weiterreise?«

Seine letzte Zuflucht sollte Passepartout sein. Ihm wollte er alles offenbaren, ihm ein Licht aufstecken über diesen Herrn, in dessen Dienst er sich begeben hatte und zu dessen Mitschuldigem er sich doch ganz gewiss nicht machen wollte. Passepartout würde sich ihm aus Furcht, mit ins Verderben gezogen zu werden, dann ohne Zweifel gefügig zeigen. Schließlich war es aber doch ein sehr gewagtes Mittel, das nur in Ermangelung jedes anderen angewandt werden durfte. Ein Wort Passepartouts zu seinem Herrn genügte, die ganze Geschichte auf unverbesserliche Weise zu verderben.

Der Polizeikommissar befand sich in höchster Verlegenheit. Die Anwesenheit Frau Audas an Bord der ›Rangun‹ und in Gesellschaft Herrn Foggs eröffnete ihm jedoch neue Aussichten.

Wer war diese Frau? Durch welche Verkettung von Umständen war sie Foggs Reisegefährtin geworden? Offenbar hatte ihr Zusammentreffen zwischen Bombay und Kalkutta stattgefunden, oder war vielleicht die Reise durch Indien von dem Herrn in der Absicht unternommen worden, dieses nette, liebreizende Geschöpf für sich zu gewinnen? Denn nett und liebreizend war die Dame, das stand fest! Hatte Fix sie doch im Gerichtssaal zu Kalkutta aus nächster Nähe gesehen.

Man begreift, bis zu welchem Grad diese Angelegenheit den Polizeikommissar aufregen musste. Er erwog die Frage, ob nicht etwa in der ganzen Geschichte eine sträfliche Entführung zu suchen sei. Ja, ganz bestimmt verhielt es sich so! Diese Idee setzte sich in Fix' Gehirn fest, und es wurde ihm nach und nach klar, welchen Vorteil er aus diesem Umstand würde ziehen können. Ob die junge Frau nun verheiratet war oder nicht, eine Entführung war hier ganz gewiss im Spiele, und es war nicht ausgeschlossen, dass dem, der all diese Dinge angezettelt hatte, in Hongkong von Fix eine Suppe eingebrockt werden würde, so schwer verdaulich, dass ihm die weitere Reise vergehen sollte! Mit Geld sollte er sich jedenfalls nicht wieder aus der Patsche helfen können!

Aber bis zur Ankunft der ›Rangun‹ in Hongkong durfte Herr Fix unter keinen Umständen warten. Denn dieser Herr Fogg hatte die abscheuliche Gewohnheit, aus einem Schiff ins andere zu springen, und konnte, ehe die Sache eingeleitet war, schon längst wieder über alle Berge sein.

Es war also wichtig, die englischen Behörden vorher zu benachrichtigen und das Signalement des ›Rangun‹-Passagiers dorthin gelangen zu lassen, ehe die Ausschiffung erfolgte. Das war insofern leicht, da das Schiff in Singapur anlegte und Singapur mit Hongkong durch den Telegraf verbunden war.

Immerhin nahm sich Fix vor, Passepartout vorher auszufragen; er wollte diesmal ganz sichergehen, bevor er handelte. Dass es nicht schwer war, den Burschen zum Reden zu bringen, wusste er ja, und er hatte die Absicht, das Inkognito aufzugeben, das er bis dahin gewahrt hatte. Es war keine Zeit mehr zu verlieren. Man hatte den 31. Oktober und schon am nächsten Tag sollte die ›Rangun‹ Singapur anlaufen.

Fix verließ deshalb seine Kabine und begab sich auf Deck in der Absicht, Passepartout anzusprechen. Passepartout ging auf dem Vorderdeck spazieren. Der Kommissar rannte mit den Worten auf ihn zu:

»Was, Sie auf der ›Rangun‹?«

»Herr Fix an Bord?«, erwiderte Passepartout aufs Höchste betroffen, als er seinen Reisegefährten von der ›Mongolia‹ wieder erkannte. »Nanu, ich lasse Sie in Bombay zurück und treffe Sie auf der Fahrt nach Hongkong wieder! Sie machen wohl auch die Reise um die Erde?«

»Nein, nein«, antwortete Fix, »ich habe die Absicht, mich in Hongkong aufzuhalten, wenigstens für einige Tage!«

»So, so«, machte Passepartout, der eine Zeit lang verwundert zu sein schien. »Aber wie kommt es denn, dass ich Sie seit der Abfahrt von Kalkutta noch kein einziges Mal auf Deck gesehen habe?«

»Hm, Unwohlsein ... ein bisschen Seekrankheit ... bin deshalb in meiner Kabine geblieben. Der Meerbusen von Bengalen bekommt mir nicht so gut wie der Indische Ozean. – Aber was macht denn Herr Fogg?«

»Befindet sich bei sehr guter Gesundheit und ist so pünktlich und gewissenhaft wie sein Reisebuch! Kein Tag Verspätung! Übrigens, Herr Fix, das wissen Sie gewiss noch nicht – wir haben jetzt eine junge Dame bei uns!«

»Eine junge Dame?«, antwortete der Kommissar, dessen Miene ganz so aussah, als verstände er nicht, was der andere eben gesagt hatte.

Passepartout war bald im schönsten Erzählen. Von dem dummen Vorfall in der Pagode fing er an, erwähnte dann, wie der Elefant für 2000 Pfund gekauft worden war, schilderte die unserem Leser als »Sutty« bekannt gewordenen Vorgänge, kam auf die Entführung der jungen Frau Auda und zuletzt auf die Gerichtsverhandlung in Kalkutta zu sprechen und schloss mit dem Urteilsspruch und ihrer Freilassung gegen Hinterlegung einer hohen Bürgschaft.

Fix tat so, als wenn er von alledem nichts wüsste, obwohl er die letzten Vorgänge zum Teil veranlasst, zum Teil miterlebt hatte; Passepartout wusste sich vor Freude kaum zu halten, dass er einem so aufmerksamen Zuhörer seine vielen Abenteuer so ausführlich mitteilen durfte.

»Aber hat denn Ihr Herr etwa die Absicht«, fragte Fix, »die junge Frau mit nach Europa zu nehmen?«

»Ganz und gar nicht, Herr Fix! Wir bringen sie bloß zu einem ihrer Verwandten, einem sehr reichen Kaufmann in Hongkong.«

Nichts zu machen!, dachte der Detektiv, indem er sich bemühte, seine Enttäuschung zu verbergen. »Ein Gläschen Branntwein mit Wasser gefällig, Herr Passepartout?«

»Gern, Herr Fix, gern! Das ist doch selbstverständlich, dass wir unser Zusammentreffen auf der ›Rangun‹ begießen müssen.«

17. Passepartout hält Fix für einen Spitzel

Von nun an trafen sich Passepartout und Fix öfter, aber der Kommissar verhielt sich sehr zurückhaltend gegen seinen Reisegefährten und machte keinen Versuch, ihn zum Sprechen anzuspornen. Einige Male sah er auch Herrn Fogg, der sich gern im großen Saal der ›Rangun‹ aufhielt, wo er entweder Frau Auda Gesellschaft leistete oder, seiner unabänderlichen Gewohnheit gemäß, eine Partie Whist spielte.

Passepartout hatte sich sehr ernste Gedanken über den sonderbaren Zufall gemacht, der Herrn Fix abermals seinem Herrn in den Weg gestellt hatte. Es war allerdings auch Grund zum Staunen vorhanden. Aber Passepartout hätte noch so lange nachdenken können, er hätte doch niemals erraten, mit welcher Mission sein Reisegefährte betraut war. Schließlich kam er darauf, dass Fix nichts anderes sein könne als ein Abgesandter des Reformklubs, der zu kontrollieren hatte, ob sich die Reise Herrn Foggs um die Erde auch wirklich nach den ausgemachten Bedingungen vollzöge!

Dass dieser sehr liebenswürdige und gefällige Herr, der ihm zuerst in Suez zu Gesicht gekommen, auf der ›Mongolia‹ mitgefahren und in Bombay ausgestiegen war, wo er zu einem Aufenthalt genötigt zu sein behauptete, und dann auf der ›Rangun‹ wieder erschien, um gleichfalls nach Hongkong zu fahren – kurz, dass dieser Herr der Route Herrn Foggs Schritt für Schritt folgte, lohnte allerdings das Nachdenken. Hier lag zumindest ein sehr eigentümliches Zusammentreffen, eine absonderliche Übereinstimmung vor. Was führte dieser Fix im Schilde? Passepartout hätte auf der Stelle seine neuen Schuhe – die er wie seinen Augapfel hütete und gut verwahrt hatte – verwettet, dass dieser Fix Hongkong zur selben Zeit mit ihnen und wahrscheinlich auch auf demselben Schiff verlassen werde.

»So ist es ganz gewiss!«, sagte sich der wackere Bursche, von Stolz erfüllt über seinen Scharfsinn. »Ein Spion ist er, den uns die Herren an die Fersen gehängt haben! So etwas ist aber nicht schön! Herr Fogg ist doch ein so ehrenhafter Mann! Ihn durch einen Spitzel kontrollieren zu lassen! Warten Sie nur, meine Herren vom Reformklub, das soll Sie was kosten!«

Außer sich vor Freude über seine Entdeckung, gelangte Passepartout aber doch zu dem Schluss, seinem Herrn nichts davon zu sagen, weil er fürchtete, er könnte über dieses schmähliche Misstrauen seiner Whistpartner in Zorn geraten. Jedoch nahm er sich vor, Fix bei Gelegenheit, aber ohne sich bloßzustellen, recht tüchtig aufzuziehen.

Am Mittwoch, dem 30. Oktober, nachmittags, lief die ›Rangun‹ in die Straße von Malakka ein, die die Malaiische Halbinsel von der Insel Sumatra trennt. Gebirgige, steile und stark zerrissene Eilande von höchst malerischer Gestalt verbargen den Passagieren den Anblick der großen Insel.

Am anderen Morgen gegen vier Uhr ging die ›Rangun‹, nachdem sie einen halben Tag an Fahrzeit gewonnen hatte, vor Singapur vor Anker, um Kohlen zu bunkern.

Phileas Fogg vermerkte diesen Vorsprung in der Gewinnspalte. Diesmal begab er sich an Land, und zwar als Begleiter Frau Audas, die den Wunsch geäußert hatte, ein paar Stunden spazieren zu gehen.

Fix folgte ihnen, ohne sich sehen zu lassen; denn ihm war jede Handlung Foggs verdächtig. Passepartout lachte sich ins Fäustchen, als er Fixens Manöver sah, ging aber ruhig seinen gewöhnlichen Einkäufen nach.

Um zehn Uhr kehrten Herr Fogg und Frau Auda in die Stadt zurück, nachdem sie eine zweistündige Fahrt durch die einem schönen Park ähnelnde Insel Singapur gemacht hatten. Die niedrigen Bauten der Stadt waren von reizenden Gärten umschlossen, in denen Mangobäume wuchsen, Ananas und andere Früchte gediehen.

Die ganze Zeit wurden sie, ohne es zu ahnen, von dem Kommissar verfolgt, der sich gleichfalls die Kosten einer Kutsche hatte auferlegen müssen. Als sie sich wieder auf der ›Rangun‹ einschifften, erwartete Passepartout sie auf Deck. Er hatte einige dutzend Mangofrüchte von der Größe mittelgroßer Birnen gekauft, außen tiefbraun, innen hellrot, deren Fleisch, wenn es zwischen den Zähnen schmilzt, dem echten Feinschmecker einen Genuss ohnegleichen bereitet. Passepartout fühlte sich überglücklich, Frau Auda damit eine Freude bereiten zu können. Um elf Uhr machte die ›Rangun‹, die ihren Kohlenvorrat inzwischen ergänzt hatte, vom Kai los, und wenige Stunden später verloren die Passagiere jene hohen Gebirge von Malakka aus den Augen, deren Wälder den schönsten Tigern der Erde Unterschlupf bieten.

1360 Meilen ungefähr lagen zwischen Singapur und Hongkong, dem kleinen, von der chinesischen Küste abgelösten englischen Gebiet. Phileas Fogg kam es darauf an, diese Strecke in 6 Tagen zurückzulegen, um in Hongkong noch den Dampfer zu erreichen, der am 6. November nach Yokohama, einem der wichtigsten Hafenplätze Japans, abgehen sollte.

Die ›Rangun‹ war schwer beladen. Zahlreiche Passagiere hatten sich in Singapur eingeschifft: Hindus, Chinesen, Malaien, Portugiesen und Bewohner Ceylons, die zumeist Kajüten zweiter Klasse belegt hatten.

Das schöne Wetter schlug mit dem letzten Mondviertel um. Der Wind blies zuweilen sehr heftig, aber zum Glück aus Südosten, also die Fahrt des Schiffes begünstigend. Sobald es möglich war, wurden Segel gesetzt. Unter der Wirkung von Dampf und Wind vergrößerte sich die Geschwindigkeit der ›Rangun‹ zunächst erheblich. Aber die Überbelastung, der Einfluss der schlechter werdenden Witterung und die ungünstige Bauart des Dampfers hatten eine Verringerung der Fahrgeschwindigkeit zur Folge, sodass sich die ›Rangun‹ schließlich auf die halbe Dampfkraft beschränken musste. Dadurch entstand ein Zeitverlust, der Phileas Fogg zwar nicht zu erschüttern schien, der aber Passepartout schier aus dem Häuschen zu bringen drohte. Er machte dem Kapitän, dem Maschinisten und der ganzen Handelsgesellschaft die schlimmsten Vorwürfe und wünschte schließlich jeden zum Teufel, der sich mit der Beförderung von Passagieren befasste. Vielleicht fiel ihm dabei auch wieder jene Gasflamme ein, die in dem Haus der Saville Row auf seine Rechnung weiter brannte, ein Umstand, der seine Ungeduld gewiss nicht verringern konnte.

»Aber haben Sie es denn gar so eilig, nach Hongkong zu kommen?«, fragte ihn eines Tages der Detektiv.

»Gewiss, sehr eilig!«, gab Passepartout zur Antwort.

»Sie meinen also, Herr Fogg möchte unbedingt Yokohama erreichen?«

»Unbedingt!«

»Sie glauben jetzt wohl selber an diese merkwürdige Reise um die Erde?«

»Gewiss! Sie doch auch, Herr Fix?«

»Ich? Mit keinem Gedanken!«

»Schwindler«, antwortete Passepartout, die Augen zusammenkneifend.

Dieses Wort gab dem Kommissar zu denken. Es beunruhigte ihn, so bezeichnet zu werden, ohne zu wissen, warum. Hatte der Franzose ihn schon durchschaut? Das war doch gar nicht möglich! Wie hätte Passepartout dahinterkommen sollen, dass er Kriminalpolizist war, da doch nur er selbst davon wusste. Und doch musste der Franzose, wenn er solche Worte fallen ließ, gewiss einen Hintergedanken dabei gehabt haben.

Es geschah sogar, dass der wackere Geselle an einem anderen Tag noch weiter ging; aber nicht ohne Schaden für sich selbst; denn er konnte nun einmal seine Zunge nicht im Zaum halten.

»Sagen Sie mal, Herr Fix«, fragte er seinen Reisegefährten in boshaftem Ton, »werden wir denn in Hongkong das Unglück haben, Sie dort zu lassen?«

»Aber ...«, erwiderte Fix ziemlich betreten, »das kann ich nicht sagen; vielleicht ...«

»Für mich wäre es ein Glück«, sagte Passepartout, »wenn Sie uns begleiten würden! Sagen Sie mal, ein Beamter der Ostindischen Handelsgesellschaft kommt wohl unterwegs überhaupt nicht zur Ruhe? Sie wollten nur bis Bombay fahren und sind nun bald in China! Amerika ist nicht mehr weit und von Amerika nach Europa ist's ja bloß noch ein Katzensprung!«

Fix blickte Passepartout aufmerksam an; dieser aber zeigte ein gemütlich lachendes Gesicht und Fix stimmte in sein Gelächter ein. Passepartout war nun einmal im Zuge und fragte, was denn ein solches Geschäft Herrn Fix einbringe. Sicher doch ein hübsches Stück Geld.

»Ja und nein«, erwiderte Fix, ohne mit der Wimper zu zucken. »Es werden gute und schlechte Geschäfte gemacht. Aber Sie begreifen doch, dass ich nicht auf eigene Kosten reise!«

»Oh, was das betrifft, so bin ich meiner Sache freilich sicher!«, rief Passepartout lachend. Doch diese Äußerung war sehr unklug von ihm; denn damit hörte die Unterhaltung auf. Fix ging wieder in seine Kabine und fing an zu überlegen. Also war er doch erkannt? Auf irgendeine Weise hatte der Franzose herausbekommen, dass er Geheimpolizist war. Aber hatte er auch schon seinen Herrn davon unterrichtet? Welche Rolle fiel ihm bei der ganzen Sache zu? War er mitschuldig oder nicht?

Der Kommissar verlebte nun einige sehr unangenehme Stunden. Bald gab er alles verloren, bald hoffte er, dass das Glück ihm noch hold sein würde. Jedenfalls wusste er nicht, wozu er sich entschließen sollte.

Mittlerweile aber wurde er ruhig, und er nahm sich vor, mit Passepartout frei und offen zu sprechen. Fand er in Hongkong

den Haftbefehl nicht vor und sollte Fogg sich anschicken, dort das englische Gebiet wirklich zu verlassen, so wollte er Passepartout reinen Wein einschenken. Entweder war der Diener Mitschuldiger seines Herrn, dann war der Karren verfahren, oder er stand dem Diebstahl fern, und dann lag es unbedingt in seinem Interesse, sich von dem Spitzbuben loszusagen.

So standen die Dinge zwischen den beiden Männern, über denen Phileas Fogg in seiner majestätischen Gleichgültigkeit thronte. In rationellster Weise zog er seinen Kreis um die Erde, ohne sich um irgendwelche Störungen zu kümmern, die seine Bahn kreuzen könnten.

Und doch befand sich in der Nähe – um in der Ausdrucksweise der Astronomen zu sprechen – ein beunruhigendes Gestirn, das auf das Herz dieses Herrn einen einigermaßen verwirrenden Einfluss hätte ausüben müssen. Doch zur großen Verwunderung Passepartouts war der Reiz Frau Audas ohne Wirkung, und die Ablenkungen – wenn überhaupt welche vorhanden waren – hätten sich viel schwerer berechnen lassen als die des Uranus, die zur Entdeckung des Neptun geführt haben.

Hierüber konnte sich Passepartout nicht genug wundern, da er doch in den Augen der jungen Frau so viel Zuneigung für seinen Herrn las. Sicherlich hatte Phileas Fogg, wenn es galt, heroisch zu sein, Herz genug; aber zum Liebhaber schien er nicht geschaffen! Von den Sorgen, die er sich um seine Reise etwa machen mochte, war ihm nichts anzumerken. Passepartout selber kam jedoch aus den Ängsten nicht heraus. Eines Tages sah er, auf die vordere Brüstung des Maschinenraumes gestützt, der riesigen Maschine zu, die manchmal zu bersten drohte. Als das Schiff gerade sehr heftig stampfte, fasste die gewaltig arbeitende Schraube kein Wasser, da sie darüber hinausragte. Der Dampf entwich daher durch die Ventile, worüber der wackere Diener in helle Wut geriet.

»Die Ventile sind nicht genügend beschwert!«, rief er. »Wir haben ja gar keine Fahrt! Ihr Engländer seid schöne Kerle! Wenn das ein amerikanisches Schiff wäre, dann ging es schneller vorwärts, wenn wir dabei auch in die Luft flögen!«

18. An Bord der ›Rangun‹

In den letzten Tagen der Fahrt hatte sich das Wetter zusehends verschlechtert. Der Wind verschärfte sich und blies unausgesetzt aus Nordwesten, sodass die ›Rangun‹ schwer dagegen anzukämpfen hatte und sehr viel schlingerte. Die Passagiere fühlten sich nichts weniger als behaglich.

Am 3. und 4. November setzte noch heftiger Sturm ein. Die See ging außerordentlich hoch, sodass die ›Rangun‹ die Geschwindigkeit verringern musste. Alle Segel wurden gekappt, und es ließ sich schon berechnen, dass sie mit 20 Stunden Verspätung in Hongkong einlaufen würden, wenn der Sturm nicht nachließ.

Phileas Fogg wohnte diesem Schauspiel einer wilden See, die unmittelbar gegen ihn im Kampf zu stehen schien, mit seiner gewohnten Gleichgültigkeit bei. Seine Stirn verfinsterte sich nicht eine Sekunde, und doch konnte eine Verspätung von 20 Stunden seine ganze Reise infrage stellen, weil er dann außerstande war, den Dampfer nach Yokohama zu erreichen. Aber dieser Mensch ohne Nerven zeigte weder Ungeduld noch Ärger. Es sah wirklich so aus, als ob dieser Sturm in seinem Programm stünde, als ob er vorgesehen wäre. Frau Auda, die sich mit ihrem Reisegefährten über diesen widrigen Zufall unterhielt, gewahrte nicht die geringste Veränderung an ihm.

Fix sah die Dinge mit anderen Augen an. Ihm gefiel der Sturm außerordentlich. Seine Befriedigung wäre vollständig gewesen, wenn die ›Rangun‹ gezwungen worden wäre, vor dem Sturm beizudrehen. Ihm war jede Verspätung recht; denn dadurch würde Herr Fogg genötigt werden, ein paar Tage in Hongkong zu bleiben.

Er war glücklich, dass ihm zu guter Letzt noch der Himmel mit seinen Böen und Stürmen zu Hilfe kam. Er fühlte sich zwar nicht ganz wohl und munter dabei; aber kam es darauf an? Er zählte die verschiedenen Fälle von Erbrechen nicht, und wenn sich sein Leib unter den Folgen der Seekrankheit krümmte, so war er doch guter Dinge.

Dass Passepartout diese stürmische Zeit in einer sehr stürmischen Gemütsstimmung verlebte, aus der er wenig Hehl machte, wird sich der Leser wohl denken können. Bisher war alles so ausgezeichnet gegangen. Erde und Wasser schienen seinem Herrn ergeben zu sein. Dampfschiffe und Eisenbahnen gehorchten ihm. Wind und Dampf vereinigten sich, um seine Reise zu begünstigen. Hatte denn nun wirklich die Stunde der

Missgunst geschlagen? Der Sturm machte ihn rasend; wie gern hätte er dieses ungehorsame Meer gezüchtigt! Armer Kerl! Fix hielt ihm die Genugtuung, die er fühlte, wohlweislich verborgen, und das war gut so; denn hätte Passepartout nur die leiseste Ahnung davon gehabt, so würde es Fix miserabel ergangen sein!

Passepartout blieb, solange der Sturm dauerte, auf dem Deck der ›Rangun‹. Es wäre ihm nicht möglich gewesen, sich unten aufzuhalten; er kletterte in den Masten umher, setzte die Schiffsmannschaft durch seine affenartige Geschwindigkeit in Staunen und half überall mit. Unentwegt richtete er Fragen an den Kapitän, die Offiziere und die Matrosen, die sich alle das Lachen nicht verkneifen konnten über einen so außer Rand und Band geratenen Menschen. Passepartout wollte unbedingt wissen, wie lange der Sturm noch dauern würde. Man sagte ihm, er solle doch nach dem Barometer sehen; das aber zeigte keine Lust zu steigen. Passepartout rüttelte und schüttelte daran, aber es wollte alles nichts helfen, auch Schimpfworte nicht, mit denen er das unschuldige Instrument überhäufte.

Endlich legte sich der Sturm. Am 4. November sprang der Wind nach Süden um und wurde der Fahrt wieder günstig.

Aber die verlorene Zeit einzubringen war nicht möglich, damit musste man sich abfinden. Erst am 6. November um fünf Uhr morgens wurde Land gemeldet. Nach Foggs Reisetagebuch sollte der Dampfer am 5. einlaufen. Also hatte er 24 Stunden Verspätung und der Dampfer nach Yokohama musste schon weg sein.

Um 6 Uhr kam der Lotse an Bord der ›Rangun‹, um den Dampfer durch die enge Fahrrinne bis in den Hafen von Hongkong zu führen.

Passepartout trieb es mit allen Fasern, den Mann zu fragen,

ob der Dampfer nach Yokohama Hongkong schon verlassen habe. Aber er wagte es nicht, weil es so wohl tat, sich noch einen Funken Hoffnung bis zum letzten Augenblick zu erhalten. Er hatte Fix seine Ängste mitgeteilt; der schlaue Detektiv versuchte, ihn damit zu trösten, dass Herr Fogg ebenso gut fahren werde, wenn er das nächste Dampfschiff benutze. Diese Worte versetzten Passepartout in blinden Zorn. Weil er sich jedoch nicht getraute, den Lotsen zu fragen, so tat es Herr Fogg, nachdem er seinen »Bradshaw« zurate gezogen hatte; und zwar mit einer so gelassenen, ruhigen Miene, als wüsste er ganz genau, wann ein Dampfboot von Yokohama abgeht.

»Morgen früh, wenn die Flut einsetzt«, antwortete der Lotse.

»So, so!«, sagte Herr Fogg ohne die geringste Verwunderung.

Passepartout stand dabei und hätte den Lotsen gern umarmt, dem Fix am liebsten den Hals umgedreht hätte.

»Wie heißt der Dampfer?«, fragte Herr Fogg.

»›Carnatic‹«, antwortete der Lotse.

»Er sollte doch schon gestern abgehen?«

»Jawohl! Aber ein Kessel musste ausgebessert werden, darum fährt er erst morgen.«

»Ich danke Ihnen«, versetzte Herr Fogg und begab sich mit seinem automatischen Schritt wieder in den Salon der ›Rangun‹.

Passepartout aber packte die Hand des Lotsen und drückte sie kräftig mit den Worten:

»Lotse! Ihr seid ein braver Kerl!«

Der Lotse hat aber nie erfahren, warum ihm seine Antwort diesen impulsiven Freundschaftsbeweis eingetragen hatte. Er stieg wieder auf den Ausguck und steuerte das Schiff sicher durch Dschunken, Fischerboote und Schiffe aller Art, die in dem Vorhafen von Hongkong lagen.

Um ein Uhr ging die ›Rangun‹ am Kai vor Anker und die Passagiere wurden ausgeschifft.

Wie zugegeben werden muss, hatte der Zufall Phileas Fogg einen bemerkenswerten Dienst geleistet. Hätte die ›Carnatic‹ ihre Kessel nicht reparieren lassen müssen, so wäre sie am 5. November abgefahren, und die Reisenden, die nach Japan wollten, hätten dann acht Tage auf den nächsten Dampfer warten müssen. Herr Fogg hatte nun allerdings 24 Stunden Verspätung, aber für den Rest der Reise konnte das keine verhängnisvollen Folgen haben. Der Dampfer nämlich, der von Yokohama über den Stillen Ozean nach San Francisco fuhr, richtete seine Abfahrt genau nach dem aus Hongkong kommenden und konnte also vor dessen Ankunft gar nicht in See stechen. Wahrscheinlich würde es bis Yokohama bei einer Verspätung von 24 Stunden bleiben, aber während der Fahrt von 22 Tagen über den Stillen Ozean musste es eine Kleinigkeit sein, diese Stunden wieder aufzuholen. Demnach befand sich also Herr Fogg am 35. Tag seiner Abfahrt von London noch immer in Übereinstimmung mit seinem Reisetagebuch, trotz der 24 Stunden Verspätung.

Die ›Carnatic‹ sollte erst am anderen Morgen um fünf Uhr

abfahren. Also hatte Herr Fogg 16 Stunden Zeit, sich den Angelegenheiten seiner Reisegefährtin zu widmen. Als sie das Schiff verlassen hatten, führte er sie sogleich zu einer Sänfte. Er fragte die Träger nach einem Hotel und sie nannten ihm das Klubhotel. Die Sänfte setzte sich in Bewegung und nach 20 Minuten war dieser nächste Ort ihrer Bestimmung erreicht.

Phileas Fogg ließ für Frau Auda ein Zimmer herrichten und wachte persönlich darüber, dass es an nichts fehlte. Dann sagte er ihr, dass er sich sogleich nach ihrem Verwandten erkundigen werde, unter dessen Fürsorge er sie in Hongkong zurücklassen wolle. Gleichzeitig gab er Passepartout Weisung, bis zu seiner Rückkehr im Hotel zu verweilen, damit die junge Dame dort nicht allein sein müsse.

Er ließ sich nach dem Börsengelände fahren. Dort musste man ja eine Persönlichkeit vom Rufe Herrn Dschidschihs kennen, da er zu den reichsten Finanzleuten der Stadt zählen sollte.

Der Makler, an den sich Herr Fogg um Auskunft wandte, kannte allerdings den parsischen Kaufmann. Er wohnte jedoch seit etwa zwei Jahren nicht mehr in China, sondern war, nachdem er sein Schäfchen ins Trockene gebracht hatte, nach Europa, und zwar nach Holland, gezogen.

Phileas Fogg kehrte in das Klubhotel zurück, ließ Frau Auda sogleich um eine Unterredung bitten und teilte ihr mit, dass Herr Dschidschih nicht mehr in China, sondern wahrscheinlich in Holland wohne.

Darauf sagte Frau Auda zuerst gar nichts. Dann fuhr sie sich mit der Hand über die Stirn, blieb ein paar Minuten in Gedanken versunken und fragte schließlich: »Was soll ich nun machen, Herr Fogg?«

»Sehr einfache Sache! Mit nach Europa kommen.«

»Aber ich darf doch keinen Missbrauch treiben mit …«

»Von Missbrauch kann keine Rede sein. Ihre Anwesenheit behindert mein Programm keineswegs. – Passepartout!«

»Herr Fogg?«, antwortete Passepartout.

»Geh an Bord der ›Carnatic‹ und belege drei Kabinen!«

Passepartout war außer sich vor Freude, die Reise in Gesellschaft der jungen Frau fortsetzen zu dürfen, die sehr nett und lieb zu ihm war.

19. Fix schenkt Passepartout reinen Wein ein

Hongkong ist nur eine Insel, die Großbritannien nach dem Kriege von 1842 durch den Vertrag von Nanking in Besitz genommen hat. Binnen weniger Jahre ist hier eine bedeutende Stadt gegründet worden. Die Insel liegt in der Mündung des Kanton und bloß 60 englische Meilen trennen sie von der auf der anderen Seite des Ufers erbauten portugiesischen Stadt Macao. Hongkong musste in einem handelspolitischen Kampf unbedingt den Sieg über Macao davontragen. Jetzt nimmt der Ausfuhrhandel zum weitaus größten Teil seinen Weg durch diese Stadt, die hinter keiner der Großhandelsstädte mehr zurücksteht.

Passepartout promenierte, die Hände in den Taschen, in Richtung Victoriahafen und sah sich die Sänften, die damals noch beliebten Schleierkarossen und das ganze Gewimmel von Chinesen, Japanern und Europäern an, das in den Straßen der großen Stadt herrschte. Als er an den Hafen kam, staunte er über die vielen Schiffe aller Nationen, die vor der Mündung des

Kanton lagen. da waren englische, amerikanische, holländische und deutsche Kriegs- und Handelsschiffe, japanische und chinesische Dschunken, Wohnkähne und sogar Blumenboote, die auf dem Wasser schwimmenden Gärten glichen. Unterwegs fielen Passepartout zahlreiche gelb gekleidete Einwohner auf, die durchweg schon hochbetagt waren. Als er bei einem chinesischen Barbier eintrat, um sich »à la Chinese« rasieren zu lassen, erfuhr er von dem Figaro, der ziemlich gut Englisch sprach, dass diese Greise alle mindestens achtzig Jahre alt seien und vom achtzigsten Jahr an das Vorrecht besäßen, die gelbe Farbe zu tragen, die bekanntlich nur dem Kaiser vorbehalten ist. Passepartout fand das höchst komisch, ohne zu wissen, warum.

Als ihm der Bart abgenommen worden war, begab er sich nach dem Kai und sah dort Herrn Fix auf und ab promenieren. Der Polizeikommissar schien sehr enttäuscht zu sein.

»Recht so!«, sagte sich Passepartout. »Die Sache steht faul für die Herren vom Reformklub.«

Mit seinem fröhlichen Lachen trat er zu Fix, ohne dessen ärgerliches Gesicht zu beachten.

Nun hatte dieser aber allen Grund, das Unglück zu verwünschen, das ihn verfolgte. Noch immer war kein Haftbefehl eingetroffen. Sicherlich lief er hinter ihm her und konnte ihn nur erreichen, wenn er ein paar Tage in dieser Stadt verweilte. Da nun Hongkong das letzte britische Gebiet auf der ganzen Reise war, musste ihm Herr Fogg auf Nimmerwiedersehen entwischen, wenn es ihm nicht gelang, ihn festzuhalten.

»Na, Herr Fix, haben Sie sich entschlossen, mit uns bis nach Amerika zu fahren?«, fragte Passepartout.

»Jawohl«, antwortete Fix, indem er die Zähne zusammenpresste.

»Ach, machen Sie doch keine Scherze!«, rief Passepartout und stimmte ein Gelächter an, das man häuserweit hören musste. »Ich hab's ja gewusst, dass Sie sich nicht von uns trennen können. Belegen Sie nur gleich Ihren alten Platz wieder! Kommen Sie, kommen Sie!«

Sie betraten gemeinsam das Fahrkartenkontor und belegten Kabinen für vier Personen. Aber der Kassierer teilte ihnen mit, dass die ›Carnatic‹, da die Ausbesserungsarbeiten fertig seien, schon diesen Abend acht Uhr und nicht erst am anderen Morgen abfahren werde.

»Sehr gut!«, rief Passepartout. »Das wird meinem Herrn ausgezeichnet passen. Das muss ich ihm gleich sagen.«

Da fasste Fix einen letzten Entschluss. Er wollte Passepartout alles erzählen. Es war vielleicht das einzige Mittel, Phileas Fogg ein paar Tage in Hongkong festzuhalten.

Als sie das Kontor verließen, machte Fix seinem Gefährten den Vorschlag, sich in einer Taverne durch einen Schluck Wein zu erfrischen. Passepartout hatte noch Zeit und nahm die Einladung an.

Direkt am Kai betraten sie eine Taverne, die ein einladendes Aussehen hatte. Es war ein großer, hübsch dekorierter Saal, in dessen Hintergrund ein Feldbett mit Kissen und Polstern stand, auf dem einige Leute schliefen.

An kleinen Tischen aus Binsengeflecht saßen etwa dreißig Gäste. Manche tranken englisches Bier aus Gläsern, Ale oder Porter, andere Branntwein mit Wasser verdünnt oder reinen Branntwein. Die meisten rauchten aus langen roten Tonpfeifen, die mit kleinen Opiumkugeln voll gestopft waren. Von Zeit zu Zeit fiel einer der Raucher entkräftet unter den Tisch und die Kellner packten ihn dann beim Kopf und bei den Beinen und trugen ihn auf das Feldbett. Etwa zwanzig solcher bedauernswerter Menschen lagen dort im letzten Stadium des Rausches nebeneinander.

Fix und Passepartout begriffen, dass sie in eine jener häufig besuchten Lokalitäten geraten waren, in denen die Menschen ihre Gesundheit, ihren Verstand und ihr Seelenheil durch den Genuss jenes unheimlichen Saftes vergeuden, der unter dem Namen Opium bekannt ist.

Es wurden zwei Flaschen Portwein bestellt, denen der Franzose tüchtig zusprach, während Fix sich sehr zurückhielt, seinen Gefährten jedoch gespannt beobachtete. Man plauderte von allerhand, vornehmlich aber von jener ausgezeichneten Idee, die Fix gehabt hatte, nämlich die Reise auf der ›Carnatic‹ mitzumachen. Als die Flaschen leer waren, stand Passepartout auf, um seinen Herrn von der um einige Stunden früher angesetzten Abfahrt in Kenntnis zu setzen.

Fix hielt ihn zurück.

»Einen Augenblick«, sagte er.

»Was wünschen Sie, Herr Fix?«

»Ich habe mit Ihnen noch über sehr ernste Dinge zu sprechen.«

»Über ernste Dinge?«, fragte Passepartout und schlürfte noch einige Tropfen, die in seinem Glas zurückgeblieben waren. »Nun, wir können ja übermorgen darüber reden. Heute habe ich keine Zeit mehr.«

»Bleiben Sie«, erwiderte Fix, »es betrifft Ihren Herrn!«

Bei diesen Worten sah Passepartout seinen Gefährten sehr aufmerksam an. Fix' Gesichtsausdruck kam ihm höchst sonderbar vor. Er setzte sich wieder.

»Was wollen Sie mir sagen?«, fragte er.

Fix legte seine Hand auf den Arm Passepartouts und fragte mit gedämpfter Stimme: »Sie haben also erraten, wer ich bin?«

»Das will ich meinen!«, sagte Passepartout lächelnd.

»Nun, so will ich Ihnen alles offenbaren …«

»Jetzt, nachdem ich alles weiß? Ach, wissen Sie, das ist doch ziemlich sinnlos. Legen Sie indes ruhig los! Zuvor aber will ich Ihnen noch sagen, dass sich die Herrschaften ganz unnützerweise in Kosten gestürzt haben!«

»Unnützerweise!«, sagte Fix. »Sie reden, wie Ihnen der Schnabel gewachsen ist! Man merkt gleich, Sie haben keine Ahnung von der Bedeutung der Summe!«

»Aber ich kenne doch die Höhe der Summe!«, versetzte Passepartout. »20 000 Pfund!«

»55 000 Pfund!«, sagte Fix, dem Franzosen die Hand pressend.

»Was!«, rief Passepartout, »so viel sollte Herr Fogg riskiert haben? 55 000 Pfund? Nun, ein Grund mehr, um keinen Augenblick zu verlieren!«, setzte er hinzu, von neuem aufstehend.

»55 000 Pfund!«, sagte Fix noch einmal, indem er Passepartout zwang, sich wieder zu setzen, und eine Flasche Branntwein mit Wasser bestellte. »Und wenn es mir gelingt, dann bekomme ich eine Prämie von 2000 Pfund. Wollen sie 500 Pfund davon verdienen? Bedingung ist, dass Sie mir helfen!«

»Ich Ihnen helfen?«, rief Passepartout, dessen Augen aus ihren Höhlen zu treten schienen.

»Ja, helfen sollen Sie mir, Herrn Fogg einige Tage in Hongkong festzuhalten.«

»Nanu!«, rief Passepartout. »Was schwatzen Sie da? Sind die Herrschaften denn noch nicht zufrieden damit, meinem Herrn hinterher setzen zu lassen? Schämen sollen sie sich!«

»Wa-was meinen Sie?«, fragte Fix.

»Das es die größte Gemeinheit ist, das meine ich! Da können Sie ja Herrn Fogg gleich ausplündern und ihm das Geld aus der Tasche stehlen!«

»Nun, das ist gerade das, was wir wollen!«

»Aber das ist ja eine Falle!«, rief Passepartout, bei dem der Genuss des Branntweins zu wirken anfing, den Fix ihm einschenkte und den er trank, ohne es zu merken. »Eine richtige Falle! Und das wollen Kavaliere sein! Das wollen Kollegen sein!«

Fix fing an, ihn für unverständlich zu halten.

»Kollegen wollen das sein? Mitglieder vom Reformklub?«, rief Passepartout weiter. »Wissen Sie, Herr Fix, mein Herr ist ein Ehrenmann, und wenn er eine Wette abgeschlossen hat, so sucht er sie auf rechtlichem Wege zu gewinnen!«

»Aber – für wen – halten Sie mich denn?«, fragte Fix, seinen Blick auf Passepartout heftend.

»Schwerenot! Für einen Spitzel des Reformklubs!«, platzte Passepartout heraus, »der die Aufgabe hat, die Reise meines Herrn zu kontrollieren – und das nenne ich entehrend, gemein! Ich habe schon seit einiger Zeit gemerkt, wer hinter Ihnen steckt; aber ich habe mich sehr gehütet, Herrn Fogg etwas davon zu sagen!«

»Er weiß nichts?«, fragte Fix lebhaft.

»Nein! Nichts!«, antwortete Passepartout und leerte noch einmal sein Glas. Der Polizeikommissar fuhr sich mit der Hand über die Stirn. Er zauderte noch, bevor er weitersprach. Was sollte er machen? Passepartouts Irrtum schien echt zu sein; aber das machte sein Vorhaben noch schwieriger. Offenbar redete dieser Mensch in unbedingt gutem Glauben und war keinesfalls ein Mitschuldiger seines Herrn.

In diesem Fall, sprach Fix zu sich, wird er mir doch helfen!

Der Detektiv hatte seinen Entschluss zum zweiten Mal gefasst. Im Übrigen hatte er keine Zeit mehr zu verlieren. Um jeden Preis wollte er Fogg in Hongkong festhalten.

»Hören Sie zu«, sagte Fix mit scharfer Betonung, »hören Sie aufmerksam zu! Ich bin nicht der Mensch, für den Sie mich halten, ich bin kein Spitzel des Reformklubs …«

»Pah!«, machte Passepartout, indem er ihn mit höhnischer Miene von Kopf bis Fuß betrachtete.

»Ich bin Polizeikommissar und von der Londoner Stadtpolizei beauftragt …«

»Sie? Polizeikommissar?«

»Jawohl! Ich werde es Ihnen beweisen; hier ist meine Legitimation!« Mit diesen Worten nahm er aus seiner Brieftasche ein Papier und zeigte es seinem Gefährten. Es trug den bekannten Stempel des Londoner Polizeiamtes.

Passepartout sah Fix wie versteinert an. Er konnte kein Sterbenswörtchen über die Lippen bringen.

»Die Wette Herrn Foggs«, fuhr er fort, »ist bloß ein Vorwand, durch den Sie an der Nase herumgeführt worden sind. Sie und seine Kollegen vom Reformklub; denn in seinem Interesse lag es, sich Ihres guten Glaubens zu versichern.«

»Aber warum denn bloß?«, rief Passepartout.

»Hören Sie! Am 28. September ist in der Bank von England ein Diebstahl verübt worden, es wurden 55 000 Pfund gestohlen. Das Signalement des Diebes konnte noch aufgenommen werden, hier ist es. Es trifft Wort für Wort auf Herrn Fogg zu.«

»Ach, reden Sie doch keinen Unsinn!«, rief Passepartout und schlug mit der Faust auf den Tisch. »Mein Herr ist der rechtschaffenste Mensch der Welt!«

»Woher wissen Sie das?«, fragte Fix. »Sie kennen ihn nicht einmal! Sie sind am Tage seiner Abreise bei ihm in Dienst getreten, und er ist Hals über Kopf unter einem unsinnigen Vorwand abgereist, ohne Koffer, mit einer bedeutenden Summe in Banknoten! Und Sie wollen behaupten, er sei ein rechtschaffener Mensch?«

»Ja, ja!«, wiederholte mechanisch der arme Kerl.

»Haben Sie denn Lust, sich als sein Mitschuldiger verhaften zu lassen?«

Passepartout hatte den Kopf zwischen beide Hände genommen. Er wagte nicht, den Kommissar anzusehen. Phileas Fogg ein Dieb? Phileas Fogg, der Frau Auda gerettet hatte, dieser edelmütige, brave Herr? Und doch, was sprach nicht alles gegen ihn! Passepartout versuchte den aufkeimenden Argwohn, zu verjagen. Er wollte nicht an die Schuld seines Herrn glauben.

»Was wollen Sie nun eigentlich von mir?«, fragte er den Kommissar, indem er sich zu einer äußersten Anstrengung aufraffte.

»Hören Sie«, antwortete Fix. »Ich habe Herrn Fogg bis hierher verfolgt, aber noch keinen Haftbefehl in Händen. Ich habe ihn aus London angefordert, er ist unterwegs. Sie sollen mir helfen, Herrn Fogg in Hongkong festzuhalten.«

»Ich … ich soll …«

»Und ich teile mit Ihnen die Prämie von 2000 Pfund, die ausgesetzt worden ist.«

»Niemals!«, rief Passepartout, der aufstehen wollte, aber wieder umsank; denn er fühlte, dass ihn Verstand und Kräfte verließen.

»Herr Fix«, lallte er, »wenn auch alles wahr sein sollte, was Sie mir gesagt haben … wenn mein Herr wirklich der Dieb sein sollte, auf dessen Suche Sie sind … was ich entschieden leugne … so bin ich doch in seinem Dienst … er ist gut zu mir gewesen … Ihn verraten … niemals! Nein, nicht um alles Gold in der Welt … ich bin aus einem Dorf, wo solches Brot nicht gegessen wird!«

»Sie weigern sich?«

»Ich weigere mich!«

»Nun, so nehmen wir an, ich habe nichts gesagt!«, antwortete Fix. »Trinken wir noch einmal!«

»Ja, trinken!«

Passepartout fühlte sich mehr und mehr vom Rausch umfangen. Fix begriff, dass er ihn um jeden Preis von seinem Herrn fern halten musste, und wollte ihn betrunken machen. Auf dem Tisch standen noch ein paar Opiumpfeifen. Fix schob eine in Passepartouts Hand. Passepartout nahm sie, setzte sie an die Lippen, steckte sie an und fiel nach ein paar Zügen um, benebelt von dem schweren Narkotikum.

»Endlich«, sagte Fix, als er Passepartout sinnlos daliegen sah;

»nun wird Herrn Fogg wohl nichts von der frühen Abfahrt der ›Carnatic‹ bekannt; und wenn er doch fahren sollte, so wird er wenigstens ohne diesen vermaledeiten Franzosen fahren.«

Dann ging er, nachdem er die Zeche bezahlt hatte.

20. Fix triumphiert zu früh

Während dieses Vorganges, der für ihn womöglich gefährlich werden konnte, ging Herr Fogg, von Frau Auda begleitet, in den Straßen der britischen Stadt spazieren. Seitdem Frau Auda sein Anerbieten, sie bis nach Europa zu geleiten, angenommen hatte, war es für ihn selbstverständlich, alles genau zu erwägen, was eine so lange Reise erheischt. Dass ein Engländer wie er die Reise um die Erde mit einer Tasche in der Hand macht, mag ja noch angehen. Aber eine Dame konnte eine solche Fahrt nicht unter dergleichen Bedingungen zurücklegen. Kleider und alle für die Reise irgendwie notwendigen Dinge kaufte Herr Fogg ein und entledigte sich dieser Aufgabe mit der für ihn charakteristischen Ruhe. Alle Entschuldigungen oder Einwendungen der jungen Witwe, die vor so viel Aufopferung ganz verlegen wurde, wies er mit den Worten ab:

»Es liegt im Interesse meiner Reise – es gehört zu meinem Programm!«

Als alle Einkäufe erledigt waren, kehrten beide in das Hotel zurück und speisten zu Abend. Hierauf begab sich Frau Auda, die sich ein wenig müde fühlte, in ihr Zimmer.

Herr Fogg vertiefte sich den Abend über in die »Times« und in die »Londoner Illustrierte«.

Es fiel ihm wohl auf, dass sich sein Diener zur Schlafenszeit nicht blicken ließ; aber da er wusste, dass der Dampfer nach Yokohama erst am andern Vormittag abfahren sollte, beschäftigte er sich mit dem Vorfall nicht weiter. Doch am nächsten Morgen ließ sich Passepartout auch nicht sehen.

Was der ehrenwerte Herr denken mochte, als er erfuhr, dass sein Diener überhaupt nicht ins Hotel zurückgekehrt war, wäre wohl niemand imstande zu sagen. Herr Fogg begnügte sich, seinen Reisesack zu nehmen, ließ Frau Auda benachrichtigen und eine Sänfte holen.

Es war gerade acht Uhr: Um halb neun Uhr sollte die Flut einsetzen und die ›Carnatic‹ durch die Inseln bringen.

Als die beiden Reisenden das Einschiffungskai betraten, erfuhr Herr Fogg, dass die ›Carnatic‹ bereits am vergangenen Abend in See gestochen war. Er hatte gehofft, Dampfer und Bediensteten hier zu finden, und sah sich nun genötigt, auf beide zu verzichten. Aber keinerlei Anzeichen von Enttäuschung zeigten sich auf seinem Gesicht; als Frau Auda ihn anblickte, begnügte er sich mit der Antwort:

»Ein unglücklicher Zufall, gnädige Frau, weiter nichts.«

In diesem Augenblick trat eine Person auf ihn zu, die ihn die ganze Zeit aufmerksam beobachtet hatte, nämlich der Polizeikommissar. Nach flüchtiger Begrüßung sagte er:

»Sind Sie nicht auch gestern, wie ich, mit der ›Rangun‹ angekommen, mein Herr?«

»Jawohl«, antwortete Herr Fogg kühl, »aber ich habe nicht die Ehre –«

»Verzeihen Sie, ich glaubte, Ihren Diener hier zu finden.«

»Wissen Sie, wo er sich aufhält?«, fragte lebhaft die junge Dame.

»Was«, sagte Fix, Erstaunen heuchelnd, »ist er denn nicht bei Ihnen?«

»Nein«, erwiderte Frau Auda. »Seit gestern hat er sich nicht wieder sehen lassen. Sollte er sich etwa ohne uns auf der ›Carnatic‹ eingeschifft haben?«

»Ohne Sie, meine Dame ...?«, entgegnete der Kommissar. »Aber entschuldigen Sie meine Frage! Wollten Sie denn mit diesem Schiff reisen?«

»Jawohl.«

»Nun, ich auch, gnädige Frau, und Sie sehen, wie enttäuscht ich bin! Die ›Carnatic‹ hat Hongkong, nachdem ihre Reparaturarbeiten beendet waren, zwölf Stunden früher verlassen, und nun werden wir acht Tage warten müssen, ehe der nächste Dampfer fährt.«

Als er die Worte »acht Tage« aussprach, hüpfte sein Herz vor Freude. Acht Tage! Fogg war acht Tage in Hongkong festgehalten! Während dieser Zeit würde der Haftbefehl wohl eintreffen. Endlich bot das Glück dem Vertreter des Gesetzes die Hand.

Nun stelle man sich den Keulenschlag vor, als er Phileas Fogg mit seiner ruhigen Stimme sagen hörte:

»Aber es gibt ja in Hongkong, wie mir scheint, noch mehr Fahrzeuge außer der ›Carnatic‹!«

Hierauf bot Herr Fogg Frau Auda den Arm und lenkte seine Schritte nach den Docks, um sich nach einem anderen Schiff zu erkundigen.

Fix folgte ihm wie betäubt. Es war, als ob ein Seil ihn mit diesem Menschen verknüpft hielt.

Indessen schien das Glück den Mann, dem es bis dahin so treu gedient hatte, nun wirklich zu verlassen. Phileas Fogg irrte drei Stunden durch den Hafen, entschlossen, ein Schiff für sich allein zu mieten, wenn es nicht anders ginge. Aber er fand nur Schiffe, die mit Aus- und Einladen zu tun hatten, also nicht in See gehen konnten. Fix sah wieder einen Hoffnungsschimmer.

Herr Fogg ließ sich aber noch immer nicht aus der Fassung bringen. Er setzte seine Nachforschungen fort und war entschlossen, sie bis nach Makao auszudehnen, als er im Außenhafen von einem Seemann angesprochen wurde:

»Euer Gnaden suchen ein Schiff?«

»Haben Sie ein Schiff, das sofort in See gehen kann?«, fragte Herr Fogg.

»Jawohl, Euer Gnaden, ein Lotsenboot, Nr. 43, das beste auf der Reede.«

»Läuft es schnell?«

»Zwischen acht und neun Meilen etwa. Wollen Sie es sehen?«

»Ja.«

»Euer Gnaden werden zufrieden sein. Wollen Euer Gnaden aufs Meer hinausfahren?«

»Nein – abreisen will ich!«

»Abreisen? Wohin, Euer Gnaden?«

»Nach Yokohama! Wollen Sie mich hinüberbringen?«

Bei diesen Worten stand der Seemann, wie vom Donner getroffen. da und stierte Herrn Fogg blöde an.

»Euer Gnaden machen wohl Spaß?«, fragte er.

»Nein! Ich habe die Abfahrt der ›Carnatic‹ verpasst und muss spätestens am 14. in Yokohama sein, um den Dampfer nach San Francisco zu erreichen.«

»Ich bedauere«, antwortete der Lotse, »aber das ist ein Ding der Unmöglichkeit.«

»Ich biete Ihnen 100 Pfund für den Tag und eine Prämie von 200 Pfund, wenn ich rechtzeitig ankomme!«

»Ist das Ihr Ernst?«, fragte der Lotse.

»Mein voller Ernst«, antwortete Herr Fogg.

Der Lotse war beiseite getreten und studierte das Meer. Augenscheinlich schwankte er zwischen dem Wunsch, eine so ungeheure Summe zu verdienen, und zwischen der Furcht, sich so weit hinauszuwagen.

Fix befand sich in tödlicher Unruhe. Unterdessen war Herr Fogg zu Frau Auda getreten.

»Sie werden sich doch nicht fürchten, gnädige Frau?«

»In Ihrer Gesellschaft nicht, Herr Fogg!«

Der Lotse wandte sich abermals an Herrn Fogg und drehte seine Mütze zwischen den Händen.

»Nun, Lotse?«, fragte Herr Fogg.

»Hm, Euer Gnaden«, antwortete dieser, »ich kann's nicht riskieren, kann weder mich noch die Mannschaft noch Euer Gnaden selbst der Gefahr einer so langen Fahrt aussetzen, zumal auf einem Schiff von kaum 20 Tonnen und zu dieser Jahreszeit! Übrigens würden wir doch nicht rechtzeitig ankommen; denn von Hongkong nach Yokohama sind es 1650 Meilen!«

»1600 bloß«, sagte Herr Fogg.

»Das ist ein und dasselbe.«

Fix atmete tief auf.

»Aber«, setzte der Lotse hinzu, »die Sache ginge vielleicht anders zu machen.« Fix stockte im Nu der Atem.

»Wie?«, fragte Phileas Fogg.

»Wenn wir nach Nagasaki führen, an die Südspitze Japans, das sind 1100 Meilen, oder nur nach Schanghai, das 800 Meilen von Hongkong entfernt ist. Auf dieser Strecke brauchte man sich nicht von der chinesischen Küste zu entfernen, was von Vorteil wäre, umso mehr, da die Strömung dort nordwärts trägt.«

»Lotse«, antwortete Phileas Fogg, »ich muss in Yokohama den amerikanischen Postdampfer erreichen und nicht in Schanghai oder Nagasaki!«

»Warum denn nicht?«, antwortete der Lotse. »Der Dampfer nach San Francisco geht nicht von Yokohama ab. Er legt in Yokohama und Nagasaki an; Abfahrtshafen ist aber Schanghai.«

»Wissen Sie das genau?«

»Ganz genau!«

»Und wann fährt der Dampfer von Schanghai ab?«

»Am 11., sieben Uhr abends. Wir haben also noch vier Tage vor uns. Vier Tage macht 96 Stunden, und bei einer mittleren Fahrgeschwindigkeit von acht Meilen in der Stunde können wir, wenn sich der Wind nicht dreht, bei ruhigem Meer die 800 Meilen in der Zeit zurücklegen, die uns von Schanghai trennen.«

»Und wann können Sie fahren?«

»In einer Stunde! So viel Zeit brauche ich, um für Proviant und die Ausrüstung zu sorgen.«

»Abgemacht! Sie sind der Bootsherr?«

»Jawohl, John Bunsby, Patron der ›Tankadere‹!«

»Wollen Sie Handgeld?«

»Wenn es Euer Gnaden nicht stört!«

»Hier sind 200 Pfund. – Mein Herr«, setzte Phileas Fogg hinzu, sich an Herrn Fix wendend, »wenn Sie die Gelegenheit benutzen wollen ...«

»Es war fast meine Absicht«, versetzte Fix entschlossen, »Sie hierum zu ersuchen!«

»Gut, also! In einer halben Stunde müssen wir an Bord sein!«

»Aber der arme Mensch ...«, sagte Frau Auda, die sich über Passepartouts Verschwinden noch immer nicht beruhigen konnte.

»Was ich für ihn tun kann, werde ich tun«, antwortete Phileas Fogg.

Während sich nun Fix in nervöser Hast und Unruhe zu dem Lotsenboot begab, gingen die beiden zum Hongkonger Polizeibüro. Dort hinterlegte Phileas Fogg Passepartouts Signalement und eine für seine Rückfahrt nach England ausreichende Summe. Als die gleiche Formalität auch im französischen Konsulat vollzogen war, führte die Sänfte sie zurück zum Hafen.

Es schlug drei Uhr. Das Lotsenboot Nr. 43 hatte bereits Mannschaft an Bord und den Proviant verstaut. Es war also zur Seefahrt fertig.

Die ›Tankadere‹ war ein hübscher kleiner Schoner, schlank und spitz, fast wie eine Rennjacht gebaut. Ihr blitzender Kupferbeschlag, ihre vernickelten Wände und ihr Deck, weiß wie Elfenbein, sprachen dafür, dass ihr Patron John Bunsby etwas darauf gab, sie in gutem Zustand zu erhalten. Ihre breiten Maste standen etwas achterwärts geneigt. Sie führte Brigg-, Fock- und Gaffeltoppsegel und konnte bei Achterwind noch ein Hilfssegel setzen. Sie hatte auch schon bei Wettfahrten zwischen Lotsenbooten mehrere Preise gewonnen.

Die Mannschaft bestand aus dem Kapitän John Bunsby und vier Matrosen, die alle zu jener Schar kühner Seeleute gehörten, die sich bei jedem Wetter aufs hohe Meer hinauswagen, um Schiffen Rettung zu bringen. John Bunsby war ein Mann von etwa fünfundvierzig Jahren, kräftig, tief gebräunt, mit lebhaften Augen und energischem Gesicht, das aber jedem Menschen Vertrauen einflößen musste.

Phileas Fogg und Frau Auda begaben sich an Bord. Herr Fix war schon dort. Am Hintersteven des Schoners führte eine kleine Treppe in einen viereckigen Raum hinunter, an dessen Wänden sich ein Diwan entlangzog. In der Mitte hing von der Decke eine Gewindelampe herab. Alles war klein und niedlich, aber sehr reinlich.

»Bedaure lebhaft, Ihnen nichts Besseres bieten zu können«, sagte Herr Fogg zu Herrn Fix, der sich statt einer Antwort verbeugte.

Auf alle Fälle, dachte er, ist er ein sehr höflicher Gauner. Aber ein Gauner ist und bleibt er doch!

Um drei Uhr zehn Minuten wurden die Segel gehisst und die Flagge Englands stieg am Mast empor. Die Passagiere hatten auf dem Deck Platz genommen. Herr Fogg und Frau Auda warfen einen letzten Blick auf den Kai, im Stillen hoffend, Passepartout könne doch noch kommen.

Fix war nicht ganz wohl zumute; denn der Zufall hätte den unglücklichen Burschen, dem er so schmählich mitgespielt hatte, noch jetzt hierher führen können, und dann hätte es eine

Auseinandersetzung gegeben, die gar nicht zum Vorteil des Detektivs ausgefallen wäre. Aber der Franzose ließ sich nicht blicken. Ohne Zweifel hielt ihn das schlimme Narkotikum noch immer in seiner Gewalt.

Endlich stieß John Bunsby ab und die ›Tankadere‹ schoss ins Meer hinaus, auf seinen Wogen schaukelnd.

21. Eine Prämie von zweihundert Pfund

Es war ein gefahrvolles Unternehmen, in dieser Jahreszeit auf so einem leichten Fahrzeug eine Seefahrt von 800 Meilen zurückzulegen. Die chinesischen Meere sind im Allgemeinen tückisch, denn sie sind gefährlichen Windstößen ausgesetzt, ganz besonders aber zur Zeit der Tagundnachtgleiche, und man befand sich in den ersten Novembertagen.

Es wäre offenbar vorteilhafter für den Lotsen gewesen, seine Passagiere bis Yokohama zu fahren, da er ja mehr Geld dafür bekommen hätte, aber andererseits auch sehr unklug, unter solchen Verhältnissen diese Fahrt zu wagen. Es war sowieso schon eine Kühnheit, um nicht von Tollkühnheit zu sprechen, dass er bis nach Schanghai fuhr. Aber John Bunsby hatte Vertrauen zu seiner ›Tankadere‹, die auf den Wogen wie eine Möwe tanzte; und vielleicht war er nicht im Unrecht.

In den letzten Stunden des Tages steuerte die ›Tankadere‹ durch die gefahrvollen Engen von Hongkong und überwand alle Hindernisse dieser beschwerlichen Strecke mit bewunderungswürdigem Geschick.

»Es ist wohl nicht nötig, Lotse«, sagte Phileas Fogg, als der

Schoner ins offene Meer hinaussteuerte, »Ihnen die höchstmögliche Geschwindigkeit anzuempfehlen.«

»Euer Gnaden dürfen sich auf mich verlassen«, antwortete John Bunsby. »Wir segeln so schnell, wie es der Wind erlaubt; rudern würde uns nichts nützen, im Gegenteil!«

»Das ist Ihre Sache, Lotse, und geht mich nichts an«, sagte Phileas Fogg. »Ich rede Ihnen nicht hinein in Ihr Handwerk, sondern verlasse mich auf Sie!«

Phileas Fogg stand sicher wie ein Seemann neben dem Patron; die junge Dame saß auf dem Hinterdeck und betrachtete den schon von der abendlichen Dämmerung verfinsterten Ozean, dem sie auf einem so leicht gebauten Fahrzeug zu trotzen suchten. Über ihrem Kopf blähten sich die weißen Segel, und es schien ihr, als fliege der vom Wind getragene Schoner durch die Luft.

Die Nacht sank hernieder. Der Mond trat in sein erstes Viertel; sein ohnehin unzureichendes Licht sollte bald in dem aufsteigenden Nebel ganz verlöschen. Wolken jagten von Osten heran und überzogen bereits einen Teil des Himmels.

Der Lotse hatte seine Lichter in Ordnung gebracht – eine unerlässliche Vorsicht auf diesen besonders im Küstengebiet viel befahrenen Meeren. Bei der jetzigen Geschwindigkeit wäre der Schoner schon beim schwächsten Anprall wie eine Nussschale zerschellt.

Fix saß sinnend auf dem Vorderdeck. Er hielt sich abseits, da er Foggs schweigsame Natur kannte. Übrigens widerstrebte es ihm, mit diesem Menschen zu sprechen, dessen Gefälligkeit er für sich in Anspruch nahm. Er dachte an die Zukunft. Es schien ihm gewiss zu sein, dass sich Fogg in Yokohama nicht aufhalten, sondern mit dem Dampfer direkt nach San Francisco weiterfahren würde, das ihm Sicherheit und Straflosigkeit gewähren konnte. Der Plan, den Phileas Fogg verfolgte, schien so einfach zu sein, wie er sich einfacher gar nicht denken ließ.

Anstatt sich von England aus direkt nach den Vereinigten Staaten einzuschiffen, wie es der Durchschnittsverbrecher getan haben würde, hatte sich dieser Fogg auf eine Reise um die Erde begeben, um dann das amerikanische Festland sicher erreichen und die Gelder der Bank ruhig verbrauchen zu können, nachdem er die Polizei auf eine falsche Fährte gelockt hatte.

Was aber sollte Fix tun, wenn Fogg das Gebiet der Union betreten hatte? Sollte er ihn dort laufen lassen? Nimmermehr! Nicht eher würde er ihm von den Fersen gehen, als bis er einen Auslieferungsbefehl in der Tasche hatte. Das war seine Pflicht, und seine Pflicht wollte er unbedingt erfüllen. Jedenfalls hatte sich ein glücklicher Umstand ergeben – Passepartout war nicht mehr bei seinem Herrn. Nach alldem, was Fix Passepartout mitgeteilt hatte, war es von großer Wichtigkeit, dass sich Herr und Diener nicht fanden.

Auch Phileas Fogg musste wohl oder übel mit seinen Gedanken bei dem auf so seltsame Weise verschwundenen Diener weilen. Nachdem er den Fall nach allen Seiten hin erwogen hatte, schien es ihm nicht unmöglich, dass sich der arme Kerl infolge eines Missverständnisses im letzten Augenblick noch auf der ›Carnatic‹ eingeschifft hatte. Das war auch die Meinung Frau Audas, die den Verlust dieses braven Dieners, dem sie so viel verdankte, sehr beklagte. Es war jedoch nicht ausgeschlossen, dass man ihn in Yokohama wieder traf; denn wenn er mit der ›Carnatic‹ gefahren war, so musste es leicht sein, dort Auskunft zu erhalten.

Um zehn Uhr machte sich eine frische Brise auf. Vielleicht

wäre es klug gewesen, ein Notsegel zu setzen, aber der Lotse traf, nachdem er den Himmel sorgfältig beobachtet hatte, keinerlei Änderungen im Stand der Segel. Übrigens lief die ›Tankadere‹ mit ausgezeichneter Stetigkeit.

Um Mitternacht begaben sich Phileas Fogg und Frau Auda in die Kabine. Fix war bereits unten und hatte sich auf einen der Diwane gestreckt. Der Lotse und seine Mannschaft blieben die ganze Nacht auf Deck.

Bei Sonnenaufgang am anderen Morgen, dem 8. November, hatte der Schoner schon mehr als 100 Meilen zurückgelegt. Das oft ausgeworfene Log wies eine mittlere Fahrgeschwindigkeit von acht bis neun Meilen nach. Wenn der Wind weiterhin so blieb, standen die Chancen günstig.

Den ganzen Tag über entfernte sich die ›Tankadere‹ nicht merklich von der Küste. Um Mittag herum flaute die Brise ab und sprang nach Südosten um. Der Lotse ließ die Focksegel setzen; aber nach 2 Stunden musste er sie wieder reffen lassen, denn die Brise versteifte sich von neuem.

Zum Glück waren Herr Fogg und Frau Auda ziemlich seefest und blieben von der Seekrankheit verschont. Sie verspeisten mit Appetit Konserven und Schiffszwieback. Fix wurde aufgefordert mitzuessen und musste wohl oder übel annehmen; aber verdrießlich war es ihm doch. Es kam ihm wenig anständig vor, auf Kosten dieses Mannes zu reisen und sich von seinem Proviant zu mästen. Doch er aß mit, wenn auch gezwungenermaßen.

Als sie die Mahlzeit beendet hatten, nahm er Herrn Fogg beiseite. Aber die Anrede, obwohl sie bloß aus den Worten »Mein Herr« bestand, schnitt ihm förmlich die Lippen entzwei, und er musste mit Gewalt an sich halten, um diesen Herrn nicht am Kragen zu packen!

»Mein Herr, Sie haben mir einen sehr großen Dienst erwiesen, indem Sie mir die Überfahrt auf Ihrem Schiff anboten. Obwohl mir meine Geldmittel solche freigebigen Handlungen nicht erlauben, möchte ich doch bitten, mir zu sagen, wie viel auf meinen Anteil …«

»Sprechen wir nicht weiter davon«, antwortete Phileas Fogg.

»Aber ich bitte …«

»Nicht doch, mein Herr«, wiederholte Herr Fogg in einem Ton, der keine Erwiderung zuließ. »Das kommt zu den allgemeinen Unkosten!«

Fix verneigte sich. Aber er erstickte fast vor Ärger, sprach den ganzen Tag kein Wort mehr, sondern streckte sich auf den Planken des Schoners aus.

Unterdessen ging die Fahrt flott vonstatten. John Bunsby war zufrieden. Etliche Male schon hatte er Herrn Fogg gesagt, dass sie bestimmt zur gewünschten Zeit in Schanghai ankämen. Übrigens arbeitete die Mannschaft des kleinen Schoners mit größtem Eifer. Die ausgeschriebene Prämie spornte die Leute an. Auf einer Regatta des Königlichen Jachtklubs hätte es nicht prompter und exakter zugehen können als hier!

Gegen Abend stellte der Lotse am Log fest, dass sie seit Hongkong 220 Meilen zurückgelegt hatten. Phileas Fogg konnte hoffen, bei der Ankunft in Yokohama keine Verspätung in seinem Reisetagebuch registrieren zu müssen. Demnach würde sich wahrscheinlich das erste ernstliche Hindernis, das ihm auf seiner Reise widerfahren war, noch ohne merklichen Nachteil für ihn beseitigen lassen!

In den ersten Morgenstunden fuhr die ›Tankadere‹ in die Meerenge von Fujian ein, die die Insel Formosa von der chinesischen Küste trennt. In dieser Wasserstraße war das Meer äußerst gefährlich; die zahlreichen Klippen verursachten starke Gegenströmungen und die kurzen Wellen hemmten die Fahrt des Schoners. Es war nicht leicht, sich auf Deck zu halten.

Mit Tagesanbruch verschärfte sich der Wind noch. Sturmwolken zogen auf und das Barometer zeigte einen nahe bevorstehenden Luftwechsel an. Auch das Quecksilber wies bedenkliche Schwankungen auf. Am Abend zuvor war die Sonne in einem roten Nebel untergegangen und der Ozean hatte weithin wie Phosphor geleuchtet.

Der Lotse prüfte lange Zeit den Himmel und murmelte etwas zwischen den Zähnen, was nicht recht zu verstehen war. Als kurz darauf Herr Fogg neben ihm erschien, fragte er mit leiser Stimme:

»Darf man mit Euer Gnaden über alles reden?«

»Über alles«, versetzte Phileas Fogg.

»Nun, es wird Sturm geben, Euer Gnaden!«

»Wird er aus Süden kommen oder aus Norden?«

»Aus Süden! Ein Taifun vermutlich!«

»Hoch der Taifun aus dem Süden!«, sagte Herr Fogg. »Denn er wird uns vorwärts jagen!«

»Wenn Sie die Sache von der Seite ansehen«, erwiderte der Lotse, »dann bleibt mir nichts mehr zu sagen übrig!«

John Bunsbys Ahnungen betrogen ihn nicht und er traf beizeiten alle Vorkehrungen: Er ließ die Segel reffen, die Rahen einziehen, die Masten umlegen und die Luken schließen, sodass kein Tropfen Wasser ins Schiff eindringen konnte. Ein einziges Dreiecksegel wurde gesetzt.

John Bunsby hatte die Passagiere aufgefordert, sich in die Kabine zu begeben; doch der Aufenthalt in einem so engen Raum, dem es fast ganz an Luft mangelte, konnte bei den fortwährenden Stößen, die das Fahrzeug erlitt, sicher nicht zu den Annehmlichkeiten gehören. Weder Herr Fogg noch Frau Auda, auch nicht Herr Fix mochten das Deck verlassen.

Gegen acht Uhr fegte ein schwerer Regensturm über Deck. Die ›Tankadere‹ wurde wie eine Feder emporgehoben. Wer ihre Geschwindigkeit mit der vierfachen Geschwindigkeit einer Lokomotive verglichen hätte, wäre noch weit hinter der Wahrheit geblieben.

Den ganzen Tag lief der Schoner in nördlicher Richtung. Immer wieder fürchteten sie, an einer der haushohen Wellen zu zerschellen, die sich hinter ihnen aufrichteten; aber ein geschickter Druck, den der Lotse dem Steuer gab, verhinderte jedes Mal die Katastrophe. Etliche Male wurden sie von einem Flutenregen überschüttet, den sie aber mit philosophischer Ruhe hinnahmen. Fix fluchte ohne Zweifel in den Bart, aber die erschrockene Frau Auda hielt die Augen unverwandt auf ihren Reisegefährten gerichtet, dessen kaltblütiges Temperament sie bewunderte. Sie zeigte sich seiner würdig, indem sie dem Sturm standhaft Trotz bot. Was Phileas Fogg angeht, so schien dieser Taifun einen Teil seines Programms zu bilden.

Bisher hatte die ›Tankadere‹ nördlichen Kurs beibehalten; aber gegen Abend schwenkte sie nach Nordwest herum, da der Wind abwechselnd aus drei Richtungen blies; sie wurden jetzt noch heftiger hin und her geworfen.

Mit Einbruch der Nacht verschärfte sich der Sturm zusehends. Angesichts dieser Gefahr fragte sich John Bunsby, ob es nicht Zeit sei, die Sache aufzugeben, und zog seine Mannschaft zurate.

Dann wandte er sich an Herrn Fogg mit den Worten:

»Euer Gnaden, ich glaube, wir täten besser, in einen Küstenhafen einzulaufen.«

»Das glaube ich auch«, erwiderte Phileas Fogg.

»Aber in welchen?«, fragte der Lotse.

»Ich kenne nur einen.«

»Und der heißt?«

»Schanghai!«

Zunächst verstand der Lotse gar nicht den Sinn dieser Antwort. Dann aber wurde ihm der unbeugsame Wille und die Zähigkeit seines Passagiers klar, und er rief laut:

»Jawohl, Euer Gnaden haben Recht! Also nach Schanghai!«

Der Kurs der ›Tankadere‹ wurde nunmehr nach Norden gerichtet.

Es war ein Wunder, dass der kleine Schoner nicht kenterte. Zweimal stand diese Gefahr dicht bevor, und alles wäre über Bord gefegt worden, hätten die Taue sich gelockert. Frau Auda war wie zerschlagen, aber keine Klage kam über ihre Lippen. Mehr als einmal musste Herr Fogg sie gegen die Gewalt der Wogen schützen.

Als es Tag wurde, tobte der Sturm noch stärker. Indessen schlug er nach Südosten um, wodurch die ›Tankadere‹ endlich wieder Kurs auf diesem entfesselten Meer gewann.

Von Zeit zu Zeit war durch die Nebelfetzen hindurch die Küste zu erkennen, aber kein Schiff kam in Sicht.

Gegen Mittag verrieten einige Anzeigen, dass der Sturm sich

wahrscheinlich legen würde; und je tiefer sich die Sonne zum Horizont neigte, desto mehr bestätigte sich diese Vermutung.

Die Nacht war verhältnismäßig ruhig. Die Passagiere, die wie gerädert waren, konnten endlich etwas essen und sich ausruhen. Der Lotse ließ wieder Segel setzen und das Schiff fuhr mit beträchtlicher Geschwindigkeit dahin. Am 11. November kam bei Tagesgrauen die Küste in Sicht, und John Bunsby konnte feststellen, dass die Entfernung bis Schanghai keine 100 Meilen mehr betrug.

Keine 100 Meilen mehr! Aber dieser eine Tag stand nur noch zur Verfügung, um sie zurückzulegen! Am Abend musste Herr Fogg in Schanghai eintreffen, wenn er nicht die Abfahrt des Schiffes nach Yokohama verpassen wollte. Ohne diesen Sturm, der ihn mehrere Stunden gekostet hatte, wäre er jetzt bloß noch 30 Meilen von dem Hafen entfernt.

Die Brise flaute merklich ab und somit wurde auch das Meer glatt wie ein Tuch. Der Schoner setzte ein Segel nach dem anderen, aber trotzdem war er gegen Mittag noch immer 45 Meilen von Schanghai entfernt. Nur 6 Stunden verblieben noch, wenn sie Schanghai rechtzeitig erreichen wollten.

An Bord des Schoners wurden mehrere Befürchtungen laut. Allen schlug das Herz vor Ungeduld, nur Herr Fogg bewahrte seine Ruhe! Der Schoner musste unbedingt eine Geschwindigkeit von neun Meilen in der Stunde beibehalten.

Um sieben Uhr betrug die Entfernung bis Schanghai noch drei Meilen. Ein entsetzlicher Fluch kam über die Lippen des Lotsen. Die Prämie von 200 Pfund sollte ihm offenbar entwischen. Er sah Herrn Fogg an. Herr Fogg war für alles unempfindlich, obwohl sein ganzes Vermögen an diesem einzigen Augenblick hing.

Plötzlich erschien eine lange Rauchfahne über der Wasserfläche, und das nach Yokohama fahrende Schiff tauchte auf, das Schanghai zur fahrplanmäßigen Zeit verlassen hatte.

»Himmel und Hölle!«, schrie John Bunsby, verzweifelt das Steuer herumreißend.

»Signale!«, sagte Phileas Fogg.

Am Vordersteven der ›Tankadere‹ stand ein kleiner Bronzemörser, mit dem bei nebligem Wetter Signale abgeschossen wurden. Als der Lotse ihn mit einer glühenden Kohle in Brand setzen wollte, sprach Herr Fogg:

»Den Wimpel halbmast!«

Das war ein Notsignal, und man durfte hoffen, dass das Schiff daraufhin seine Fahrgeschwindigkeit für kurze Zeit verringern würde, um dem Schoner das Anlegen zu ermöglichen.

»Feuer«, sagte Herr Fogg.

Und der Knall des kleinen Bronzemörsers erschütterte die Luft.

22. *Passepartout irrt ohne Geld umher*

Die ›Carnatic‹ befand sich, seit sie Hongkong am 7. November um halb sieben Uhr abends verlassen hatte, auf voller Fahrt und hielt Kurs auf Japan. Zwei Kabinen im Achterteil standen leer, die beiden nämlich, die für Herrn Phileas Fogg reserviert worden waren.

Am anderen Morgen bot sich der Mannschaft im Vorderschiff ein Anblick, der sie nicht wenig in Erstaunen setzte. Ein Passagier mit stierem Blick, wirrem Haar und am ganzen Leibe schlotternd, setzte sich taumelnd auf einen Lukendeckel.

Dieser Passagier war kein anderer als Passepartout. Man höre, was sich zugetragen hatte.

Wenige Minuten nachdem Fix das Lokal verlassen hatte, waren zwei Kellner auf Passepartout zugegangen, hatten ihn aufgehoben und auf das Bett gelegt, das für die Raucher hergerichtet war. Aber drei Stunden später war Passepartout, dem eine fixe Idee keine Ruhe ließ, aufgewacht und hatte sich der betäubenden Wirkung des Narkotikums zu erwehren versucht. Der Gedanke an die unerfüllte Pflicht rüttelte ihn aus seiner Lähmung auf. Er verließ dieses Trunkenboldsbett und, schwankend, an den Wänden sich haltend, stürzend und wieder auf die Beine gelangend, aber immer von einer Art Instinkt gejagt, fand er wie im Traum den Weg zum Hafen.

Der Dampfer war zur Abfahrt bereit. Passepartout sprang auf Deck und flog wie eine leblose Masse auf die Planken, genau in dem Augenblick, als die ›Carnatic‹ die Ankertaue anzog.

Ein paar Matrosen, an solche Vorgänge gewöhnt, trugen den armen Kerl in eine Kabine zweiter Klasse. Dort wachte Passepartout erst am anderen Morgen auf, 150 Meilen von der chinesischen Küste entfernt. Also kam es, dass sich Passepartout auf dem Deck der ›Carnatic‹ befand und in vollen Zügen die frische Seebrise einatmete, die ihn von seinem Rausch befreite. Er fing an, seine Gedanken zu sammeln, was ihm nicht ohne Mühe gelang. Aber endlich entsann er sich der Erlebnisse vom vergangenen Tag, der vertraulichen Mitteilung, die ihm Herr Fix gemacht hatte, und des Lokals, in dem sie sich durch einen Schluck Wein hatten erfrischen wollen.

So viel steht fest, dachte er, dass ich sternhagelbesoffen gewesen bin! Was wird Herr Fogg dazu sagen? Jedenfalls habe ich das Schiff nicht verpasst, und das ist die Hauptsache.

Dann besann er sich auf Fix.

»Na, den Kerl«, sprach er vor sich hin, »sind wir nun wohl los! Hoffentlich hat er's nicht gewagt, nach dem, was er mir zugemutet hatte, uns auf die ›Carnatic‹ zu folgen! Ein Polizeikommissar, ein Detektiv ist hinter meinem Herrn her! Mein Herr steht unter der Anklage, diesen Diebstahl in der Bank von England verübt zu haben! Na, solche Faseleien! Herr Fogg ist ebenso wenig ein Dieb, wie ich ein Mörder bin!«

Sollte er diese Dinge seinem Herrn erzählen, war es ratsam, ihn über die Rolle zu unterrichten, die Fix dabei gespielt hatte? Wäre es nicht am Ende besser, ihm erst in England zu sagen, dass ihm während der ganzen Reise um die Erde ein Londoner Polizist auf den Fersen gewesen war, und dann über solche bodenlose Dummheit zu lachen? Jawohl, zweifellos! Jedenfalls musste er sich das reiflich überlegen. Nun aber wollte er erst einmal Herrn Fogg aufsuchen und wegen dieser unverantwortlichen Aufführung um Verzeihung bitten.

Passepartout stand deshalb auf. Das Meer ging hoch und das Schiff schlingerte ziemlich stark; dem braven Kerl, der noch keinen rechten Halt auf seinen Beinen hatte, fiel es sehr sauer, bis aufs Achterschiff zu gelangen.

Auf Deck sah er niemand, der Ähnlichkeit mit seinem Herrn oder mit Frau Auda gehabt hätte.

Gut, dachte er, Frau Auda schläft gewiss noch und Herr Fogg wird wohl am Whisttisch sitzen!

In dieser Meinung begab sich Passepartout in den Salon. Auch dort war Herr Fogg nicht zu sehen. Passepartout blieb nun nichts anderes übrig, als den Proviantoffizier zu fragen, welche Kabine Herr Fogg bewohne. Der antwortete ihm, ein Passagier dieses Namens sei ihm nicht bekannt.

»Verzeihen Sie bitte«, sagte Passepartout, der an seiner Meinung, Herr Fogg müsse an Bord sein, festhielt. »Herr Fogg ist ein feiner Herr, groß, wenig zugänglich, in Begleitung einer jungen Dame ...«

»Wir haben keine junge Dame an Bord«, versetzte der Offizier. »Hier haben Sie die Passagierliste! Sehen Sie selber nach!«

Passepartout sah die Liste durch. Den Namen seines Herrn fand er nicht.

Dann fuhr ihm ein Gedanke durch den Kopf.

»Donnerwetter! Ich bin doch auf der ›Carnatic‹?«, rief er.

»Jawohl!«

»Unterwegs nach Yokohama?«

»Stimmt!«

Passepartout hatte einen Moment befürchtet, sich in dem Schiff geirrt zu haben. Aber wenn er auch auf der ›Carnatic‹ war, so stand doch fest, dass sich sein Herr nicht darauf befand.

Passepartout sank in einen Stuhl. Plötzlich fiel ihm ein, dass die Abfahrtzeit der ›Carnatic‹ verschoben worden war, dass er seinem Herrn hatte Nachricht geben wollen, aber nicht mehr dazu gekommen war! Also war es seine Schuld, wenn Herr Fogg und Frau Auda die Abfahrt des Schiffes verpasst hatten, aber in weit größerem Maße noch die Schuld jenes Verräters, der ihn betrunken gemacht hatte! Nun endlich begriff er das Manöver des Polizeikommissars. Herr Fogg war jetzt ohne Frage ein ruinierter Mann, denn er hatte seine Wette verloren, war festgenommen und sicherlich eingesperrt worden! Bei diesem Gedanken zerraufte sich Passepartout das Haar. Wenn ihm Fix jemals wieder unter die Finger kommen sollte, wollte er ihn nach Strich und Faden verdreschen!

Nach der ersten Betäubung aber gewann Passepartout

schließlich seine Kaltblütigkeit wieder und prüfte die Sachlage eingehender. Er war kaum zu beneiden! Er befand sich zwar unterwegs nach Japan, die Ankunft dort stand fest. Wie aber würde es sich mit seiner Rückfahrt gestalten? Er hatte keinen Pfennig in der Tasche! Seine Reise und sein Unterhalt an Bord waren freilich bezahlt. Demnach gehörten ihm fünf bis 6 Tage, um einen Entschluss fassen zu können.

Am 13. November fuhr die ›Carnatic‹ in den Hafen von Yokohama ein.

Yokohama ist für alle Post- und Passagierdampfer, die zwischen Nordamerika, China, Japan und den Malaiischen Inseln verkehren, ein wichtiger Anlegeplatz. Es liegt in der Bucht von Tokio, nicht allzu weit von dieser großen Stadt, der Hauptstadt Japans, entfernt. Die ›Carnatic‹ ging am Kai von Yokohama vor Anker, dicht neben den Werften und Zollgebäuden, mitten unter Schiffen aller Nationen.

Passepartout setzte den Fuß ohne jede Begeisterung auf dieses so merkwürdige Land der Söhne der Sonne. Es blieb ihm nichts Besseres übrig, als den Zufall zum Führer zu nehmen und auf gut Glück einen Gang durch die Stadt zu machen.

Er sah sich anfangs in einer echt europäischen Stadt. Er fand Häuser mit niedrigen Fassaden, die mit Veranden geschmückt waren, unter denen sich, von Säulen umgeben, Plattformen befanden. Wie in Hongkong und in Kalkutta wimmelte es auch dort von Menschen aller Rassen. Amerikaner, Engländer, Chinesen und Holländer kauften und verkauften hier, und in ihrer Mitte stand der Franzose so fremd, als wenn er ins Land der Hottentotten verschlagen worden wäre.

Passepartout konnte freilich um Unterstützung und Hilfe bei dem französischen oder englischen Geschäftsträger in Yokohama nachsuchen; aber es widerstrebte ihm, von seinen Erlebnissen, die in so engem Zusammenhang mit denen seines Herrn standen, fremden Leuten zu berichten. Bevor er sich dazu entschließen würde, wollte er vorher alle anderen Möglichkeiten erschöpfen.

Deshalb begab er sich, nachdem er den europäischen Stadtteil durchwandert hatte, ohne dass ihm der Zufall irgendwie zu Hilfe gekommen wäre, in das japanische Stadtviertel, mit dem festen Entschluss, wenn es nicht anders ginge, zu Fuß bis nach Tokio zu pilgern.

Die Eingeborenenstadt von Yokohama heißt Noge, nach einer Meergöttin, die auf den benachbarten Inseln angebetet wird. Dort sah Passepartout wunderbare Alleen aus Nadelholz- und Zedernbäumen; geheiligte Tore einer fremdartigen Architektur; Brücken mitten in Bambus- und Rosendickichten; Tempel unter den undurchdringlichen Schatten jahrhundertealter Zedern; Pagoden, in denen die Priester des Buddhismus und die Sektierer der Religion des Konfuzius ihr beschauliches Dasein führten, und endlose Straßen, in denen sich Kinder tummelten, mitten zwischen kleinen, kurzbeinigen Hunden und Katzen.

In den Straßen herrschte ein Gewimmel wie in einem Ameisenhaufen. Priester wanderten in langen Zügen einher und schlugen auf ihre eintönigen Tamburins; Zoll- oder Polizeibeamte mit spitzen, grell lackierten Hüten, die in ihrem Gürtel zwei Säbel trugen, waren überall zu sehen, auch Soldaten in blauen Uniformen mit weißen Litzen und mit Zündnadelgewehren bewaffnet, Waffenträger des Mikados in ihren seidenen Wämsern und anderes Militär aller möglichen Gattungen. Dann begegneten ihm Bettelmönche und Pilger in langen Gewändern, auch Zivilisten mit glattem tiefschwarzem Haar, großem Kopf, langem Oberkörper, mageren Beinen und mit einer Hautfärbung in den verschiedensten Schattierungen, vom tiefen Kupferbraun bis zum hellen Weiß.

Passepartout spazierte stundenlang zwischen dieser buntscheckigen Menge umher; er betrachtete auch die merkwürdigen, reich ausgestatteten Läden, die Basare, wo der japanische Reichtum an Goldschmiedewaren aufgespeichert ist, die mit Wimpeln und Bannern geschmückten Restaurants, zu denen ihm der Zutritt verboten war, und jene Teehäuser, in denen das heiße, duftige Wasser, mit Sake gewürzt, getrunken wird, endlich jene behaglichen Gasthäuser, wo ein sehr feiner Tabak, aber kein Opium geraucht wird, dessen Genuss in ganz Japan so gut wie unbekannt ist.

Der wackere Bursche hatte nun zwar so reichlich wie irgend möglich gefrühstückt, ehe er die ›Carnatic‹ verlassen hatte. Aber nachdem er einen ganzen Tag lang umhergestiefelt war, fühlte er natürlich eine arge Leere im Magen. Dass Schafe, Ziegen und Schweine in den Auslagen der heimischen Schlachter fehlten, hatte er freilich bemerkt, und da ihm bekannt war, dass es für ein Verbrechen galt, Ochsen zu töten, die einzig und allein als Zugtiere beim Ackerbau gebraucht wurden, so war er zu dem Schluss gelangt, dass in Japan das Fleisch selten sein müsse. Er irrte sich hierin nicht. Aber sein Magen hätte sich an Wildschwein- oder Damhirschkeulen, an Rebhühnern oder Wachteln, an Geflügel oder Fischen erfreuen können. Das Fleisch dieser Tiere verzehren die Japaner fast ausschließlich als Beilage zu ihren Reisgerichten. Aber heute hieß es bei ihm gute Miene zum bösen Spiel machen; denn die Sorge um seine Nahrung musste auf den kommenden Tag verschoben werden.

Die Nacht kam. Passepartout kehrte in die Eingeborenenstadt zurück und irrte in den Straßen zwischen buntfarbigen Laternen umher, sah den zahlreichen Gruppen von Artisten zu, wie sie ihre erstaunlichen Künste darboten, und den Astrologen, die mitten auf der Straße die Menschen mit ihren Fernrohren anlockten. Dann kam er wieder auf die Reede, wo unzählige Fischerfeuer brannten, denn in Japan fängt man die Fische beim Schein von Pechfackeln.

Endlich wurden die Straßen menschenleer. Nur die Polizeibeamten machten ihre Runden. In ihren prächtigen Gewändern und inmitten ihres zahlreichen Gefolges glichen diese Offiziere einer Botschafterdelegation; und Passepartout sagte jedes Mal im Scherz, wenn er auf eine Patrouille von so blendendem Glanz stieß: »Schon wieder japanische Botschafter, die nach Europa aufbrechen!«

23. Bei den Langnasen-Indianern

Am anderen Morgen knurrte Passepartout der Magen recht heftig. Er musste um jeden Preis essen, und zwar je früher, desto besser. Wohl hätte er seine Uhr verkaufen können, aber lieber wäre er verhungert. Jetzt trat an den braven Kerl die Frage heran, die kräftige, wenn auch nicht gerade melodische Stimme zu verwerten, mit der ihn die fürsorgliche Natur ausgestattet hatte.

Er kannte ein paar französische und englische Lieder auswendig und entschloss sich, es damit zu versuchen. Die Japaner mussten ja Musikliebhaber sein, da sich bei ihnen alles mit Zimbeln, Pauken und Trommeln vollzog und es kaum anzunehmen

war, dass sie die Talente eines europäischen Virtuosen nicht zu schätzen wissen würden.

Vielleicht war es aber noch zu früh, um ein Konzert veranstalten zu können, und die Liebhaber, die unfreiwillig geweckt würden, hätten ihn am Ende mit anderer Münze als mit dem Bild des Mikados bezahlt.

Deshalb entschied sich Passepartout, noch ein paar Stunden zu warten. Aber unterwegs fiel ihm ein, dass er in seiner jetzigen Kleidung vielleicht zu vornehm aussähe für einen fahrenden Künstler; und hieraus folgte nun der weitere Einfall, seine Kleider gegen ein Gewand umzutauschen, das mit seiner derzeitigen Situation in besserem Einklang stände. Aus solchem Umtausch musste übrigens ein Gewinn herausspringen, den er ohne weiteres zur Stillung seines Appetits anlegen konnte.

Sofort ging er daran, diesen Einfall in die Tat umzusetzen. Nach langem Suchen fand er endlich einen japanischen Trödler, dem er sein Anliegen vorbrachte. Das europäische Kleidungsstück gefiel dem Händler, und bald trat Passepartout in einem alten japanischen Gewand wieder auf die Straße hinaus, auf dem Kopf einen Turban, den die Zeit stark gebleicht hatte. Dafür klimperten aber einige Silbermünzen in seiner Tasche.

Gut, dachte er, dann will ich mir eben einbilden, ich sei auf dem Karneval!

Passepartouts erster Gang nach seiner so bewirkten Japanisierung führte ihn in ein Teehaus von bescheidenem Aussehen. Und da für ihn das Problem eines Mittagessens noch seiner Lösung harrte, machte er sich über ein Frühstück her, das aus einem Rest von Geflügel und Reis bestand.

»Nunmehr geht es darum«, sprach er, als er sich in so üppiger Weise neu belebt hatte, »nicht den Kopf zu verlieren! Eine andre Möglichkeit, dieses japanische Gewand gegen eins von noch stärkerem japanischem Gepräge umzusetzen, habe ich nicht mehr. Ich muss mich also auf ein Mittel besinnen, so geschwind wie möglich aus diesem Land der Sonne hinauszugelangen, von dem mir eine sehr klägliche Vorstellung in der Erinnerung bleiben wird!«

Passepartout dachte nun, dass es gut sein würde, die nach Amerika fälligen Dampfer aufzusuchen, in der Absicht, sich als Koch oder Kellner anzubieten. Als Lohn wollte er weiter nichts als freie Fahrt und freie Beköstigung. War er erst in San Francisco, dann würde er schon Mittel und Wege finden, sich aus der Verlegenheit herauszuhelfen. Das Wichtigste war, die 4700 Meilen des Stillen Ozeans hinter sich zu bekommen, die zwischen Japan und der anderen Welt lagen.

Passepartout war nicht der Mann, einen Gedanken einschlummern zu lassen. Er lenkte seine Schritte ohne weiteres nach dem Hafen. Aber je mehr er sich den Docks näherte, desto schwieriger schien ihm sein Vorhaben zu werden, das ihm zuerst so leicht und einfach vorgekommen war. Aus welchem Grund sollte man an Bord eines amerikanischen Schiffes einen Koch oder einen Kellner brauchen? Welches Vertrauen konnte er in einem solchen Aufputz einflößen? Auf welche Empfehlungen konnte er sich stützen? Welche Zeugnisse konnte er vorweisen?

Während er noch überlegte, fiel sein Blick auf ein riesiges Plakat, das ein Clown in den Straßen von Yokohama spazieren trug. Darauf war Folgendes in englischer Sprache zu lesen:

WILLIAM BATULCARS

JAPANISCHE AKROBATENTRUPPE

LETZTE VORSTELLUNG DER LANGNASEN-INDIANER
vor ihrer endgültigen Abreise nach den
VEREINIGTEN STAATEN VON NORDAMERIKA

ANBETUNG DES GOTTES TINGU-ZINGNON

Großes Spektakelstück
Zu recht zahlreichem Besuch lädt ein
Die Direktion

»Wunderbar!«, rief Passepartout. »Nach den Vereinigten Staaten! Das ist ja gerade mein Fall!«

Er ging dem Plakatträger nach und gelangte auf diese Weise wieder zurück in das japanische Viertel. Bald stand er vor einem geräumigen Bau, den verschiedene Wimpelbündel krönten und auf dessen Außenwänden, ohne Perspektive zwar, aber in allen möglichen grellen Farben eine Jongleurgruppe dargestellt war.

Dies war das Haus Herrn Batulcars, der als Direktor einer Truppe von Seiltänzern, Jongleuren, Clowns, Akrobaten, Trapez- und anderen Künstlern dem Wortlaut des Zettels nach seine letzte Vorstellung gab, um sodann aus dem Reich der Sonne nach den Vereinigten Staaten zu ziehen.

Passepartout betrat eine Säulenhalle und fragte nach Herrn Batulcar. Herr Batulcar erschien in Person.

»Was wünschen Sie?«, fragte er Passepartout, den er zunächst für einen Japaner hielt.

»Brauchen Sie vielleicht einen Bedienten?«

»Einen Bedienten?«, rief der Mann, indem er sich mit der Hand durch den dichten grauen Bart strich. »Ich habe ihrer zwei, gehorsame und getreue Gesellen, die mir noch nie den Dienst gekündigt haben, die mich umsonst bedienen und bloß ihre Nahrung verlangen – da sind sie!«, setzte er hinzu und zeigte seine beiden kräftigen Arme.

»Also kann ich Ihnen in keiner Weise nützen?«

»Ich wüsste nicht.«

»Teufel auch! Mir hätte es doch so trefflich in den Kram gepasst, mit Ihnen übers Meer zu fahren!«

»Ach so«, sagte Herr Batulcar, »Sie sind ebenso wenig Japaner, wie ich ein Affe bin! Warum stecken Sie denn in solchem Kostüm?«

»Man zieht sich so an, wie man kann.«

»Stimmt. Also sind Sie Franzose?«

»Jawohl! Pariser aus Paris.«

»Dann müssen Sie doch auch Grimassen schneiden können?«

»Meiner Treu«, antwortete Passepartout, den es ärgerte, seiner Nationalität wegen mit einer solchen Frage beehrt zu werden, »wir Franzosen verstehen freilich, Grimassen zu schneiden, aber so gut wie die Amerikaner noch lange nicht!«

»Stimmt! Nun, wenn ich Sie auch nicht als Bedienten einstellen kann, so kann ich Sie doch als Clown gebrauchen! Sie verstehen? In Frankreich tritt man mit fremden Possenreißern auf und in der Fremde mit französischen!«

»So?«

»Ja! Sie sind übrigens ein kräftiger Kerl!«

»Ganz besonders, wenn ich vom Tisch aufstehe.«

»Und singen können Sie auch?«

»Ja«, antwortete Passepartout, der vor langer Zeit bei einem Straßen-Musikkorps mitgewirkt hat.

»Aber können Sie auch singen und auf dem Kopf stehen, dabei auf dem linken Fuß einen Teller drehen und auf dem rechten einen Säbel in der Balance halten?«

»Das will ich meinen«, antwortete Passepartout, indem er an die ersten Kunststücke seiner Jugend dachte.

»Nun, sehen Sie, das ist alles!«

Der Vertrag wurde geschlossen.

Endlich hatte Passepartout wieder eine Stellung. Er war gedungen, um als Mädchen für alles in der berühmten japanischen Truppe zu dienen. Keine sehr schmeichelhafte Aussicht; aber ehe acht Tage vergangen waren, würde er ja unterwegs nach San Francisco sein!

Die mit so großem Lärm von Herr Batulcar angekündigte Vorstellung sollte um drei Uhr beginnen und bald machten die gewaltigen Instrumente eines japanischen Orchesters einen Höllenlärm vor der Tür. Dass Passepartout für sein erstes Auftreten keine Rolle einzustudieren hatte, begreift man; denn er sollte vorläufig nur den Langnasen des Gottes Tingu beim großen Kunststück der »menschlichen Traube« mit seinen kräftigen Schultern als Sockel dienen. Dieses »große Kunststück« sollte den Abschluss der Vorstellung bilden.

Schon lange vor drei Uhr hatten die Zuschauer das geräumige Haus gefüllt. Europäer und Japaner, Chinesen und Inder, Männer, Frauen und Kinder stürzten sich auf die schmalen Bänke und in die Logen, die der Bühne gegenüberlagen. Gongs, Tamtams, Klarinetten, Flöten, Tamburins und große Trommeln machten einen Heidenspektakel.

Die Vorstellung verlief wie alle diese akrobatischen Vorführungen. Aber man muss doch zugeben, dass die Japaner zu den besten Artisten der Welt gehören. Der eine führte mit einem Fächer und kleinen Papierstücken die so überaus graziöse Nummer »Schmetterlinge und Blumen« vor. Ein anderer zog mit dem wohl duftenden Rauch seiner Pfeife bläuliche Wörter, die im Zusammenhang eine schmeichelhafte Anrede an das versammelte Publikum ergaben. Dieser jonglierte mit brennenden Lichtern, die er nacheinander auslöschte, wenn sie den Weg an seinen Lippen vorbei nahmen, und die er nacheinander wieder anzündete, ohne einen einzigen Augenblick seine Jongleurstückchen zu unterbrechen; jener brachte durch das Drehen von Kreiseln die unwahrscheinlichsten Kombinationen zustande; unter seiner Hand schienen sich diese kleinen Dinger in ihren endlosen Bewegungen um sich selbst mit einem ganz eigenen Leben zu erfüllen; sie liefen über Pfeifenrohre, über Säbelschneiden, über Drahtfäden, ja, über Haare, die von der einen Bühnenseite zur anderen gespannt waren.

Die wunderbaren Leistungen der Akrobaten und Gymnastiker der Truppe zu beschreiben, wäre müßiges Beginnen. Die verschiedenen Nummern auf der Leiter, der Stange, der Kugel und auf den Fässern wurden mit einer ausgefeilten Finesse vorgeführt. Aber das eigentliche Zugstück der Vorstellung war die Gruppe der Langnasen, Artisten von einem Rang, wie sie Europa noch nicht kennt.

Die Langnasen bildeten eine besondere Körperschaft, die unter den direkten Schutz des Gottes Tingu gestellt war. Gekleidet waren sie wie Heroen des Mittelalters und trugen ein herrliches Flügelpaar an den Schultern. Was sie aber vor allem auszeichnete, war die lange Nase und der Gebrauch, den sie von ihr machten. Diese Nasen waren weiter nichts als Bambusstängel von fünf, sechs und zehn Fuß Länge; die einen waren gerade, die anderen krumm, teils glatt, teils mit Warzen bedeckt. Auf diesen Vorbauten, die auf eigene Art befestigt wurden und sehr fest am Kopf und im Gesicht saßen, führten sie nun ihre Kunststücke aus. Ein Dutzend dieser Artisten legte sich auf den Rücken und die anderen purzelten auf ihre Nasen, hüpften und sprangen von der einen Nase auf die andere und führten auf ihnen die unwahrscheinlichsten Dinge aus.

Zum Schluss kam als besondere Kraftnummer die menschliche Pyramide, bei der ungefähr fünfzig Langnasen den »Wagen von Dschaggernaut« darstellen sollten. Aber statt nun diese Pyramide auf den Schultern aufzubauen, sollten sich die Artisten Batulcars nur ihrer Nasen hierzu bedienen. Nun hatte aber einer der Langnasen, die dem Wagen als Fuß dienten, die Truppe verlassen, und da hierfür ein kräftiger, gewandter Mann ausreichte, ohne vorgebildet zu sein, war Passepartout gewählt worden.

Freilich kam sich der wackere Bursche recht kläglich vor, als er ein mit bunten Federn geschmücktes mittelalterliches Kostüm anlegen und eine sechs Fuß lange Nase ins Gesicht setzen musste. Aber was war da zu machen? Die Nase war sein Broterwerb und so musste er sich dareinfinden.

Passepartout trat auf die Bühne und stellte sich mit den anderen, die gleich ihm den Fuß des »Wagens von Dschaggeraut« bilden sollten, in Reih und Glied. Alle legten sich dann auf die Erde, die Nasen gen Himmel gerichtet. Eine zweite Gruppe stellte sich auf die langen Gesichtserker, eine dritte Gruppe postierte sich auf die zweite, dann eine vierte auf die dritte, und so erhob sich ein Bau, der bald bis zur Decke des Theatersaals reichte.

Ein endloses Beifallklatschen erscholl! Mit einem Mal jedoch geriet die Pyramide ins Wanken, das Gleichgewicht ging verloren, weil eine der Nasen am Fuß zu wackeln anfing, und plötzlich purzelte das Ganze wie ein Kartenhaus in sich zusammen.

Passepartout war der Missetäter; er war von seinem Posten gewichen, war über die Rampe gesprungen, an der Galerie entlanggerannt und stand nun vor einem Zuschauer, den Ruf ausstoßend:

»Ach, mein gnädiger Herr! Mein gnädiger Herr!«

»Du hier?«

»Ja, ich, mein gnädiger Herr!«

»Nun, dann auf den Dampfer mit dir, Bursche!«

Herr Fogg, Frau Auda und Passepartout stürzten aus dem Haus. Aber dort stießen sie auf Herrn Batulcar, der wütend Schadenersatz für den Zusammensturz verlangte. Herr Fogg besänftigte seine Wut, indem er ihm ein paar Banknoten hinwarf. Und um halb sieben Uhr, kurz vor der Abfahrt, erreichten Herr Fogg und Frau Auda, gefolgt von Passepartout, der noch immer die Fittiche auf dem Rücken und die Nase von sechs Fuß Länge im Gesicht trug, den Dampfer.

24. *Fix spielt ein anderes Spiel*

Was in Schanghai passiert war, wird der Leser begriffen haben. Die von der ›Tankadere‹ gegebenen Signale waren von dem Yokohamadampfer bemerkt worden. Als der Kapitän die Wimpel halbmast sah, hatte er auf den Schoner zugesteuert. Kurze Zeit darauf schob Phileas Fogg dem Patron John Bunsby 550 Pfund in die Tasche. Dann wurden Herr Fogg, Frau Auda und Fix an Bord des Dampfers gelotst, der hierauf Kurs auf Nagasaki und Yokohama nahm.

Nachdem sie am 14. November frühmorgens zur vorschriftsmäßigen Zeit angekommen waren, hatte sich Fogg, indem er Fix seinen eigenen Geschäften nachgehen ließ, sogleich an Bord der ›Carnatic‹ begeben und dort zur großen Freude Frau Audas vernommen – vielleicht auch zu seiner eigenen, aber er ließ sich nichts anmerken –, dass der Franzose Passepartout tatsächlich am vergangenen Abend in Yokohama gelandet sei.

Phileas Fogg, der sich am Abend noch nach San Francisco einschiffen musste, hatte sich sofort auf die Suche nach seinem Diener begeben. Er wandte sich an die französischen und englischen Konsularagenten und zweifelte schon an der Möglichkeit, Passepartout wieder zu finden, als ihn der Zufall oder vielleicht so etwas wie eine Ahnung in die Schaubude Herrn Batulcars trieb. Er hätte seinen Bedienten ganz gewiss nicht wieder erkannt; dieser aber hatte, auf dem Boden liegend, seinen Herrn auf der Galerie sitzen sehen. Er konnte seine Nase unmöglich noch in der Gewalt haben. Daher die Störung des Gleichgewichts und was darauf folgte.

Nun vernahm Passepartout aus dem Munde Frau Audas, was sich zwischen Hongkong und Yokohama zugetragen hatte und dass sie die Fahrt auf dem Schoner ›Tankadere‹ in Gesellschaft eines Herrn Fix zurückgelegt hätten.

Bei dem Namen Fix zuckte Passepartout mit keiner Wimper. Er meinte, der Augenblick, seinem Herrn reinen Wein über den Polizeikommissar einzuschenken, sei noch nicht gekommen. Darum gab er auch bei der Schilderung seiner Abenteuer nur sich allein die Schuld an dem Besuch des Lokals in Hongkong und an dem Opiumrausch, den er sich dort geholt hatte. Herr Fogg hörte der Erzählung wortlos zu. Dann gab er seinem Diener Geld, damit er sich mit schicklichen Kleidern ausstaffieren konnte.

Der Dampfer, der die Reisenden von Yokohama nach San Francisco bringen sollte, gehörte der ›Pacific Mail Steam‹ und führte den Namen ›General Grant‹. Es war ein Raddampfer von 2500 Tonnen, der mit sehr großer Geschwindigkeit fahren sollte. Mehr als 21 Tage brauchte er nach Versicherung seines Kapitäns nicht, um den Stillen Ozean zu durchqueren; denn er fuhr zwölf Meilen in der Stunde. Phileas Fogg konnte also hoffen, dass er am 11. Dezember in New York und am 20. in London sein würde – immerhin mit einem Vorsprung von einigen Stunden.

Es waren ziemlich viel Passagiere an Bord: Engländer, Amerikaner, einige Kulis, die nach Amerika wollten, und eine große Anzahl Offiziere der indischen Armee, die ihren Urlaub zu einer Reise um die Welt benutzten.

Während der ganzen Fahrt trug sich nicht ein einziger nautischer Zwischenfall zu, und am 23. November passierte die ›General Grant‹ tatsächlich den 180. Meridian, auf dem sich bekanntlich die Antipoden von London befinden. Von den 80 Tagen, die ihm zur Verfügung standen, hatte Herr Fogg allerdings schon 52 hinter sich, und es blieben ihm nur noch 28 Tage. Wie viele Umwege hatte er doch gezwungenermaßen von London nach Aden, von Aden nach Bombay, von Kalkutta nach Singapur und von Singapur nach Yokohama machen müssen! Von nun an hatte er eine gerade Strecke vor sich und außerdem konnte ihm Fix keine Hindernisse mehr in den Weg legen.

Am 23. November erlebte Passepartout eine große Freude. Der Leser erinnert sich, dass der eigensinnige Bursche darauf bestanden hatte, seine berühmte Familienuhr nach Londoner Zeit laufen zu lassen, da er die Uhrzeit der Länder, durch die er reiste, stets für falsch erklärte. An diesem Tag nun zeigte seine Uhr, obwohl er sie weder vor- noch zurückgestellt hatte, Übereinstimmung mit dem Chronometer an Bord.

Er triumphierte natürlich, obgleich die Sache selbstverständlich war. Er hätte nur zu gern gewusst, was Fix dazu sagen würde.

»Dieser Schurke hat mir ja wer weiß was von den Meridianen, von der Sonne und vom Mond vorgefaselt!«, sagte Passepartout zu sich selbst. »Ich war fest überzeugt, dass sich zu guter Letzt sogar die Sonne nach meiner Uhr richten würde!«

Passepartout war aber Folgendes nicht bekannt: Wenn das Zifferblatt seiner Uhr in 24 Stunden eingeteilt gewesen wäre, wie es bei den italienischen Uhren der Fall ist, dann hätte er gar keine Ursache zum Triumphieren gehabt; denn die Zeiger seiner Uhr hätten dann, wenn es an Bord neun Uhr morgens gewesen wäre, auf neun Uhr abends gestanden, das heißt, sie hätten die 21. Stunde nach Mitternacht angezeigt – also einen Unterschied, der sich völlig mit der zwischen London und dem 124. Meridian liegenden Entfernung deckte.

Aber wenn Fix imstande gewesen wäre, diese Tatsache zu erklären, so wäre Passepartout wahrscheinlich doch nicht fähig gewesen, sie zu begreifen, ganz abgesehen davon, dass er die Richtigkeit einer solchen Erklärung sowieso nie zugegeben hätte. Wäre aber der Polizeikommissar zufällig in diesem Augenblick an Bord erschienen, so hätte der mit Recht erboste Passepartout jedenfalls über eine ganz andere Angelegenheit und in ganz anderer Weise mit ihm gesprochen.

Wo war nun aber Fix?

In Yokohama hatte der Kommissar Herrn Fogg allerdings aus den Augen verloren, aber er rechnete damit, ihn im Laufe des Tages wieder zu finden. Auf dem englischen Konsulat, das er sofort aufgesucht hatte, fand er endlich den Haftbefehl vor, der seit Bombay hinter ihm herlief und schon vor 40 Tagen datiert worden war. Man kann sich die Enttäuschung des Detektivs vorstellen! Jetzt war der Haftbefehl nutzlos geworden! Herr Fogg hatte die englischen Besitzungen hinter sich. Nun war zu seiner Festnahme ein Auslieferungsdokument nötig.

»Meinetwegen!«, sagte Fix, nachdem der erste Zorn verraucht war. »Hier nützt mir ja der Haftbefehl nichts – aber in England! Dieser Schuft sieht ganz so aus, als wenn er wieder in die Heimat zurückkehren will, in der Meinung, die Polizei auf eine falsche Fährte gelockt zu haben. Gut, ich werde ihm bis dorthin folgen! Was das Geld betrifft, so gebe Gott, dass es nicht alle werde! Aber der Mann hat mindestens schon 5000 Pfund ausgegeben. Na, schließlich ist die Bank ja reich genug!«

Nachdem er sich hierüber klar geworden war, schiffte er sich ohne Säumen auf der ›General Grant‹ ein. Er war schon an Bord, als Herr Fogg und Frau Auda dort anlangten. Zu seiner grenzenlosen Verwunderung erkannte er auch Passepartout. Er verbarg sich sofort in seiner Kajüte, um eine Auseinandersetzung zu vermeiden, die alles in Gefahr bringen konnte. Da das Schiff so viele Passagiere beherbergte, mochte er wohl damit gerechnet haben, von seinem Feind überhaupt nicht bemerkt zu werden; aber eines Tages stand er plötzlich auf dem Vorderdeck Passepartout gegenüber.

Dieser sprang Fix an die Kehle, ohne auch nur ein Wort zu verlieren, und verabfolgte ihm zum großen Gaudium mehrer Amerikaner, die sogleich eine Wette eingingen, eine Tracht Prügel, die nicht von Pappe war; hier zeigte sich zweifellos und offensichtlich die hohe Überlegenheit der französischen über die englische Boxkunst.

Als Passepartout fertig war, fühlte er sich ruhiger, gewissermaßen erleichtert. Fix raffte sich in einer ziemlich wüsten Verfassung wieder auf, maß seinen Gegner mit den Blicken und fragte kaltblütig:

»Ist es nun genug?«

»Ja, für den Augenblick!«

»Dann lassen Sie mich sprechen!«

»Ich will Ihnen ...«

»Im Interesse Ihres Herrn!«

Passepartout, gleichsam überwältigt von dieser Kaltblütigkeit, folgte dem Polizeikommissar auf das Vorderdeck des Dampfers, wo sie sich beide niederließen.

»Sie haben mich tüchtig gegerbt«, sagte Fix. »Na gut! Ich war gefasst darauf. Aber jetzt hören Sie mir zu! Bis hierher war ich Herrn Foggs Widersacher, jetzt aber spiele ich mit.«

»Endlich!«, rief Passepartout. »Sie halten ihn also für einen Ehrenmann?«

»Nein«, antwortete Fix, »ich halte ihn für einen Schuft! Pst, nicht gemuckst! Lassen Sie mich reden! Solange Herr Fogg auf britischem Boden war, lag es in meinem Interesse, ihn aufzuhalten, bis der Haftbefehl in meine Hände gelangte. Ich habe deshalb alles Mögliche angestellt: die Priester von Bombay auf ihn gehetzt, seinen Diener in Hongkong mit Opium berauscht, Herrn und Diener voneinander getrennt, erreicht, dass er den Dampfer nach Yokohama verpasste …«

Passepartout hörte ihm mit geballten Fäusten zu.

»Jetzt scheint Herr Fogg nach England zurückzukehren. Soll er's! Ich werde ihm bis dorthin folgen. Aber ab heute werde ich mit demselben Eifer bemüht sein, alle Hindernisse aus seinem Weg zu räumen, wie ich bisher bemüht war, sie ihm in den Weg zu legen. Sie sehen, mein Spiel ist jetzt anderer Art, und zwar deshalb, weil es meine Aufgabe so verlangt. Ich setze noch hinzu, dass sich Ihr Interesse mit dem meinigen deckt; denn nur in

England werden Sie erfahren können, ob Sie im Dienst eines Verbrechers oder eines Ehrenmannes gestanden haben!«

Passepartout hatte Fix sehr aufmerksam zugehört und die Überzeugung gewonnen, dass er es ehrlich meinte.

»Nun, sind wir Freunde?«

»Freunde? Nein!«, antwortete Passepartout. »Bundesgenossen, ja. Aber das merken Sie sich, beim kleinsten Anzeichen von Verräterei drehe ich Ihnen den Hals um!«

»Gut – abgemacht!«, versetzte der Polizeikommissar mit Seelenruhe.

Elf Tage später, am 3. Dezember, steuerte die ›General Grant‹ San Francisco an.

Herr Fogg hatte bis jetzt weder einen Tag verloren noch einen Tag gewonnen.

25. Ein Wahltag in San Francisco

Es war sieben Uhr vormittags, als Phileas Fogg, Frau Auda und Passepartout amerikanischen Boden betraten. Herr Fogg war kaum von Bord, als er sich auch schon erkundigte, wann der erste Zug nach New York fahre. Da er erst um sieben Uhr abends fuhr, musste er einen Tag in der kalifornischen Hauptstadt zubringen. Er bestellte einen Wagen und ließ sich zum Hotel ›International‹ fahren.

Passepartout, der auf dem Bock saß, konnte von seinem erhabenen Platz aus gut die große amerikanische Stadt betrachten. Er sah breite Straßen, niedrige, schnurgerade Häuserreihen, Kirchen und Tempel in gotisch-angelsächsischem Stil, ungeheure

Docks und palastartige Speicher, die einen aus Holz, die anderen aus Ziegelsteinen; in den Straßen fuhren zahllose Omnibusse und Pferdefuhrwerke, und auf den Bürgersteigen drängten sich in dichter Menge nicht nur Amerikaner und Europäer, sondern auch Chinesen und Indianer – zählte doch die Stadt mehr als zweihunderttausend Einwohner.

Passepartout traute seinen Augen kaum. San Francisco bot das Bild einer großen Handelsstadt. Der hohe Turm des Rathauses ragte über ein weites Netz von Straßen und Alleen, die sich im rechten Winkel kreuzten und hin und wieder von grünen Plätzen durchzogen waren. Die Chinesenstadt glich einer Spielzeugschachtel. Sombreros sah man überhaupt nicht mehr, auch keine roten Hemden, wie sie die Goldsucher trugen; seidene Hüte und schwarze Kleider herrschten vor und alle Passanten schienen einen fieberhaften Geschäftseifer an den Tag zu legen. In einigen Straßen standen prächtige Warenhäuser, in denen Erzeugnisse aus der ganzen Welt angeboten wurden.

Als Passepartout im Hotel ›International‹ anlangte, kam es ihm vor, als sei er in England. Im Erdgeschoss des Hotels war ein großes Büfett, wo jeder Vorübergehende gratis bedient wurde. Er bezahlte nur, was er trank, und das kam Passepartout recht amerikanisch vor.

Das Restaurant des Hotels war sehr vornehm ausgestattet. Herr Fogg und Frau Auda wurden von Farbigen bedient, die ihnen auf Miniaturplatten das Gewünschte vorsetzten.

Nach dem Frühstück verließen sie das Hotel und gingen in das Büro des englischen Konsuls, da Herr Fogg seinen Pass revidieren lassen wollte. Unterwegs traf er seinen Diener, der ihn fragte, ob es nicht ratsam sei, sich mit ein paar Waffen zu versehen; denn er habe etwas von Sioux und Pawnees gehört, die die

Züge anhalten sollten. Herr Fogg antwortete, dies sei eine überflüssige Vorsichtsmaßregel; allerdings könne er nach Belieben handeln. Dann schlug er den Weg zum Konsulat ein.

Phileas Fogg war noch keine hundert Schritt gegangen, als ihm der Polizeikommissar begegnete. Fix stellte sich sehr überrascht, dass Herr Fogg und er die Überfahrt gemeinsam gemacht und sich an Bord nicht gesehen hätten. Jedenfalls könne er sich nur geehrt fühlen, dass er den Herrn wieder sehe, dem er so viel verdanke; da er Geschäfte halber nach Europa zurückmüsse, würde er mit dem größten Vergnügen seine Reise in so angenehmer Gesellschaft fortsetzen.

Herr Fogg erwiderte, die Ehre sei ganz auf seiner Seite. Fix, dem daran gelegen war, ihn nicht aus den Augen zu verlieren, bat ihn darum, mit ihm die eigenartige Stadt San Francisco besichtigen zu dürfen. Herr Fogg hatte nichts dagegen.

So schlenderten Frau Auda, Phileas Fogg und Fix durch die Straßen. Bald befanden sie sich in der Montgomerystraße, wo ein sehr starker Verkehr herrschte. Auf dem Bürgersteig sowohl wie auf dem Fahrdamm, auf den Bahngleisen und auf den Schwellen der Läden, an den Fenstern der Häuser, ja sogar auf den Dächern war eine unzählige Menschenmenge versammelt. Wandelnde Plakate bahnten sich den Weg durch die Masse. Überall wehten Flaggen und überall erklang Geschrei.

»Hurra, Kamerfield!«

»Hurra, Mandiboy!«

Es handelte sich hier um ein Zusammentreffen zweier Parteien, um ein Meeting. Wenigstens war Fix dieser Meinung und teilte seine Ansicht Herrn Fogg mit, indem er hinzufügte: »Wir täten vielleicht gut, uns nicht in dieses Gewühl zu mischen! Sonst könnten wir am Ende einige Hiebe abbekommen.«

»Allerdings«, sagte Phileas Fogg, »und wenn man auch aus politischen Gründen welche kriegt, Hiebe bleiben Hiebe!«

Fix glaubte, über diese Worte lächeln zu müssen, und um nicht in das Gedränge hineingezogen zu werden, stellten sich Frau Auda, Phileas Fogg und er auf den oberen Absatz einer Treppe, die von einer Terrasse herabführte. Vor ihnen, auf der gegenüberliegenden Seite der Straße, war zwischen dem Lagerplatz eines Kohlenhändlers und dem Speicher eines Petroleumhändlers ein großer, nach allen Seiten hin offener Platz, auf den die Menschenmasse strömte.

Aus welchem Anlass dieses Meeting stattfand, wusste Phileas Fogg nicht. Handelte es sich um die Ernennung eines hohen Militär- oder Zivilbeamten, eines Staatsgouverneurs oder eines Kongressmitgliedes? Diese Vermutung lag durchaus nahe, wenn man sah, in welcher Aufregung sich die Stadt befand.

Plötzlich ging eine heftige Bewegung durch die Menschenmenge. Alle Hände waren in der Luft. Einige, fest geballt, schienen unter lautem Gebrüll niederzusausen – wahrhaftig eine sehr energische Manier, eine Stimme abzugeben. In wildem Durcheinander wogte die Menge hin und her. Banner schwankten, verschwanden kurz und tauchten zerfetzt wieder auf. Die Zahl der schwarzen Hüte nahm zusehends ab.

»Jedenfalls ist es ein Meeting«, sagte Fix, »das nur eine sehr brennende Frage herbeigeführt haben kann. Auf alle Fälle stehen sich zwei Kämpen gegenüber: Kamerfield und Mandiboy.«

Frau Auda sah am Arme Herrn Foggs dem Aufruhr mit Verwunderung zu und Fix fragte einen neben ihm Stehenden nach der Ursache dieser Volksbewegung. Da hob ein noch wilderer Tumult an. Fahnenstangen wurden als Waffen gebraucht. Von dem Wagen und von den Omnibussen herab, die nicht weiterkonnten, regnete es kräftige Hiebe. Jeder Gegenstand diente als Wurfgeschoss. Stiefel und Halbschuhe sausten schrägen Fluges durch die Luft, und fast schien es, als mische sich unter das Gefluche auch der Knall von Revolvern.

Die Menge drang bis zur Treppe vor und erklomm die ersten Stufen. Eine der beiden Parteien war augenscheinlich zurückgedrängt worden, ohne dass die Unbeteiligten feststellen konnten, wer den Sieg errungen hatte, ob Mandiboy oder Kamerfield.

»Ich halte es für ratsam, von hier zu verschwinden«, sagte Fix, dem nichts daran lag, etwas abzubekommen oder gar übel zugerichtet zu werden. »Wenn bei dieser Affäre England mit im Spiel ist und wir erkannt werden, dann wird es uns schlecht ergehen.«

»Ein englischer Bürger ...«, entgegnete Phileas Fogg.

Aber er konnte seinen Satz nicht beenden, denn hinter ihm erscholl ein fürchterliches Gebrüll: »Hurra, Mandiboy!« Eine Schar Wähler rückte zur Hilfe heran und fiel den Parteigängern Kamerfields in die Flanke.

Herr Fogg, Frau Auda und Fix befanden sich zwischen ihnen. Zum Entrinnen war es zu spät. Gegen diesen mit Bleistöcken und Totschlägern bewaffneten Schwarm war kein Widerstand möglich. Phileas Fogg und Fix, die sich bemühten, Frau Auda zu schützen, wurden heftig hin und her gestoßen. Herr Fogg, der wie üblich sein Phlegma bewahrte, wollte sich mit den Waffen verteidigen, die ihm die Natur gegeben hatte, doch dazu kam er nicht. Ein riesiger Kerl mit rotem Bart, farbiger Haut und breiten Schultern, allem Anschein nach der Anführer der Bande, hob seine mächtige Faust und würde ihm wohl einen wuchtigen Hieb versetzt haben, wenn nicht Fix den Schlag für ihn aufgefangen hätte. Sofort entwickelte sich eine enorme Beu-

le unter dem Seidenhut des Detektivs, der plötzlich zu einer flachen Mütze zusammengeschrumpft war.

»Yankee!«, rief Herr Fogg und schleuderte seinem Gegner einen Blick tiefster Verachtung zu.

»Engländer«, entgegnete der andere.

»Wir sprechen uns noch!«

»Wann Sie wollen! Ihr Name?«

»Phileas Fogg. Ihrer?«

»Colonel Stamp Proctor.«

Nach diesen Worten flutete die Menge vorüber. Fix wurde über den Haufen gerannt und stand mit zerfetztem Anzug, aber ohne ernste Verletzung wieder auf. Sein Reisemantel war in zwei ungleiche Teile zerschlissen, und sein Beinkleid glich jenen Hosen, aus denen manche Indianer den Boden heraustrennen.

»Ich danke Ihnen«, sagte Herr Fogg zu dem Kommissar, als sie aus dem Gedränge heraus waren.

»Keine Ursache«, antwortete Fix, »aber kommen Sie.«

»Wohin?«

»In einen Kleiderladen.«

Dieser Gang war allerdings angebracht, denn auch Phileas Foggs Anzug war zerrissen. Die beiden Herren machten wahrhaftig den Eindruck, als ob sie sich wegen Kamerfield und Mandiboy gerauft hätten.

Eine Stunde später waren sie wieder ordentlich gekleidet und frisiert. Dann kehrten sie in das Hotel ›International‹ zurück, wo Passepartout seinen Herrn mit einem halben Dutzend sechsschüssiger Trommelrevolver erwartete. Als er Fix bei Herrn Fogg erblickte, runzelte er die Stirn. Als aber Frau Auda kurz berichtet hatte, was vorgefallen war, heiterten sich Passepartouts Züge wieder auf. Augenscheinlich war Fix kein Feind mehr, sondern ein Verbündeter. Er hielt Wort.

Nach beendeter Mahlzeit wurde eine Droschke geholt, um die Reisenden und ihr Gepäck nach dem Bahnhof zu schaffen. Als Herr Fogg in den Wagen steigen wollte, fragte er Fix: »Haben Sie diesen Colonel Proctor wieder gesehen?«

»Nein«, antwortete Fix.

»Ich werde noch einmal nach Amerika reisen und ihn aufsuchen«, sagte Phileas Fogg. »Es geht nicht, dass ein englischer Bürger sich in dieser Weise behandeln lässt.«

Der Kommissar lächelte, gab jedoch keine Antwort. Aber man sieht, Herr Fogg gehörte zu jener Klasse von Engländern, die zwar das Duell unter sich nicht dulden, sich aber im Auslande doch schlagen, wenn es gilt, ihre Ehre zu wahren.

Um drei viertel sieben Uhr kamen die Reisenden auf dem Bahnhof an. Der Zug war zur Abfahrt bereit.

Herr Fogg wollte gerade einsteigen, als er einen Beamten erblickte, auf den er zuging:

»Ist nicht heute in San Francisco ein kleiner Krawall vorgefallen?«

»Ein Meeting, mein Herr«, antwortete der Beamte.

»Mir schien aber, als sei ein arger Tumult in den Straßen gewesen.«

»Es handelte sich bloß um ein Wahl-Meeting.«

»Wohl zu der Wahl eines Oberbefehlshabers?«

»Nein, Herr, zu der eines Friedensrichters.«

Nach dieser Antwort bestieg Phileas Fogg den Zug, der ihn nach New York bringen sollte.

26. *In der Pazifikbahn*

Von Meer zu Meer«, sagen die Amerikaner – und meinen damit die Bahnstrecke, die die Vereinigten Staaten von Amerika durchquert. New York und San Francisco sind also durch ein metallenes Band miteinander verknüpft, das nicht weniger als 3786 Meilen misst. Zwischen Omaha und dem Stillen Ozean durchquert die Bahn einen Landstrich, der noch von Indianern bewohnt wird. Früher brauchte man unter den günstigsten Umständen 6 Monate, um von New York nach San Francisco zu gelangen. Jetzt fährt man sieben Tage. Diese Strecke wollte also Phileas Fogg durchqueren; und er hoffte, am 11. Dezember in New York den Dampfer nach Liverpool besteigen zu können.

Der Wagen, in dem die Reisenden saßen, hatte keine Abteile, sondern zwei Bankreihen an den Längsseiten; dazwischen war ein Gang. Die einzelnen Wagen waren durch Übergangsbrücken miteinander verbunden und die Fahrgäste konnten von einem Ende des Zuges zum anderen gehen.

Um sieben Uhr abends hatte man die Station Oakland verlassen. Es war eine kalte, finstere Nacht mit bedecktem Himmel, der einen Schneesturm ahnen ließ. Der Zug fuhr nicht sehr schnell. Wenn die Aufenthalte mitgerechnet wurden, legte er nicht mehr als 20 Meilen in der Stunde zurück, indessen musste er auch bei dieser Geschwindigkeit die Vereinigten Staaten fahrplanmäßig durchqueren.

Im Wagen wurde wenig gesprochen, auch waren die Reisenden bald eingenickt. Passepartout saß neben dem Polizeikommissar, aber er unterhielt sich nicht mit ihm. Seit den letzten Ereignissen hatten sich ihre gegenseitigen Beziehungen merklich abgekühlt. Es herrschte keine Sympathie mehr zwischen ihnen. Fix hatte sich in seinem Benehmen zwar nicht geändert, doch Passepartout war sehr zurückhaltend geworden. Er war fest entschlossen, beim geringsten Verdacht seinen ehemaligen Freund zu erdrosseln.

Eine Stunde nach Abfahrt des Zuges begann es zu schneien. Es war ein feiner Schnee, der glücklicherweise die Fahrt nicht behindern konnte. Durch die Fenster war nichts als eine ungeheure weiße Fläche zu sehen, über die, grauen Nebelstreifen gleich, Dampfwolken huschten.

Um acht Uhr teilte ein Schaffner mit, dass es Schlafenszeit sei. Der Wagen konnte mit wenigen Handgriffen in einen Schlafwagen umgewandelt werden. Die Lehnen der Bänke wurden zurückgeklappt und durch eine sinnreiche Vorrichtung kamen Lagerstätten zum Vorschein. Binnen kurzem waren einzelne Kämmerchen hergestellt, und jeder Reisende hatte ein behagliches Bett zur Verfügung, das dichte Vorhänge gegen jeden indiskreten Blick schützten. Man brauchte sich nur hinzulegen und zu schlafen, was auch jeder tat, ganz so als befände er sich

in der behaglichen Kabine eines Dampfers – während der Zug mit Volldampf durch Kalifornien fuhr.

In dem Gebiet, das sich zwischen San Francisco und Sacramento erstreckt, ist der Boden wenig uneben. Die 120 Meilen, die zwischen diesen beiden bedeutenden Städten liegen, wurden in 6 Stunden zurückgelegt; und gegen Mitternacht fuhr der Zug durch Sacramento.

Hinter Sacramento ging es an mehreren kleinen Stationen vorüber, ehe das Gebirgsgebiet der Sierra Nevada erreicht wurde. Es war sieben Uhr morgens, als der Schlafwagen wieder zum gewöhnlichen Wagen geworden war und die Reisenden durch die Scheiben hindurch den malerischen Anblick dieses Gebirgslandes genießen konnten. Die Bahnstrecke kam der launischen Bodenbildung nach, lief einmal hoch über Abgründen dahin, umging dann wieder die jähen Winkel durch kühne Schleifen und versank in engen Schluchten, aus denen es keinen Ausweg zu geben schien. Die Lokomotive mischte ihr Pfeifen und Dröhnen mit dem Tosen der Wildbäche und Wasserstürze und ihr Rauch wand sich durch die dunklen Zweige der Tannen.

Wenig Tunnel wurden passiert, Brücken überhaupt nicht. Das Gleis lief um die Berge herum, ohne in gerader Linie den kürzesten Weg zu wählen und der Natur Gewalt anzutun.

Gegen neun Uhr gelangte der Zug durch Carson City in den Staat Nevada, stets in nordöstlicher Richtung fahrend. Am Vormittag noch verließ er Reno, wo die Fahrgäste 20 Minuten Aufenthalt zum Frühstücken gehabt hatten.

Von hier aus lief die Bahn einige Meilen weit am Humboldt River entlang. Dann bog sie nach Osten ab und folgte so lange einem Flusslauf, bis sie die Humboldtberge erreicht hatte.

Nach dem Frühstück nahmen Herr Fogg, Frau Auda und ihre Gefährten wieder im Wagen Platz und betrachteten, behaglich zurückgelehnt, die abwechslungsreiche Landschaft, die an ihren Augen vorüberflog. Mitunter erschien in der Ferne eine Bisonherde. Diese Wiederkäuer setzten bisweilen der Weiterfahrt der Züge ein unüberwindliches Hindernis entgegen. Oft zogen sie stundenlang zu tausenden über das Gleis, und der Zug musste dann unweigerlich halten und warten, bis der Weg wieder frei war.

So geschah es auch diesmal. Gegen drei Uhr nachmittags versperrte eine zehn- bis zwölftausendköpfige Herde die Strecke. Nachdem die Maschine ihre Fahrt verringert hatte, versuchte sie, sich von der Seite durchzuwühlen, aber es blieb ihr nichts weiter übrig, als vor der undurchdringlichen Masse Halt zu machen.

Diese Tiere waren von größerem Wuchs als die Stiere in Europa; Beine und Schwanz waren kurz, der vorspringende Widerrist bildete einen riesigen Buckel, die Hörner standen unten auseinander, und der Nacken war mit einer langhaarigen Mähne bedeckt. Wenn die Bisons einmal eine Richtung eingeschlagen haben, kann sie nichts aufhalten oder vom Weg abbringen. Es ist ein reißender Strom lebenden Fleisches, den kein Damm hemmen kann.

Die vier betrachteten interessiert dieses eigentümliche Schauspiel. Phileas Fogg, der es von allen wohl am eiligsten hatte, war auf seinem Platz geblieben und wartete mit philosophischer Ruhe darauf, dass es den Büffeln belieben möge, das Gleis freizugeben. Passepartout tobte über die Verzögerung, die diese Rindviecher verursachten. Er hätte am liebsten seine sämtlichen Revolver auf sie abgeschossen.

»Was für ein Land!«, rief er. »Ochsen bringen Züge zum Stehen und ziehen seelenruhig vorüber, als ob sie überhaupt keine Verkehrsstockung veranlassten! Donnerwetter! Ich möchte wissen, ob Herr Fogg diesen Aufenthalt in seinem Programm berücksichtigt hat. Das muss übrigens ein netter Maschinist sein, der nicht die Courage hat, durch diese Viehherde zu fahren.«

Der Maschinist hatte überhaupt nicht versucht, das Hindernis zu überwinden, was auch sehr vernünftig war. Ohne Zweifel hätte er die ersten vom Stoß der Lokomotive getroffenen Büffel zermalmt, doch wäre eine Entgleisung unvermeidbar gewesen.

Das Beste war es, geduldig zu warten und später durch erhöhte Geschwindigkeit den Zeitverlust einzuholen. Die Bisons zogen drei Stunden lang vorüber, und erst als die Nacht hereinbrach, war das Gleis wieder frei. Als die letzten Tiere die Schienen überquerten, waren die ersten am südlichen Horizont verschwunden.

Es war bereits acht Uhr, als der Zug die Engpässe des Humboldtgebirges erreicht hatte, und halb zehn Uhr, als er durch das Gebiet von Utah fuhr, durch die Region des Großen Salzsees.

27. Die Sprache der Vernunft kommt nicht zu Wort

In der Nacht vom 5. zum 6. Dezember legte der Zug in südöstlicher Richtung etwa 50 Meilen zurück, nachdem er zuvor in nordöstlicher Richtung eine Strecke von der gleichen Länge durchquert hatte; er näherte sich jetzt dem Großen Salzsee. Der Salzsee ist etwa 70 Meilen lang, 35 Meilen breit und liegt 3800 Fuß über dem Meeresspiegel. Sein Salzgehalt ist sehr bedeutend und sein Wasser enthält im aufgelösten Zustand den vierten Teil seines Gewichts an festen Stoffen. Fische können nicht darin leben.

Vom Großen Salzsee an, und zwar von der Station Ogden aus, fuhr der Zug eine Stunde lang in nördlicher Richtung bis zum Weberfluss. Dann schlug er die östliche Richtung durch das wild zerklüftete Wasatchgebirge ein.

In diesem Teil des Territoriums, zwischen dem Wasatchgebirge und den Rocky Mountains, hatten die amerikanischen Ingenieure mit den größten Schwierigkeiten zu kämpfen gehabt. Für diese Strecke wurde der Zuschuss der Regierung auch auf 48000 Dollar pro Meile erhöht, während er auf ebenem Terrain nur 16000 Dollar betrug; aber die Ingenieure hatten der Natur keine Gewalt angetan; um das große Talbecken zu erreichen, wurde nur ein einziger Tunnel von 40000 Fuß Länge gebohrt.

Vom Salzsee aus beschrieb die Bahn eine sehr lange Kurve, führte dann nach dem Tal des Bittercreek hinab und stieg darauf wieder an. Brücken, die über den Schlammfluss und den Grünen Fluss führten, mussten überquert werden. Passepartout wurde immer unruhiger, je näher sie dem Ziel kamen. Fix hätte diese wilde Gegend am liebsten schon hinter sich gehabt, denn er befürchtete Verspätungen und Unfälle und hatte es viel eiliger als Phileas Fogg, wieder auf englischen Boden zu kommen.

Um zehn Uhr abends hielt der Zug auf der Station Fort Bridger, aber kaum eine Minute; dann erreichte er 20 Meilen weiter den Staat Wyoming und fuhr durch das ganze Tal des Bittercreek.

Am Vormittag des 7. Dezember wurde auf der Station Green River eine Viertelstunde gehalten. Nachts war ziemlich viel Schnee gefallen; der nachfolgende Regen hatte ihn aber fast weggetaut, sodass die Fahrt nicht beeinträchtigt wurde. Immerhin gab dieses unbeständige Wetter Passepartout dauernd Veranlassung zu Angst und Sorge; denn jeder anhaltende Schneefall musste zweifelsohne diesen vorletzten Teil der großen Reise bedenklich gefährden.

»Was für eine Idee das auch von meinem Herrn war«, sagte er zu sich, »mitten im Winter diese Reise zu machen! Hätte er denn nicht bis zur schönen Jahreszeit damit warten können, wodurch seine Chancen doch erheblich gesteigert worden wären?«

Während der wackere Bursche sich mit der Beschaffenheit des Himmels und dem Sinken der Temperatur beschäftigte, hatte Frau Auda ganz andere Befürchtungen.

In Green River waren nämlich einige Passagiere aus dem Zug gestiegen, um auf dem Bahnsteig etwas auf und ab zu gehen. Unter ihnen erkannte die junge Frau den Colonel Stamp Proctor, jenen Amerikaner, der sich auf dem Wahltag in San Francisco gegen Phileas Fogg so unmanierlich betragen hatte. Da Frau Auda nicht gesehen werden wollte, zog sie sich vom Fenster zurück.

Diese Entdeckung beunruhigte die junge Frau sehr. Sie war von ganzem Herzen dem Manne zugetan, der ihr trotz seiner Kaltblütigkeit tagtäglich Zeichen seiner Liebe gab. Ohne Zweifel war sie sich noch nicht des Gefühls, das sie für ihren Retter empfand, bewusst. Sie glaubte, ihm vorerst nur Dankbarkeit entgegenbringen zu können. Doch ihr Herz krampfte sich zusammen, als sie den groben Kerl erblickte, von dem Herr Fogg früher oder später Rechenschaft verlangen wollte. Ohne Zweifel war Colonel Proctor zufällig in dem gleichen Zug; aber er war doch einmal da, und es musste um jeden Preis verhindert werden, dass Herr Fogg seinen Feind bemerkte.

Als der Zug sich wieder in Bewegung setzte, nahm Frau Auda die Zeit wahr, in der Herr Fogg ein kurzes Schläfchen hielt, um Fix und Passepartout davon in Kenntnis zu setzen.

»Was, Proctor ist im Zug? Dieser Kerl?«, rief Fix. »Aber beruhigen Sie sich, gnädige Frau, bevor der Kerl an Herrn Fogg herankommt, soll er's mit mir zu tun kriegen! Mir scheint, bei der ganzen Geschichte habe ich das meiste abbekommen!«

»Außerdem«, meinte Passepartout, »nehme ich den Kerl auch auf mich, mag er Colonel sein, von welcher Truppe er will!«

»Herr Fix«, sagte Frau Auda darauf, »Herr Fogg wird keinem die Sorge abtreten, ihn zu rächen. Sie wissen doch, dass er nach Amerika zurückkehren wollte, um diesen Grobian wieder aufzusuchen. Erblickt er den Kerl, so werden wir ein Duell nicht verhindern können, das schließlich beklagenswerte Folgen haben kann. Also darf er ihn auf keinen Fall sehen.«

»Sie haben Recht, gnädige Frau«, versetzte Fix, »ein Duell könnte alles verderben. Ob Herr Fogg nun als Sieger oder als Besiegter hervorginge, eine Verspätung würde unweigerlich folgen, und …«

»Und«, ergänzte Passepartout, »die Herren vom Reformklub würden ihr Spiel gewinnen! In vier Tagen werden wir in New York sein! Wenn nun mein Herr während dieser Zeit in seinem Wagen bleibt, könnte man hoffen, dass ihm kein Zufall diesen vermaledeiten Amerikaner, den Gott vernichten möge, in den Weg führt! Wir müssen ihn also mit allen Mitteln davon abhalten, den Wagen zu verlassen!«

Die Unterhaltung wurde unterbrochen, da Herr Fogg aufgewacht war. Später aber fragte Passepartout den Polizeikommissar, ohne von Herrn Fogg und Frau Auda gehört zu werden:

»Würden Sie sich denn wirklich seinetwegen duellieren?«

»Ich werde alles tun, um ihn lebendig nach Europa zurückzuschaffen!«, lautete Fixens einfache Antwort; und der Ton verriet, dass es sein unabänderlicher Wille war.

Passepartout fühlte, wie ihn ein kalter Schauer überlief; aber sein fester Glaube an seinen Herrn erlitt keine Erschütterung.

Ob es aber wohl ein Mittel geben würde, Herrn Fogg in seinem Wagenabteil zurückzuhalten? Allzu schwierig konnte das eigentlich nicht sein, da dieser Herr sowieso wenig zu unnützer Bewegung neigte und auch frei von Neugierde war. Jedenfalls meinte der Kommissar, das richtige Mittel gefunden zu haben; denn ein paar Minuten später redete er Phileas Fogg mit folgenden Worten an:

»Es sind recht lange und langweilige Stunden, mein Herr, die man so auf der Bahn verbringt!«

»Allerdings«, antwortete Herr Fogg, »aber sie vergehen!«

»An Bord der Dampfschiffe«, meinte der Kommissar, »pflegten Sie Ihre Partie Whist zu spielen?«

»Jawohl«, antwortete Phileas Fogg, »aber hier würde das schwerlich gehen, ich habe weder Karten noch Partner.«

»Oh, Karten bekommen wir schon. Die gibt es doch in allen amerikanischen Eisenbahnwagen! Und bezüglich der Partner könnte vielleicht die gnädige Frau …«

»Gewiss«, antwortete lebhaft die junge Dame, »ich spiele Whist! Das gehört doch zur englischen Bildung.«

»Und mir«, erwiderte Fix, »ist das Spiel auch nicht fremd. Wir spielen zu dritt mit dem Strohmann!«

»Wenn Sie Lust haben«, sagte Phileas Fogg, erfreut, sein Lieblingsspiel sogar in der Bahn spielen zu können.

Passepartout wurde zum Schaffner geschickt und kehrte bald mit zwei vollständigen Spielen und einem Tischchen zurück. Es fehlte nun an nichts mehr und das Spiel begann. Frau Auda spielte ganz vorzüglich, sodass selbst der gestrenge Herr Fogg ihr wiederholt sein Kompliment machte. Was den Kommissar angeht, so war er ein Spieler erster Güte und durchaus würdig, seinem Partner Paroli zu bieten.

Jetzt haben wir ihn fest!, dachte Passepartout, jetzt rührt er sich nicht mehr vom Fleck.

Um elf Uhr vormittags wurde der höchste Punkt auf dieser Fahrt durch das Felsengebirge erreicht. Nach etwa 200 Meilen würden sie endlich auf jene weite, für den Eisenbahnverkehr günstigen Ebenen gelangen, die sich bis zum Atlantischen Ozean hin erstrecken.

Um ein Uhr erblickten die Reisenden für einen Moment das Fort Halleck. In ein paar Stunden mussten die Rocky Mountains hinter ihnen liegen. Sie durften also hoffen, dass die Fahrt durch diese Gegend weiterhin ohne Unfall ablaufen würde.

Nach einem sehr reichlichen Frühstück setzten Herr Fogg und seine Partner ihre Whistpartie fort. Plötzlich ertönten schrille Pfiffe und der Zug hielt.

Passepartout steckte den Kopf zum Fenster hinaus, konnte aber nicht feststellen, was diesen Aufenthalt verursachte. Es war keine Station in Sicht.

Frau Auda und Fix hatten Ursache, eine Zeit lang zu befürchten, Herr Fogg könnte aussteigen. Aber er begnügte sich mit der Weisung an seinen Diener:

»Sieh doch nach, was es gibt!«

Passepartout sprang aus dem Wagen. Nahezu vierzig Passagiere standen schon draußen, darunter auch der Colonel Proctor.

Der Zug hielt vor einem Signal mit roter Scheibe, das die Strecke sperrte. Der Maschinist und der Zugführer waren ausgestiegen und sprachen ziemlich lebhaft mit dem Bahnwärter von der nächsten Station, der dem Zug entgegengeschickt worden war. Die Passagiere beteiligten sich an der Diskussion – darunter auch Colonel Proctor mit seinem lauten Organ und seinem befehlshaberischen Wesen.

Als Passepartout zu der Gruppe trat, sagte der Bahnwärter gerade:

»Nein, der Zug kann nicht weiter. Die Brücke bei Medicine Bow ist ganz morsch.«

Die Brücke, um die es sich hier handelte, war eine Schwebebrücke, die eine Meile von dem Ort entfernt, wo der Zug zurzeit hielt, über einen Bergstrom führte. Wie der Bahnwärter sagte, drohte Zusammensturz, mehrere Ketten waren gerissen, und es war unmöglich, die Überfahrt zu riskieren. Der Bahnwärter übertrieb keineswegs, wenn er versicherte, dass man nicht hinüberkönne.

Passepartout hatte nicht den Mut, seinen Herrn davon zu unterrichten, und stand mit zusammengepressten Zähnen da, unbeweglich wie eine Bildsäule.

»Schwerenot!«, rief Colonel Proctor, »sollen wir etwa hier im Schnee einwurzeln – he?«

»Colonel«, erwiderte der Zugführer, »es ist nach Omaha telegrafiert worden, einen Reservezug zu schicken, aber dass er vor 6 Stunden hier sein kann, ist nicht anzunehmen.«

»6 Stunden?«, rief Passepartout.

»Ohne Zweifel«, sagte der Zugführer. »Übrigens werden wir auch so lange brauchen, um zu Fuß bis zur nächsten Station zu gelangen!«

»Sie ist ja bloß eine Meile entfernt«, meinte ein Reisender.

»Allerdings, aber sie liegt auf dem anderen Ufer!«

»Kann man nicht mit einem Kahn übersetzen?«, fragte der Colonel.

»Unmöglich. Er ist durch Regengüsse angeschwollen und die Strömung ist sehr reißend. Wir werden nach Norden zu einen Umweg von 2 Meilen machen müssen, um eine Furt zu finden.«

Der Colonel fluchte abwechselnd über die Bahngesellschaft und den Zugführer; Passepartout war so wütend, dass er am liebsten ins gleiche Horn geblasen hätte. Nun legte sich ihnen also wirklich ein Hindernis in den Weg, gegen das alle Banknoten seines Herrn nichts ausrichten konnten!

Die Enttäuschung war übrigens bei allen Reisenden sehr groß, die sich, von dem Aufenthalt gar nicht zu reden, gezwungen sahen, 15 Meilen durch die schneebedeckte Ebene zu Fuß zurückzulegen. Der Spektakel, der jetzt einsetzte, die wüsten Ausrufe und Verwünschungen hätten ganz gewiss Phileas Foggs Aufmerksamkeit auf sich gelenkt, wäre er nicht so ganz in sein Spiel vertieft gewesen!

Inzwischen sah Passepartout die Notwendigkeit ein, ihn zu benachrichtigen, und mit gesenktem Kopf begab er sich zum Wagen zurück, als der Maschinist des Zuges – ein echter Yankee namens Forster – mit gehobener Stimme rief:

»Meine Herren, vielleicht findet sich doch noch eine Möglichkeit hinüberzukommen.«

»Über die Brücke?«, fragte ein Reisender.

»Ja, über die Brücke!«

»Mit unserm Zug?«, fragte der Colonel.

»Ja, mit unserm Zug!«

Passepartout war stehen geblieben und verschlang förmlich die Worte des Maschinisten.

»Aber die Brücke droht ja einzustürzen!«, bemerkte der Zugführer.

»Macht nichts«, antwortete Forster. »Ich glaube, wenn wir den Zug mit einem Höchstmaß an Geschwindigkeit fahren lassen, hätten wir einige Chancen, über die Brücke zu kommen.«

»Teufel auch!«, sagte Passepartout.

Einige der Passagiere waren von dem Vorschlag sogleich begeistert. Zu ihnen gehörte auch der Colonel Proctor. Dieser

Mensch fand die Sache sogar höchst leicht und sicher ausführbar. Schließlich ordneten sich sämtliche Beteiligten dem Urteil des Lokomotivführers unter.

»Die Chancen stehen fünfzig zu fünfzig für uns«, sagte der eine.

»Nein, sechzig«, sagte ein anderer.

»Achtzig! Neunzig bis hundert!«

Passepartout war wie versteinert. Obgleich er selbst zu allem bereit war, um über den Medicine Creek zu kommen, schien ihm ein solcher Versuch denn doch allzu amerikanisch.

Übrigens, dachte er, geht es doch auch auf eine viel einfachere Art – die Leute denken bloß nicht daran!

Er wandte sich an einen aus der Menge: »Mein Herr, das von dem Maschinisten vorgeschlagene Mittel erscheint mir doch ein bisschen gewagt, aber ...«

»Die Chancen stehen achtzig zu hundert!«, antwortete der Reisende, ihm den Rücken wendend.

»Das weiß ich wohl«, sagte Passepartout und wandte sich an einen anderen Passagier, »aber eine einfache Überlegung ...«

»Was ist da zu überlegen? Das ist ganz überflüssig!«, antwortete der Amerikaner, die Achseln zuckend. »Wenn der Maschinist doch versichert, dass es gehen wird!«

»Bezweifle ich doch gar nicht«, erwiderte Passepartout, »gehen wird es schon! Aber schließlich wäre es doch klüger ...«

»Was? Klug?«, rief Colonel Proctor, den dieses zufällig zu Ohren gedrungene Wort außer Rand und Band brachte. »Man sagt Ihnen doch, mit höchster Geschwindigkeit! Verstehen Sie denn nicht? Mit höchster Geschwindigkeit!«

»Ich weiß ja ... und verstehe ja ...«, wiederholte Passepartout, den niemand ausreden ließ; »aber wenn es auch nicht klüger wäre, da dieses Wort Sie nun einmal ärgert, so wäre es doch wohl natürlicher …«

»Was will denn der Mensch mit seinem ›natürlicher‹?«, rief man von allen Seiten.

Der arme Kerl wusste nicht mehr, wie er sich verständlich machen sollte.

»Sie fürchten sich wohl?«, fragte ihn Colonel Proctor.

»Ich mich fürchten?«, rief Passepartout. »Na, das wäre ja gelacht! Ich will den Leuten zeigen, dass ein Franzose auch Amerikaner sein kann!«

»Einsteigen! Einsteigen!«, rief der Zugführer.

»Jawohl, einsteigen!«, wiederholte Passepartout. »Einsteigen, und zwar sofort! Aber trotzdem bin ich der Meinung, dass es besser gewesen wäre, uns Reisende zuerst über die Brücke laufen zu lassen und mit dem Zug dann hinterherzufahren!«

Aber kein Mensch hörte diese klugen Worte, und es würde wohl auch kein Mensch zugegeben haben, dass es gescheiter sei, so zu handeln.

Die Reisenden saßen wieder in ihren Abteilen. Passepartout setzte sich auf seinen Platz, ohne von dem Vorgefallenen ein Sterbenswörtchen zu sagen. Die Spieler waren in ihr Whist vertieft.

Die Lokomotive pfiff laut und der Maschinist ließ den Zug fast eine Meile zurückfahren.

Dann pfiff er zum zweiten Mal. Der Zug fuhr wieder vorwärts, doch immer geschwinder, bald so geschwind, dass jeder das Grausen bekam; man hörte bloß noch ein Ächzen und Stöhnen und hatte die Empfindung, als ob der Zug, der mit einer Geschwindigkeit von 100 Meilen in der Stunde fuhr, nicht mehr auf den Schienen lastete.

Und der Zug kam hinüber! Von der Brücke selbst sah man nichts. Aber kaum hatte der Zug sie überquert, als sie mit Getöse in die Stromschnellen des Medicine Creek stürzte.

28. Duell und Überfall

An demselben Abend setzte der Zug seine Fahrt ohne Hindernisse fort, passierte das Dorf Saunders, dann die Straße von Cheyenne und die Enge von Evans. Hier erreichte die Bahn den höchsten Punkt, nämlich 8811 Fuß über dem Meeresspiegel. Nun ging die Fahrt bis zum Atlantischen Ozean über die endlosen Prärien.

Seit San Francisco waren 1382 Meilen in drei Tagen und drei Nächten zurückgelegt worden. In vier Tagen und vier Nächten musste New York zu erreichen sein. Phileas Fogg hatte also die Frist, die er sich gestellt hatte, noch immer nicht überschritten.

In der Nacht ließ man Walbah zur Linken. Der Lodgepole Creek lief mit der Bahn parallel, da er genau an der Grenze der Staaten Wyoming und Colorado entlangfließt. Um elf Uhr erreichten sie den Staat Nebraska und kamen nach Julesburg, das am linken Arm des Platte River liegt.

Um acht Uhr vormittags war das Fort Mapherson passiert, 357 Meilen von Omaha entfernt. Die Eisenbahn fuhr nun auf dem linken Ufer des Platte River. Um neun Uhr erreichten sie die bedeutende Stadt North Platte, die zwischen den beiden Armen des großen Flusses liegt, dessen Wassermassen sich ein wenig oberhalb von Omaha in den Missouri ergießen. Der 101. Meridian war nun überschritten.

Herr Fogg und seine Partner hatten ihr Spiel wieder begonnen und keiner von ihnen beklagte sich über die Länge der Fahrt. Fix hatte ein paar Guineen gewonnen, die er allerdings wieder verlor, aber er zeigte sich deshalb nicht weniger begeistert für das Spiel als Herr Fogg. Im Laufe des Morgens begünstigte das Glück diesen Herrn in eigentümlicher Weise. Die Trümpfe regneten ihm förmlich in die Hände. Nachdem er ein ganz besonders gutes Blatt kombiniert hatte, wollte er Pik spielen, als hinter ihm eine Stimme laut wurde:

»Ich würde Karo spielen.«

Herr Fogg, Frau Auda und Fix blickten auf – Colonel Proctor stand neben ihnen.

Stamp Proctor und Phileas Fogg erkannten einander sofort.

»Ah, Sie sind's, Herr Engländer«, rief der Colonel, »Sie also wollen jetzt Pik spielen?«

»Und spiele es auch«, erwiderte Phileas Fogg, indem er eine Zehn von dieser Farbe ausspielte.

»Donnerwetter! Ich will, dass Sie Karo spielen!«, versetzte Colonel Proctor mit erregter Stimme und machte eine Bewegung, um die ausgespielte Karte vom Tisch zu nehmen. »Sie verstehen ja absolut nichts von diesem Spiel!«

»Vielleicht verstehe ich mich besser auf ein anderes!«, sagte Phileas Fogg und stand auf.

»Das zu probieren, liegt nur an Ihnen«, erwiderte der grobe Mensch.

Frau Auda war bleich geworden. Sie hatte Phileas Foggs Arm ergriffen, der sie sanft zurückstieß. Passepartout wollte sich auf den Amerikaner stürzen, der seinen Widersacher mit der frechsten Miene ansah. Aber Fix war aufgestanden, auf den Colonel zugetreten und rief:

»Sie vergessen, dass Sie es mit mir zu tun haben, mein Herr, denn Sie haben mich nicht nur beleidigt, sondern sogar geschlagen.«

»Herr Fix«, sagte Phileas Fogg, »ich bitte um Verzeihung, aber das hier ist ausschließlich meine Sache. Wenn der Colonel behauptet, ich solle nicht Pik spielen, so hat er mir eine neue Beleidigung zugefügt und wird mir dafür Rede stehen.«

»Wann Sie wollen und wo Sie wollen«, antwortete der Amerikaner, »die Waffen dürfen Sie bestimmen.«

Frau Auda versuchte vergeblich, Herrn Fogg zurückzuhalten, auch dem Polizeikommissar gelang es nicht, den Streit auf seine Person zu lenken. Passepartout wollte den Colonel hinausbefördern, aber ein Wink seines Herrn gebot ihm Einhalt. Phileas Fogg stieg aus dem Wagen, und der Amerikaner folgte ihm.

»Mein Herr«, sagte er zu seinem Gegner, »ich bin sehr daran interessiert, schnell nach Europa zurückzukehren, und jeder Aufenthalt würde meine Reise stark gefährden.«

»Nun, was geht mich das an«, antwortete Colonel Proctor.

»Nach unserer Begegnung in San Francisco«, versetzte Herr Fogg höflich, »hatte ich mir vorgenommen, nach Amerika zurückzukehren, um Sie aufzusuchen, sobald ich die Geschäfte, die mich nach Europa rufen, erledigt habe.«

»Was Sie sagen!«

»Wollen Sie mir in sechs Monaten Rede stehen?«

»Warum nicht in sechs Jahren?«

»Ich sage sechs Monate«, antwortete Fogg, »und werde mich pünktlich einfinden.«

»Faule Fische!«, rief Proctor, »gleich oder gar nicht!«

»Meinetwegen«, antwortete Herr Fogg. »Sie fahren nach New York?«

»Nein!«

»Nach Chicago?«

»Nein!«

»Nach Omaha?«

»Das kann Ihnen doch gleich sein!«, rief Proctor ärgerlich. »Kennen Sie Plum Creek?«

»Nein«, antwortete Herr Fogg.

»Das ist die nächste Haltestelle. Der Zug wird in einer Stunde dort sein und einen Aufenthalt von zehn Minuten haben; in zehn Minuten kann man bequem ein paar Revolverschüsse wechseln.«

»Meinetwegen«, antwortete Herr Fogg, »ich werde in Plum Creek aussteigen.«

»Und ich glaube, Sie werden dort liegen bleiben«, setzte der Amerikaner hinzu, mit einer Frechheit ohnegleichen.

»Wer weiß, mein Herr«, antwortete Phileas Fogg, und nahm so kaltblütig wie immer seinen Platz wieder ein.

Dort bemühte er sich, Frau Auda zu beruhigen, und sagte ihr, dass die Prahler niemals sehr zu fürchten seien. Dann bat er Fix, ihm als Zeuge bei dem Duell, das also stattfinden sollte, zu dienen. Fix konnte sich nicht weigern, und Phileas Fogg setzte sein unterbrochenes Spiel fort, indem er mit vollendeter Ruhe Pik spielte.

Um elf Uhr kündigte der Piff der Lokomotive die Station Plum Creek an. Herr Fogg erhob sich und begab sich, von Fix gefolgt, auf den Bahnsteig. Passepartout begleitete ihn mit zwei Revolvern in der Hand. Frau Auda war im Wagen geblieben.

In demselben Augenblick ging die Tür des anderen Abteils auf und Colonel Proctor erschien ebenfalls auf dem Bahnsteig, gefolgt von seinem Zeugen, einem Yankee vom reinsten Wasser, gleich ihm. Als aber die beiden Gegner den Fuß in die Wartehalle setzen wollten, kam der Zugbegleiter herbeigelaufen und rief:

»Bitte nicht aussteigen, meine Herren!«

»Und warum nicht?«, fragte der Colonel.

»Wir haben 20 Minuten Verspätung, der Zug fährt sofort weiter.«

»Aber ich muss mich mit diesem Herrn schlagen!«

»Tut mir Leid«, antwortete der Beamte, »aber wir fahren gleich weiter.«

Tatsächlich ertönte in diesem Augenblick das Abfahrtssignal und der Zug setzte sich in Bewegung.

»Ich bin wirklich untröstlich, meine Herren«, sagte nun der Zugbegleiter, »unter anderen Verhältnissen wäre ich Ihnen gern gefällig gewesen. Aber wenn Sie nicht Zeit gehabt haben, sich hier zu schlagen, wer hindert Sie denn, es unterwegs abzumachen?«

»Das wird dem Herrn am Ende nicht recht sein«, sagte der Colonel mit höhnischer Miene.

»Mir ist das allemal recht«, antwortete Herr Fogg.

Aha, richtig, wir sind ja in Amerika, dachte Passepartout, und der Zugbegleiter ist ein Herr aus der besseren Gesellschaft. Mit diesen Gedanken folgte er Phileas Fogg.

Die beiden Gegner und ihre Zeugen, denen der Beamte voranging, begaben sich nun von Wagen zu Wagen, bis sie im letzten Abteil des Zuges waren. Dort saßen etwa ein Dutzend Passagiere, die der Zugbegleiter fragte, ob sie auf ein paar Minuten für zwei Herren, die einen Ehrenhandel abzutun hätten, freundlicherweise ihre Plätze räumen würden.

»Aber selbstverständlich!« Die Passagiere schätzten sich

überaus glücklich, den beiden Herren gefällig sein zu können, und zogen sich in den Gang zurück.

Der Wagen war ungefähr fünfzig Fuß lang, eignete sich also ausgezeichnet für dieses Vorhaben. Die beiden Gegner konnten zwischen die Bänke treten und von dort aus einander nach Lust und Belieben aufs Korn nehmen. Noch nie hatte sich ein Duell so leicht geordnet wie hier. Herr Fogg und Colonel Proctor, jeder mit einem sechsschüssigen Revolver bewaffnet, stellten sich im Wagen auf, die Zeugen, die draußen stehen geblieben waren, schlossen die Türen hinter ihnen, und beim ersten Pfiff der Lokomotive wollten sie aufeinander schießen; dann sollte nach einer Frist von etwa zwei Minuten im Wagen nachgesehen werden, was von den beiden Herren übrig geblieben war. Die ganze Sache war tatsächlich denkbar einfach, so einfach, dass Fix und Passepartout das Herz zum Zerspringen schlug. Man wartete auf den Pfiff der Lokomotive, als plötzlich ein wildes Geschrei erscholl. Gleichzeitig erfolgte Knall auf Knall, jedoch rührte die Knallerei nicht von den beiden Duellanten her. Es knallte in einem fort, und zwar den ganzen Zug entlang. Colonel Proctor und Herr Fogg stiegen, die Revolver in der Faust, aus und stürzten nach den vorderen Wagen, wo noch heftiger geschossen wurde. Im Nu hatten sie begriffen, dass der Zug von einer Siouxbande überfallen worden war.

Diese kühnen Indianer vollführten nicht ihr erstes Stückchen, sondern hatten schon mehr als einmal Züge angehalten. Ihrer Gewohnheit gemäß waren sie, ohne zu warten, bis der Zug stand, auf die Trittbretter gesprungen und hatten die Wagen erklommen. Zuerst aber hatten sie sich auf die Lokomotive gestürzt und Maschinist und Heizer mit Keulenschlägen niedergestreckt; ein Häuptling, der den Zug zum Stehen bringen woll-

te, aber nicht mit der Maschine umzugehen verstand, hatte das Dampfventil, anstatt es zu schließen, weit aufgedreht, und der Zug raste nun mit enormer Geschwindigkeit dahin.

Zur gleichen Zeit hatten die Sioux die Wagen erstürmt und kämpften mit den Passagieren. Aus dem Gepäckwagen, den sie herbrochen und geplündert hatten, flogen die Frachtstücke heraus; das Geschrei und die Schüsse hörten nicht auf. Die Passagiere verteidigten sich mutig, einzelne Wagen hatten sie verbarrikadiert, und die wurden nun regelrecht belagert, obwohl sie mit einer Geschwindigkeit von 100 Meilen in der Stunde dahinjagten. Frau Auda hatte sich vom ersten Augenblick des Überfalls an sehr mutig gezeigt; mit dem Revolver in der Hand kämpfte sie tapfer und schoss durch die kaputten Scheiben, sobald sich ein Indianer vor ihren Augen zeigte. Nahezu zwanzig Sioux waren tödlich getroffen. Mehrere Passagiere, die von Kugeln oder Keulen schwer verletzt waren, lagen auf den Bänken. Einmal musste ja der Kampf, der schon zehn Minuten dauerte, wohl oder übel zu Ende gehen. Die Haltestelle Fort Kearney konnte keine zwei Meilen mehr entfernt sein; zum Glück befand sich dort ein amerikanischer Posten. Wurde aber der Zug nicht zum Stehen gebracht, dann mussten ihn die Sioux zwischen dem Fort und der nächsten Station überwältigen.

Der Zugführer kämpfte sich zu Herrn Fogg durch, als ihn eine Kugel zum Wanken brachte. Niederstürzend rief er noch:

»Wir sind verloren, wenn der Zug nicht innerhalb von fünf Minuten hält!«

»Er wird halten«, sagte Phileas Fogg und wollte aus dem Wagen springen.

»Bleiben Sie, Herr Fogg!«, rief Passepartout, »das ist etwas für mich.«

Phileas Fogg fand keine Zeit, den mutigen Burschen aufzuhalten. Ohne von den Indianern gesehen zu werden, riss Passepartout eine Tür auf und schlüpfte unter den Wagen. Es gelang ihm, dank seiner Geschicklichkeit, die Lokomotive zu erreichen. Niemand konnte ihn sehen; denn zwischen dem Gepäckwagen und dem Tender an einer Hand hängend, hakte er die Sicherheitsketten los. Es würde ihm aber kaum gelungen sein, die letzte auszuhaken, wenn nicht ein heftiger Stoß die Lokomotive erschüttert und diese Arbeit für ihn verrichtet hätte. Während die Lokomotive weiterraste, blieb der losgekoppelte Zug allmählich hinter ihr zurück. Die Bremsen wurden in Tätigkeit gesetzte und vor der Station Kearney kam er endlich zum Stehen.

Durch die Schüsse aufmerksam gemacht, eilten die Soldaten des Forts herbei; damit hatten die Sioux nicht gerechnet und im Nu war die ganze Bande in alle Winde zerstoben.

Als die Fahrgäste später feststellten, wer fehlte, merkten sie, dass sich unter den Abwesenden auch der mutige Franzose befand, dessen Aufopferung ihnen allen das Leben gerettet hatte.

29. *Phileas Fogg rettet seinen Diener*

Drei Reisende, darunter Passepartout, waren verschwunden. Ob sie in dem Kampf getötet worden oder in die Gefangenschaft der Sioux geraten waren, konnte man noch nicht wissen.

Obgleich es sehr viel Verwundete gab, erfuhr man bald, dass keiner ernstlich verletzt war. Am schwersten hatte es Colonel Proctor getroffen, der sich sehr tapfer geschlagen hatte. Er wurde mit anderen Verwundeten, deren Zustand sofortige Behandlung verlangte, zum Bahnhof geschafft.

Frau Auda war wohlbehalten, und Phileas Fogg, der sich durchaus nicht geschont hatte, war mit einer leichten Schramme davongekommen. Passepartout fehlte jedoch, worüber Frau Auda untröstlich war.

Mittlerweile hatten die Passagiere den Zug verlassen und sahen, wie die letzten Indianer im Süden verschwanden.

Herr Fogg stand mit übereinander geschlagenen Armen unbeweglich da. Es galt, einen schweren Entschluss zu fassen. Frau Auda stand neben ihm und sah ihn an, ohne ein Wort zu sprechen. Er verstand diesen Blick. Wenn sein Diener gefangen war, so musste er wohl oder übel alles aufs Spiel setzen, um ihn den Indianern zu entreißen. »Ich werde ihn wieder finden, tot oder lebendig«, sagte er zu Frau Auda.

»Ach, Herr Fogg!«, rief die junge Frau, beide Hände ihres Reisegefährten ergreifend.

»Lebendig!«, setzte Herr Fogg hinzu. »Wenn wir keine Minute verlieren!«

Mit diesen Worten hatte er seinen Ruin ausgesprochen! Denn ein einziger Tag Verzögerung schnitt ihm die Möglichkeit ab, den New-Yorker Dampfer zu erreichen. Seine Wette war dann unwiderruflich verloren. Aber vor dem Gedanken »Es ist meine Pflicht!«, gab es bei ihm kein Zaudern.

Der Fort Kearney befehligende Offizier war zur Stelle. Seine Soldaten, etwa hundert Mann, hatten sich für den Fall, dass die Sioux noch den Bahnhof angreifen sollten, auf die Verteidigung eingerichtet.

»Herr Hauptmann«, sagte Phileas Fogg, »es sind drei Passagiere verschwunden.«

»Tot?«

»Tot oder gefangen«, antwortete Phileas Fogg. »Diese Ungewissheit muss geklärt werden. Ihre Absicht ist es doch, die Sioux zu verfolgen?«

»Das ist sehr schwer, mein Herr«, erwiderte der Offizier. »Die Indianer können bis über den Arkansas entfliehen! Ich kann das mir anvertraute Fort doch nicht verlassen!«

»Herr Hauptmann«, betonte Phileas Fogg wieder, »es handelt sich um das Leben von drei Menschen.«

»Ja doch! Aber kann ich denn fünfzig in Gefahr setzen, um drei zu retten?«

»Ich weiß nicht, was Sie können, aber ich weiß, was Sie sollen und müssen.«

»Über meine Pflicht braucht mich niemand zu belehren!«, antwortete der Offizier.

»Gut«, sagte Phileas Fogg, »dann werde ich allein gehen.«

»Sie, mein Herr?«, rief Fix, der hinzugetreten war. »Sie wollen allein die Verfolgung der Indianer aufnehmen?«

»Wollen Sie, dass ich den Unglücklichen, dem hier alle ihr Leben verdanken, umkommen lasse? Ich werde gehen!«

»Nun, allein sollen Sie nicht bleiben!«, rief der Hauptmann, den dieser Heldenmut rührte, ohne dass er es recht wollte. »Nein! Sie sind ein wackerer Mann! – Dreißig Freiwillige vor!«, rief er, sich seinen Soldaten zuwendend.

Die ganze Kompanie rückte vor. Der Hauptmann wählte dreißig Mann aus und ein Sergeant stellte sich an die Spitze.

»Ich danke Ihnen«, sagte Herr Fogg.

»Sie erlauben mir, mich Ihnen anzuschließen?«, fragte Fix.

»Tun Sie, was Ihnen beliebt, mein Herr«, gab ihm Phileas Fogg zur Antwort. »Aber wenn Sie mir einen Dienst erweisen wollen, so bleiben Sie bei Frau Auda! Falls irgendein Unglück geschehen sollte ...«

Eine plötzliche Blässe bedeckte das Gesicht des Kommissars. Sollte er sich von dem Mann trennen, den er bisher mit so viel Abenteuer verfolgt hatte? Sollte er ihn allein in diese Wüste ziehen lassen? Fix betrachtete Herrn Fogg sehr aufmerksam und schlug die Augen nieder vor seinem ruhigen, freimütigen Blick.

»Ich werde bleiben!«, sagte er.

Phileas Fogg übergab dann Frau Auda seinen kostbaren Reisesack und rückte mit dem Sergeanten und seiner kleinen Truppe ab. Aber vorher hatte der den Soldaten noch zugerufen:

»Freunde! Ihr verdient tausend Pfund, wenn wir die Gefangenen retten!«

Es war wenige Minuten nach zwölf Uhr mittags. Frau Auda hatte sich auf ein Zimmer im Bahnhof zurückgezogen. Dort

wartete sie und war mit ihren Gedanken bei Phileas Fogg, dessen Edelsinn und Mut sie großartig fand. Erst hatte Herr Fogg sein Vermögen geopfert und jetzt setzte er sein Leben aufs Spiel, alles ohne Zaudern, nur seiner Pflicht zuliebe. Phileas Fogg war in ihren Augen ein Held.

Der Polizeikommissar Fix jedoch dachte nicht so und konnte seiner Aufregung kaum Herr werden. Er ging mit fieberhafter Unruhe auf dem Bahnhof auf und nieder. Einen Augenblick lang hatte er sich durch die Gewalt der Ereignisse bewegen lassen, aber jetzt war er wieder der Alte geworden. Als Fogg weg war, sah er die Dummheit erst richtig ein, die er gemacht hatte, indem er ihn ziehen ließ. Wie konnte er nur einem solchen Menschen, den er um die Erde herum verfolgt hatte, seine Einwilligung zum Davongehen geben? Er schalt sich einen Verbrecher und klagte sich selbst an. Er tat, als wenn er der Londoner Polizeidirektor in Person wäre und einen Beamten vor sich hätte, der sich eines Vergehens im Dienst schuldig gemacht hatte!

Da habe ich einen netten Bock geschossen, dachte er. Der andere wird ihm gesagt haben, wer ich bin! Er ist weg auf Nimmerwiedersehen! Wo soll ich nun seiner wieder habhaft werden? Aber wie konnte ich mich so nasführen lassen! Ich, Fix, der ich seinen Haftbefehl in der Tasche habe! Ich bin ein zu großer Esel!

So dachte der Polizeikommissar, während die Stunden zu seinem Kummer so langsam verstrichen. Er wusste nicht, was er tun sollte. Bisweilen drängte es ihn, Frau Auda alles zu sagen. Aber er konnte voraussehen, wie die junge Frau das aufnehmen würde. Wozu sollte er sich entschließen? Er sah sich versucht, allein über die weite weiße Ebene zu laufen, um diesen Fogg zu verfolgen. Es schien ihm nicht unmöglich, ihn wieder zu finden. Die Fußspuren des Trupps zeichneten sich noch im Schnee ab. Aber bald hatte neuer Schnee jede Spur verwischt.

Da befiel ihn Mutlosigkeit. Er spielte mit dem Gedanken, die ganze Sache aufzugeben. Gerade jetzt wurde ihm ja eine vorzügliche Gelegenheit geboten, die Station Kearney mit dem nächsten Zug zu verlassen und die für ihn so fruchtlose Reise abzubrechen.

Gegen zwei Uhr mittags, während der Schnee in großen Flocken niederfiel, ertönten von Osten her lange Pfiffe. Ein von einem fahlen Lichtschein begleiteter ungeheurer Schatten bewegte sich langsam vorwärts. Durch den Nebel gewann seine Größe erheblich und gab ihm ein fantastisches Aussehen.

Und doch war aus dieser Richtung zurzeit noch gar kein Zug fällig. Die telegrafisch beorderte Hilfe konnte so früh noch nicht eintreffen und der Zug von Omaha nach San Francisco sollte erst am anderen Morgen die Station passieren. Bald jedoch sollte Fix Klarheit gewinnen.

Diese Lokomotive, die mit wenig Dampf, aber mit lauten Signalen näher kam, war dieselbe, die vom Zuge abgekoppelt worden war und ihre Fahrt mit einer so entsetzlichen Geschwindigkeit fortgesetzt hatte, Maschinisten und Heizer mit sich hinwegführend. Sie war auf dem Gleis mehrere Meilen dahingerast. Dann war das Feuer ausgegangen, da keine Kohle nachgeschüttet wurde. Nach einer Stunde etwa war die Maschine 20 Meilen jenseits der Station Kearney zum Stehen gekommen.

Weder der Maschinist noch der Heizer waren tot. Nach einer ziemlich langen Ohnmacht hatten sie ihr Bewusstsein wiedererlangt.

Der Maschinist hatte sofort begriffen, was vorgegangen war, als er sich mit seiner Lokomotive allein auf dem weiten Felde sah. Wie die Lokomotive allerdings vom Zuge losgekoppelt worden war, das konnte er nicht erraten; fest stand für ihn jedoch, dass sich der zurückgebliebene Zug in großer Gefahr befinden musste.

Der Maschinist hatte nicht eine Sekunde gezaudert. Die Fahrt in Richtung Omaha fortzusetzen, wäre klug; mit der Lokomotive zu dem Zug zurückzufahren, den die Indianer vielleicht plünderten, wäre gefährlich gewesen ... Nichtsdestoweniger wählte er das Letztere! Einige Schaufeln Kohle und Holz wurden aufgeschüttet und das Feuer fing wieder an zu brennen, der Druck stieg von neuem und gegen zwei Uhr erreichte die Lokomotive die Station Kearney.

Für die Fahrgäste war es eine große Genugtuung, als sie sahen, wie die Lokomotive wieder angekoppelt wurde. Nun konnten sie ja die auf so unglückliche Weise unterbrochene Reise fortsetzen!

Als die Lokomotive heranfuhr, kam Frau Auda aus dem Bahnhof und richtete an den Zugführer die Frage:

»Sie wollen abfahren?«

»Gewiss, gnädige Frau!«

»Aber was soll denn aus den Gefangenen ... aus unseren unglücklichen Reisegefährten werden?«

»Die Fahrt darf ich nicht unterbrechen«, gab der Zugführer zur Antwort. »Wir haben ja schon drei Stunden Verspätung.«

»Und wann wird der nächste Zug aus San Francisco hier sein?«

»Morgen Abend, gnädige Frau!«

»Morgen Abend? Zu spät! Sie müssen warten!«

»Das ist nicht möglich«, antwortete der Zugführer, »wenn Sie mitwollen, dann steigen Sie bitte ein!«

»Ich reise nicht«, erwiderte die junge Frau.

Fix hatte diese Unterhaltung gehört. Einige Minuten zuvor, als ihm jedes Mittel fehlte weiterzukommen, war er willens gewesen, Kearney zu verlassen, und jetzt, als der Zug zur Abfahrt bereitstand, als er sich bloß noch in sein Abteil zu setzen brauchte, jetzt fesselte ihn eine unwiderstehliche Gewalt an den Boden. Dieser Bahnsteig brannte ihm unter den Sohlen und er konnte sich nicht von ihm losreißen. Der Kampf begann von neuem in seinem Gemüt. Der Zorn über den Misserfolg erstickte ihn. Er wollte ihn bis zu Ende führen!

Unterdessen hatten die Passagiere und einige von den Verwundeten – unter ihnen Colonel Proctor, dessen Zustand sehr bedenklich war – in dem Zug Platz genommen. Der überheizte Kessel fing an, schwer zu arbeiten, doch bald pfiff der Maschinist, der Zug setzte sich in Bewegung und war nach kurzer Zeit am Horizont verschwunden. Sein Rauch vermischte sich in der Ferne mit dem Schneegestöber.

Der Kommissar Fix war geblieben.

Ein paar Stunden verstrichen. Es war eisig kalt. Fix saß unbeweglich auf einer Bank im Bahnhof. Frau Auda verließ trotz des heftigen Schneegestöbers alle Augenblicke ihr Zimmer, ging bis ans Ende des Bahnsteigs und suchte, den Schnee und den dichten Nebel zu durchdringen, der den Horizont ihren Blicken verbarg; sie stand und lauschte – aber kein Laut war zu hören. Erschöpft, durchnässt und durchfroren kam sie ins Bahnhofsgebäude zurück und ging nach wenigen Minuten wieder hinaus, jedoch immer vergeblich.

Es wurde Abend. Die kleine Truppe war noch nicht zurück.

Wo weilte sie jetzt? Hatte sie die Indianer einholen können? War es zum Kampf gekommen oder irrten die Soldaten auf gut Glück noch im Nebel umher? Der Hauptmann des Forts Kearney wurde höchst unruhig, wenn er sich auch nichts anmerken ließ.

Die Nacht brach herein. Das Schneegestöber ließ nach, aber die Kälte nahm zu. Tiefe Stille herrschte über der unermesslichen Fläche. Weder der Flug eines Vogels noch der Tritt eines Tieres störte die friedliche Ruhe.

Die ganze Nacht hindurch irrte Frau Auda, deren Gemüt voll finsterer Ahnungen war, am Rande der Prärie herum. Ihre Fantasie zeigte ihr tausend Gefahren. Sie hätte nicht in Worte zu fassen vermocht, was sie während dieser langen Stunden litt.

Fix blieb unbeweglich auf demselben Platz, aber auch er schlief nicht. Einmal war ein Mann zu ihm getreten, hatte ihn sogar angeredet, aber der Kommissar hatte ihn laufen lassen und auf seine Worte nur mit einem Kopfschütteln geantwortet.

So verstrich die Nacht. Mit der Dämmerung stieg über einem von Nebel verhüllten Horizont die halbverloschene Sonnenscheibe herauf. Aber man konnte kaum zwei Meilen weit blicken. Phileas Fogg war mit der kleinen Truppe in südlicher Richtung aufgebrochen. Es war jetzt sieben Uhr morgens. Der Hauptmann war in größter Sorge und wusste nicht, wozu er sich entschließen sollte. War es ratsam, einen zweiten Trupp abzuschicken und neue Mannschaften zu opfern, die ebenso wenig eine Chance hatten? Aber sein Zaudern währte nicht lange; kurz entschlossen winkte er einen Leutnant heran und erteilte ihm den Befehl, in südlicher Richtung zu erkunden – mit einem Male knallten jedoch Flintenschüsse. War das ein Signal? Die Soldaten stürzten aus dem Fort und erblickten in einiger Entfernung eine kleine Truppe, die in vorzüglicher Ordnung anmarschiert kam.

Herr Fogg ging voran; neben ihm Passepartout und die beiden anderen Passagiere, die er den Händen der Sioux entrissen hatte.

Zehn Meilen südlich von Kearney war es zum Kampf gekommen. Wenige Minuten vor dem Eintreffen der kleinen Truppe waren Passepartout und die beiden Reisenden schon mit ihren Wächtern in den Kampf verwickelt gewesen.

Alle, die Retter und die Geretteten, wurden mit Freudengeschrei empfangen. Als Phileas Fogg die versprochene Prämie unter die Leute verteilte, dachte Passepartout nicht ohne Grund: Ich koste meinem Herrn wahrhaftig eine Stange Geld!

Fix sah Herrn Fogg an, ohne ein Wort zu sagen, und es würde schwierig sein, die Eindrücke zu schildern, die sich in seinem Gehirn bekämpften. Was Frau Auda betrifft, so gab sie Herrn Fogg nur herzlich die Hand, ohne ein einziges Wort über die Lippen zu bringen.

Indessen hatte sich Passepartout, sowie er auf dem Bahnhof war, sofort nach dem Zug umgesehen. Er hatte geglaubt, ihn dort vorzufinden, und gehofft, die verlorene Zeit wieder einzuholen.

»Der Zug! Der Zug!«, rief er.

»Ist abgefahren«, antwortete Fix.

»Und wann kommt der nächste?«, fragte Phileas Fogg.

»Erst heute Abend!«

»So, so!«, antwortete der unerschütterliche Herr.

30. Im Segelschlitten über die Prärie

Phileas Fogg hatte nun ein Manko von 20 Stunden. Passepartout, die unfreiwillige Ursache, war völlig verzweifelt. Ganz ohne Frage hatte er seinen Herrn ruiniert.

Da trat der Kommissar zu Herrn Fogg und fragte, ihm voll ins Gesicht sehend:

»Sie haben es jetzt allen Ernstes eilig?«

»Jawohl!«, antwortete Phileas Fogg.

»Ich nehme an«, sagte Fix, »dass Sie unbedingt am 11. Dezember vor neun Uhr abends in New York sein möchten, um den Dampfer nach Liverpool noch zu erreichen?«

»Unbedingt!«

»Wäre Ihre Reise nicht durch diesen Überfall der Sioux unterbrochen worden, so wären wir wohl am 11. Dezember früh in New York eingetroffen?«

»Ja, zwölf Stunden vor Abfahrt des Dampfschiffes!«

»Gut! Sie haben jetzt also 20 Stunden Verspätung. Die Differenz zwischen 20 und zwölf beträgt acht. Es gilt also, acht Stunden wieder einzubringen. Wollen Sie den Versuch machen?«

»Zu Fuß?«, fragte Herr Fogg.

»Nein, im Schlitten«, antwortete Fix, »in einem Segelschlitten. Dieses Fahrzeug hat mir jemand vorgeschlagen!«

Ein Mann hatte nämlich im Laufe der Nacht mit Fix darüber gesprochen. Der Kommissar aber hatte das Anerbieten abgelehnt.

Phileas Fogg schwankte anfangs auch. Nachdem ihm aber Fix den Mann, von dem die Rede war, gezeigt hatte, trat Herr Fogg auf ihn zu. Kurze Zeit darauf gingen beide in eine am Fuß des Forts gelegene Hütte.

Dort untersuchte Herr Fogg ein ziemlich sonderbares Gebilde, eine Art Kasten, der auf zwei langen Balken stand, die vorn gewölbt waren wie die Kufen eines Schlitten und in dem fünf bis sechs Personen Platz finden konnten. Am Vorderteil des Kastens war ein Mast, an dem ein großes Segel flatterte. Hinten war eine Art Steuer angebracht, um den Schlitten zu lenken.

Es war, wie man also sieht, ein Segelschlitten. Wenn im Winter auf der verschneiten Ebene die Züge im Schnee stecken bleiben, dann legen diese Fahrzeuge den Weg von einer Station zur andern sehr schnell zurück. Sie tragen sogar mehr als ein Rennkutter, ohne zu kentern. Vor Wind fahren sie ebenso schnell, wenn nicht noch schneller, wie ein Eilzug.

In kurzer Zeit war eine Einigung zwischen Herrn Fogg und dem Eigentümer dieses Schlittens, einem Amerikaner namens Mudge, erzielt. Der Wind wehte günstig. Der Schnee war hart gefroren, und Mudge machte sich anheischig, Herrn Fogg in einigen Stunden bis zur Station Omaha zu bringen. Von dort gingen häufiger Züge nach New York. Es war demnach nicht ausgeschlossen, das Zeitmanko wieder einzubringen. Mit dem Versuch durfte also nicht gezögert werden.

Herr Fogg mochte jedoch Frau Auda den Unbequemlichkeiten dieser Schlittenfahrt nicht aussetzen, zumal durch die Fahrgeschwindigkeit die Kälte noch unerträglicher werden musste. Er machte ihr deshalb den Vorschlag, unter Passepartouts Schutz auf der Station Kearney zurückzubleiben und unter günstigeren Bedingungen nach Europa zu fahren.

Aber Frau Auda wollte sich nicht von Herrn Fogg trennen und Passepartout schätzte sich sehr glücklich ob dieser Entscheidung. Um nichts in der Welt hätte er seinen Herrn verlassen mögen, zumal Fix in seiner Begleitung war.

Was jetzt übrigens der Polizeikommissar dachte, ließ sich schwer sagen. War seine Überzeugung durch die Rückkehr Phileas Foggs erschüttert worden, oder hielt er ihn noch immer für einen ganz geriebenen Gauner, der glaubte, nach beendeter Reise um die Welt in England völlig sicher zu sein? Vielleicht hatte sich die Meinung des Kommissars über Phileas Fogg doch ein wenig geändert. Aber er war darum nicht minder entschlossen, seine Pflicht zu tun, und war weit mehr als die anderen darauf erpicht, mit allen Kräften die Rückkehr nach England zu beschleunigen.

Um acht Uhr war der Schlitten abfahrbereit. Die Passagiere nahmen Platz und hüllten sich in ihre Reisedecken. Zwei riesige Segel wurden gesetzt, und unter dem Druck des Windes flog das Fahrzeug mit einer Geschwindigkeit von 40 Meilen in der Stunde über den hart gefrorenen Schnee, während jeder der Insassen seinen Gedanken nachhing.

Die Entfernung zwischen dem Fort Kearney und Omaha beträgt höchstens 200 Meilen. Wenn der Wind nicht abflaute, konnte diese Strecke in fünf Stunden zurückgelegt werden, und kam kein Unfall dazwischen, musste der Schlitten um 1 Uhr in Omaha sein.

Was für eine Fahrt! Die Reisenden saßen so dicht aneinander gedrängt, dass sie sich nur mühsam unterhalten konnten. Übrigens verspürten sie bei der Kälte, die durch die Geschwindigkeit der Fahrt noch gesteigert wurde, gar keine Lust dazu. Der Schlitten glitt leichter über die Ebene als ein Boot über die Wasserfläche. Wenn die Brise über dem Erdboden dahinsauste, schien es, als ob der Schlitten von seinen Segeln, die weiten Flü-

geln glichen, emporgehoben würde. Mudge, der am Steuer saß, fuhr schnurgerade, und wenn das Fahrzeug vom Kurs abweichen wollte, brachte er es wieder in die festgelegte Richtung.

»Wenn nichts zerbricht«, sagte Mudge, »kommen wir hin!«

Und Mudge war entschlossen, sein Möglichstes zu tun, um die vereinbarte Zeit einzuhalten; denn Herr Fogg hatte ihm, seinem System getreu, in diesem Fall eine beträchtliche Prämie zugesagt.

Die Prärie war flach wie ein Meer. Sie glich einem riesigen gefrorenen See. Die Eisenbahnlinie zog sich von Südwesten nach Nordwesten über Grand Island, Columbus und Fremont nach Omaha. Sie folgte auf dieser ganzen Strecke dem rechten Ufer des Platte River. Der Schlitten legte aber einen viel kürzeren Weg zurück. Mudge brauchte nicht zu befürchten, durch die kleine Ausbuchtung, die der Platte River bei Fremont machte, aufgehalten zu werden, denn das Wasser war gefroren. Der Weg war also frei von jedem Hindernis und Phileas Fogg hatte nur zweierlei zu fürchten: eine Havarie am Schlitten oder ein Umspringen oder Abflauen des Windes.

Aber die Brise ließ nicht nach. Im Gegenteil, sie nahm zu, dass der Mast sich bog, dem die eisernen Bänder festen Halt verliehen. Den Spanndrähten, die den Saiten eines Instrumentes ähnelten, entlockte der Wind klagende Töne.

»Die Drähte klingen wie Quinten und Oktaven«, sagte Herr Fogg.

Dies waren die einzigen Worte, die er während der ganzen Fahrt sprach. Frau Auda war sorgsam in Pelze und Reisedecken eingehüllt, damit sie die Kälte möglichst wenig empfinden sollte.

Passepartout, dessen Antlitz glühe, atmete in vollen Zügen die scharfe Luft ein. Da er im Herzen ein unerschütterliches Zutrauen besaß, begann er von neuem zu hoffen. Statt morgens in New York anzukommen, würden sie eben des Abends eintreffen, und es war immerhin die Möglichkeit vorhanden, dass sie das Schiff nach Liverpool noch erreichten.

Passepartout hatte sogar große Lust verspürt, seinem Verbündeten Fix die Hand zu drücken. Er vergaß nicht, dass der Kommissar selbst den Schlitten besorgt hatte, dass sie es ihm zu verdanken hatten, wenn sie rechtzeitig in Omaha anlangten. Aber eine unbestimmte Ahnung bewog ihn, seine gewöhnliche Zurückhaltung zu bewahren.

Was Passepartout aber sein Leben lang nicht vergessen würde, war das Opfer, das Herr Fogg unverzüglich gebracht hatte, um ihn den Händen der Sioux zu entreißen. Deshalb hatte er Vermögen und Leben aufs Spiel gesetzt!

Während jeder sich so seinen Gedanken hingab, segelte der Schlitten über ein riesiges Schneefeld.

Wenn er über einige Bäche oder Flüsse, die zum Gebiet des Little Blue River gehörten, glitt, spürte niemand etwas davon. Die Felder und Wasserläufe verschwanden unter einer großen, einförmigen weißen Fläche. Es gab kein Dorf, keine Station, nicht einmal ein Fort. Von Zeit zu Zeit sah man blitzartig irgendeinen wunderlich geformten Baum vorüberschießen, dessen weißes Skelett sich unter der Gewalt des Windes krümmte. Dann und wann flog ein Schwarm wilder Vögel auf. Manchmal kämpften auch einige Präriewölfe, magere, verhungerte, von wildem Instinkt getriebene Geschöpfe, mit dem Schlitten um den Rekord. Dann stand Passepartout mit dem Revolver in der Faust bereit, den Bestien, die sich zu weit heranwagten, eins auf das Fell zu brennen. Wäre dem Schlitten das geringste Unglück zugestoßen, so hätte sich die ganze heulende Meute auf die paar Menschen gestürzt und sie zerfleischt. Aber der Schlitten hielt wacker stand, er gewann den Wölfen bald Vorsprung ab, und es dauerte nicht lange, so waren sie weit hinter ihnen.

Gegen Mittag erkannte Mudge an verschiedenen Anzeichen, dass der Schlitten über das hart gefrorene Bett des Platte River segelte. Er sagte nichts, aber schon war es für ihn gewiss, dass sie nur noch 20 Meilen bis Omaha zurückzulegen hatten.

Nach kaum einer halben Stunde ließ der geschickte Führer das Steuer los und holte die Segel nieder. Der Schlitten glitt noch eine halbe Meile weiter.

Endlich hielt er. Mudge zeigte auf die zahlreichen verschneiten Dächer und rief:

»Angekommen!«

Tatsächlich hatten sie Omaha erreicht, die Stadt, die mit dem Osten der Vereinigten Staaten durch zahlreiche Bahnlinien verbunden ist.

Passepartout und Fix waren Herrn Fogg und der jungen Dame beim Aussteigen behilflich. Phileas Fogg zahlte Mudge ein anständiges Fahrgeld und Passepartout schüttelte ihm wie einem Freund die Hand; dann begaben sie sich schnellstens zum Bahnhof.

Ein Zug stand zur Abfahrt bereit. Phileas Fogg und seine Gefährten konnten ihn gerade noch erreichen. Von Omaha hatten sie wenig gesehen; aber Passepartout sagte sich, dass sie sich darüber nicht zu beklagen brauchten.

Mit höchster Geschwindigkeit raste der Zug durch Council Bluffs und Iowa City, passierte zur Nachtzeit den Mississippi bei Davenport und gelangte über Rock Island nach Illinois. Am nächsten Tag, dem 10. Dezember, vier Uhr nachmittags, war er in Chicago, das an den Ufern des schönen Michigansees liegt.

900 Meilen trennen Chicago von New York. Der Zugverkehr zwischen diesen beiden Städten ist sehr rege. Herr Fogg verließ mit seinen Begleitern den einen Zug und bestieg sofort einen anderen. Die Lokomotive der ›Pittsburg-Fort-Wayne-Chicago-Bahn‹ fuhr, so schnell sie konnte, als wisse sie, dass der ehrenwerte Herr keine Zeit zu verlieren habe. Wie der Blitz ging die Fahrt durch Indiana, Ohio, Pennsylvania, New Jersey. Endlich kam der Hudson in Sicht und am 11. Dezember um viertel zwölf Uhr abends hielt der Zug auf dem Bahnhof, am rechten Ufer des Flusses, direkt vor dem Pier der Cunard-Linie.

Die ›China‹ war vor 45 Minuten abgefahren.

31. Ein Schiff wird gechartert

Mit der Abfahrt der ›China‹ schien die letzte Hoffnung Phileas Foggs entschwunden zu sein. Kein anderes Schiff der zwischen Amerika und Europa fahrenden Linien konnte den Plänen des Herrn dienen, weder die Transatlantisch-Französische noch die White-Star-Linie, auch nicht die Imman- oder die Hamburgische Kompagnie oder der Norddeutsche Lloyd.

Die ›Pereira‹ von der Transatlantisch-Französischen Gesellschaft, die alle anderen Schiffe an Eleganz der Ausstattung übertraf, sollte erst in drei Tagen, am 14. Dezember, abgehen. Übrigens fuhr sie, wie die Dampfer der Hamburg – Amerika-Linie, nicht direkt nach Liverpool, sondern nach Havre, und die Fahrt von Havre nach Southampton, die dann noch hinzugekommen wäre, hätte Phileas Fogg um alles gebracht.

An die Dampfer der Imman-Kompagnie, von denen einer, die ›Stadt Paris‹, am folgenden Tag in See stechen sollte, durfte er schon gar nicht denken. Sie waren hauptsächlich für den Auswanderertransport eingerichtet; hatten schwache Maschinen, fuhren bald unter Segel, bald mit Dampf, und ihre Geschwindigkeit war recht mittelmäßig. Sie hätten für die Fahrt von New York nach England zu lange gebraucht, sodass es Herrn Fogg unmöglich gewesen wäre, seine Wette zu gewinnen.

Über all das unterrichtete sich Phileas Fogg genau, indem er in seinem »Bradshaw« nachsah, der ihm täglich über den Verkehr der überseeischen Schifffahrt Auskunft gab.

Passepartout war wie zerschmettert; denn ihn allein traf ja

die Schuld. Anstatt seinem Herrn behilflich zu sein, hatte er ihm unaufhörlich Schwierigkeiten in den Weg gelegt. Und wenn er im Geist alle Zwischenfälle der Reise wieder durchlebte, wenn er die ungeheuren Summen zusammenrechnete, die verloren und allein seinetwegen geopfert worden waren, wenn er überlegte, dass die Wette zusammen mit den Kosten dieser nun überflüssig gewordenen Reise Herrn Fogg vollständig zugrunde richtete, dann fand er kein Ende in den Verwünschungen gegen sich.

Sein Herr machte ihm jedoch keinen einzigen Vorwurf. Und als sie den Pier der transatlantischen Dampfer verließen, sprach er bloß die paar Worte:

»Wir werden morgen sehen, was sich machen lässt. Komm!«

Herr Fogg, Frau Auda, Fix und Passepartout fuhren über den Hudson und stiegen dann in einen Fiaker, der sie nach dem Hotel ›Sankt Nikolas‹ auf dem Broadway brachte. Dort fanden sie Zimmer bereit. Phileas Fogg wurde die Nacht nicht lang, denn er schlief einen festen Schlaf, wohl aber Frau Auda und seinen beiden Reisegefährten, die vor Unruhe kein Auge zutun konnten.

Der nächste Tag war der 12. Dezember. Vom 12., sieben Uhr vormittags, bis zum 21., um 8.45 abends, waren es nun noch neun Tage, 13 Stunden und 45 Minuten. Wäre also Phileas Fogg am Tag zuvor mit der ›China‹, einem der besten Dampfer der Cunard-Linie, gefahren, so hätte er London zweifelsohne noch zur rechten Zeit erreicht.

Herr Fogg verließ allein das Hotel. Seinen Diener hatte er angewiesen, auf ihn zu warten, und Frau Auda mitgeteilt, sich bereitzuhalten. Er begab sich sogleich zum Hudson, in der Hoffnung, unter den dort vor Anker liegenden Schiffen eines zu finden, das ihn nach Europa bringen konnte. Zwar fand er ihrer genug; denn in dem ausgedehnten Hafen von New York vergeht kein Tag, an dem nicht nahezu hundert Schiffe nach allen Ländern auslaufen; aber die Mehrzahl waren Segelschiffe, die Phileas Fogg nichts nützen konnten.

Es schien wirklich, als sollte er bei seinem letzten Versuch, die gestellte Aufgabe zu erfüllen, Schiffbruch erleiden. Da erblickte er einen Handelsdampfer, aus dessen Schlot dicke Rauchwolken aufstiegen – ein Zeichen dafür, dass er den Hafen bald verlassen würde.

Phileas Fogg heuerte einen Kahn, und nach wenigen Ruderschlägen befand er sich auf der ›Henrietta‹, einem kleinen Dampfer, dessen Kapitän sich alsbald blicken ließ. Es war ein Mann in den Fünfzigern, mit rotem Haar und kupfrigem Teint, ein Mensch, der nicht so aussah, als wenn er in der besseren Gesellschaft viel zu suchen hätte.

»Sind Sie der Kapitän?«

»Ja, der bin ich.«

»Ich bin Phileas Fogg aus London.«

»Ich Andrew Speedy aus Cardiff.«

»Sie wollen abfahren?«

»In einer Stunde.«

»Sie haben Ladung nach …«

»Bordeaux.«

»Was für eine Ladung führen Sie?«

»Kiesel.«

»Haben Sie Passagiere?«

»Nein, ich fahre bloß Fracht.«

»Ihr Schiff läuft gut?«

»Zwischen elf und zwölf Knoten. Die ›Henrietta‹ kennt jeder.«

»Wollen Sie mich nach Liverpool fahren? Mich und drei Personen?«

»Nach Liverpool? Warum nicht gleich nach China?«

»Ich sage Liverpool.«

»Nein!«

»Nein?«

»Nein. Ich bin nach Bordeaux gechartert und fahre nach Bordeaux.«

»Auch nicht, wenn ich jeden Preis zahle?«

»Auch dann nicht!«

Der Kapitän hatte in einem Ton gesprochen, der keine Widerrede duldete.

»Aber die Reeder der ›Henrietta‹ ...«, versuchte es Phileas Fogg noch einmal.

»Ich bin mein eigener Reeder«, antwortete der Kapitän. »Die ›Henrietta‹ ist mein Eigentum.«

»Ich heuere sie.«

»Nein!«

»Ich kaufe sie.«

»Nein!«

Phileas Fogg zuckte mit keiner Wimper. Und doch war die Situation sehr ernst. Mit dem Kapitän der ›Henrietta‹ war eben nicht so fertig zu werden wie mit dem Patron der ›Tankadere‹. Bisher hatte das Geld Herrn Foggs immer alle Hindernisse überwunden – diesmal versagte es jedoch.

Indessen musste er Mittel und Wege finden, über den Atlantischen Ozean zu gelangen – wenn es nicht zu Schiff ging, dann im Ballon, was allerdings ein sehr gefährliches Abenteuer gewesen wäre und zurzeit auch gar nicht ausführbar war.

Jetzt hatte es den Anschein, als wenn Phileas Fogg etwas eingefallen wäre, denn er sagte zu dem Kapitän:

»Nun, wollen Sie mich nach Bordeaux mitnehmen?«

»Nein, und wenn Sie mir 200 Dollar bieten!«

»Ich biete Ihnen 2000!«

»Pro Person?«

»Pro Person!«

»Sie sind zu viert?«

»Ja!«

Kapitän Speedy kratzte sich die Stirn. Da konnte er 8000 Dollar verdienen, ohne den Kurs zu ändern! Das lohnte wahrlich, einmal seine stark ausgeprägte Antipathie gegen alles, was Passagier heißt, fallen zu lassen. Passagiere, die 2000 Dollar bezahlen, sind übrigens keine Passagiere mehr, sondern kostbare Ware.

»Ich fahre um neun«, sagte Kapitän Speedy, »und sofern Sie mit den Ihren dann zur Stelle sind …«

»Wir sind um neun an Bord«, antwortete Herr Fogg.

Es war gegen halb neun. Die ›Henrietta‹ verlassen, in einen Wagen steigen, ins Hotel fahren, Frau Auda, Passepartout und sogar Fix holen, dem er höflich die Überfahrt anbot – das tat Herr Fogg mit jener unerschütterlichen Ruhe, die ihn nie im Stich ließ.

In dem Moment, als die ›Henrietta‹ die Anker lichtete, waren alle vier an Bord.

Als Passepartout erfuhr, was diese letzte Seefahrt kosten sollte, stieß er einen Seufzer aus, der alle Stufen der chromatischen Tonleiter durchlief.

Was den Kommissar Fix betrifft, so sagte er sich, dass die Bank von England in diesem Fall allerdings sehr geschädigt werden würde; denn siebentausend Pfund wären bei der Ankunft in London mindestens futsch!

32. Die ›Henrietta‹ wird verfeuert

Eine Stunde später fuhr die ›Henrietta‹ am Leuchtschiff, das die Hudson-Einfahrt kennzeichnete vorüber, bog um die Spitze von Sandy Hook und gewann die offene See. An diesem Tag erreichte sie die Höhe von Long Island, fuhr an Fire Island entlang und nahm dann Kurs in Richtung Osten.

Am folgenden Tag, dem 13. Dezember, stieg mittags ein Mann auf die Kommandobrücke, um die Lage des Schiffes zu bestimmen. Man musste annehmen, dass es Kapitän Speedy sei. Doch dies war nicht der Fall. Es war Phileas Fogg.

Kapitän Speedy hatte man in seiner Kabine eingeschlossen, wo er seine Wut in einem ungeheuren Gebrüll ausließ.

Die Sache war sehr einfach zugegangen. Phileas Fogg wollte nach Liverpool, der Kapitän jedoch nach Bordeaux. Phileas Fogg hatte zunächst eingewilligt mitzukommen; während der 30 Stunden aber, die er an Bord verbrachte, hatte er mit Banknoten so geschickt gearbeitet, dass die ganze Mannschaft, Matrosen und Heizer – eine etwas gemischte Gesellschaft, die nicht sehr gut auf den Kapitän zu sprechen war –, ihm angehörte. Daher kommandierte jetzt Phileas Fogg anstelle des Kapitäns Speedy die ›Henrietta‹ und nahm endlich Kurs auf Liverpool.

Wenn man übrigens Herrn Fogg manövrieren sah, konnte man nicht daran zweifeln, dass er früher Seemann gewesen war.

Wie dieses Abenteuer ablief, wird man später erfahren. Frau Auda lebte in beständiger Unruhe, ohne jedoch etwas zu sagen. Fix war zuerst ganz verblüfft. Passepartout aber fand die Sache einfach großartig.

Wenn also die See nicht bewegter wurde und der Wind nicht nach Osten umsprang, wenn der Dampfer nicht Havarie erlitt und die Maschine standhielt, dann konnte die ›Henrietta‹ in den neun Tagen die 3000 Meilen von New York bis Liverpool zurücklegen. Allerdings konnte Herrn Fogg dieser Streich, den er sich mit dem Kapitän der ›Henrietta‹ erlaubt hatte und der nun noch zu der Bankaffäre hinzukam, mehr Unannehmlichkeiten einbringen, als ihm lieb sein mochten.

Während der ersten Tage ging die Fahrt prachtvoll vonstatten. Die See war ruhig und der Wind kam aus nördlicher Richtung.

Passepartout war entzückt. Der letzte Streich seines Herrn, über dessen Folgen er sich keine Rechenschaft gab, begeisterte ihn. Noch nie hatte die Mannschaft einen so lustigen und behänden Kerl gesehen. Er schloss mit allen Matrosen Freundschaft und setzte sie durch seine Gauklerstückchen in Staunen. Er gab ihnen die schönsten Namen und kredenzte ihnen die angenehmsten Getränke. Ihm gegenüber zeigten sich alle in bestem Licht und die Heizer feuerten wie die Teufel. Sein so mitteilsamer Humor steckte alle an. Er hatte die Vergangenheit vergessen, die Aufenthalte und die Gefahren. Er dachte nur noch an das Ziel, das nun bald erreicht war, und kochte mitunter vor Ungeduld. Oft auch umkreiste der Bursche den Polizeikommissar und musterte ihn mit viel sagenden Blicken; aber er sagte nichts zu ihm, denn es bestand keine Freundschaft mehr zwischen ihnen.

Übrigens muss zugegeben werden, dass dem armen Fix beinah der Verstand stillstand. Dass dieser Fogg die Mannschaft bestochen, das Kommando über die ›Henrietta‹ an sich gerissen hatte und wie ein Seemann vom reinsten Wasser manövrierte – das ging über seinen Horizont. Er wusste nicht mehr, was er davon halten sollte. Aber schließlich konnte ein Mensch, der 55 000 Pfund gestohlen hatte, auch ein Schiff stehlen. Und Fix kam demnach zu der Überzeugung, dass die ›Henrietta‹ unter Foggs Führung gar nicht nach Liverpool, sondern nach irgendeinem Punkt der Erde dampfte, wo der zum Piraten gewordene Dieb sich in Sicherheit bringen konnte. Diese Mutmaßung war, wie zugegeben werden muss, vom Standpunkt des Kommissars aus ganz erklärlich und nicht unwahrscheinlich, und Fix bedauerte allen Ernstes, an dieser Fahrt teilgenommen zu haben.

Kapitän Speedy gebärdete sich unterdessen in seiner Kabine wie wild. Passepartout, der für seine Verpflegung zu sorgen hatte, tat dies mit größter Vorsicht. Herr Fogg dachte anscheinend überhaupt nicht mehr daran, dass noch ein Kapitän an Bord war.

Am 13. fuhren sie an der Neufundlandbank vorüber, die für

die Schiffe oft gefährlich sein kann. Besonders im Winter herrscht hier häufig Nebel und furchtbarer Sturm. Seit dem vergangenen Tag war das Barometer plötzlich stark gefallen, sodass ein Umschlag der Witterung zu erwarten war. Während der Nacht änderte sich tatsächlich die Temperatur, die Kälte nahm zu und gleichzeitig sprang der Wind nach Südosten um. Um nicht vom Kurs abzuweichen, musste Herr Fogg die Segel reffen und mehr Dampf geben lassen. Dennoch wurde die Fahrgeschwindigkeit geringer, da die hoch gehende See gegen den Vordersteven brandete. Die Brise steigerte sich allmählich zum Orkan, und es war durchaus mit der Möglichkeit zu rechnen, dass die ›Henrietta‹ nicht mehr lange gegen die Wogen ankämpfen konnte. Jetzt galt es, mit dem unbekannten, gefahrdrohenden Element fertig zu werden.

Passepartouts Gesicht wurde immer düsterer, je mehr sich der Himmel verdunkelte; einige Tage litt der wackere Bursche tödliche Qualen. Aber Phileas Fogg war ein kühner Seemann, der dem Meer Trotz zu bieten verstand, und er behielt seinen Kurs bei.

Immerhin wurde der Sturm nicht so heftig, wie man hätte befürchten können. Es war noch keiner jener Orkane, die mit rasender Geschwindigkeit dahinbrausen. Leider kam er jedoch hartnäckig aus Südost, sodass kein Segel gesetzt werden konnte; denn es wäre – wie wir bald sehen werden – sehr dienlich gewesen, dem Dampf nachzuhelfen.

Am 16. Dezember waren seit der Abreise aus London 75 Tage verflossen. Alles in allem hatte die ›Henrietta‹ noch keine beunruhigende Verspätung. Die Hälfte der Überfahrt war fast zurückgelegt und die gefährlichsten Klippen waren passiert. Im Sommer wäre der Erfolg sicher gewesen. Jetzt aber konnte die

Witterung immer einen Strich durch die Rechnung machen. Passepartout hegte noch Hoffnung, und wenn der Wind sie auch im Stich ließ, so hatten sie doch wenigstens den Dampf.

An diesem Tag sprach der Maschinist sehr lebhaft mit Herrn Fogg.

Ohne zu wissen, warum, empfand Passepartout eine unbestimmte Angst. Er hätte wer weiß was dafür gegeben, wäre es ihm möglich gewesen, alles zu verstehen, was gesprochen wurde. Indessen konnte er nur hören, wie Herr Fogg sagte:

»Was Sie da melden, steht fest?«

»Jawohl, mein Herr«, antwortete der Maschinist. »Vergessen Sie nicht, dass wir seit unserer Abfahrt alle Öfen feuern. Wir hatten zwar genug Kohlen, um mit geringem Dampf von New York nach Bordeaux zu fahren, aber der Vorrat wird nicht reichen, um mit Volldampf nach Liverpool zu fahren.«

»Ich werde alles Nötige veranlassen«, antwortete Herr Fogg.

Passepartout hatte verstanden. Eine tödliche Unruhe befiel ihn.

Die Kohlen gingen aus!

Ach, wenn mein Herr auch dies wieder gutmachen kann, dachte er, dann ist er wirklich ein großartiger Mensch.

Als er mit Fix zusammentraf, konnte er nicht umhin, ihn von dem Gehörten zu unterrichten.

»Also glauben Sie wirklich, dass wir nach Liverpool fahren?«, versetzte der Kommissar mit zusammengepressten Zähnen.

»Aber ich bitte Sie ...«

»Schafskopf!«, erwiderte Fix und ging achselzuckend weg.

Passepartout wollte eigentlich dieses Schimpfwort nicht so ohne weiteres auf sich sitzen lassen, zumal er nicht recht begriff, weshalb Fix ihn so titulierte. Aber er sagte sich, dass der unglückliche Detektiv sehr enttäuscht und in seiner Eigenliebe sehr gedemütigt ein müsse, nachdem er um die ganze Erde herum einer falschen Spur gefolgt war. Daher sah Passepartout gutmütig von einer Bestrafung ab.

Wozu würde sich nun Phileas Fogg entschließen? Das zu erraten, war nicht leicht. Inzwischen schien aber der phlegmatische Herr wirklich einen Entschluss gefasst zu haben; denn noch am selben Abend sagte er dem Maschinisten:

»Lassen Sie heizen, bis alles Brennmaterial verbraucht ist!«

Kurz darauf stieß der Schornstein der ›Henrietta‹ dicke Rauchwolken aus.

Das Schiff fuhr also noch immer mit Volldampf; aber wie der Maschinist vorausgesagt hatte, meldete er zwei Tage später, am 18. Dezember, dass die letzte Kohle verfeuert werde.

Nachdem Phileas Fogg mittags festgestellt hatte, wo sich das Schiff im Augenblick befand, gab er Passepartout den Befehl, Kapitän Speedy zu holen.

Sicherlich wird er toben wie ein Tollhäusler, meinte er bei sich.

In der Tat kam darauf unter Geschrei und Gefluche Kapitän Speedy aufs Achterdeck. Er schien dem Platzen nahe.

»Wo sind wir?«, wiederholte er mit krampfhaft verzerrten Zügen.

»770 englische Meilen von Liverpool entfernt«, antwortete Fogg mit eigentümlicher Ruhe.

»Pirat!«, schrie Andrew Speedy.

»Ich habe Sie holen lassen, mein Herr ...«

»Seeräuber!«

»... weil ich«, fuhr Phileas Fogg unbeirrt fort, »Sie bitten muss, mir Ihr Schiff zu verkaufen.«

»Nein, bei allen Teufeln, nein!«

»Ich bin nämlich gezwungen, es zu verbrennen.«

»Mein Schiff verbrennen?«

»Ja, wenigstens die oberen Teile; denn das Brennmaterial ist ausgegangen.«

»Mein Schiff verbrennen?«, platzte Kapitän Speedy heraus, der keines ruhigen Wortes mehr fähig war. »Ein Schiff, das 50 000 Dollar wert ist?«

»Hier haben Sie 60 000!«, antwortete Phileas Fogg, indem er dem Kapitän ein Bündel Banknoten hinhielt.

Dieses Angebot übte auf Andrew Speedy eine geradezu wundersame Wirkung aus. Ein echter Amerikaner gerät beim Anblick von 60 000 Dollar stets in eine gewisse Erregung. Der Kapitän vergaß im Augenblick seine Wut; dachte weder an seine Gefangenschaft noch grollte er seinem Passagier. Sein Schiff war zwanzig Jahre alt und nun wurde es noch zur Goldgrube für ihn!«

»Der eiserne Rumpf bleibt aber mein?«, fragte Speedy in eigentümlich besänftigtem Ton.

»Der eiserne Rumpf und die Maschine. – Abgemacht?«

»Abgemacht.«

Und Speedy nahm das Bündel Banknoten, zählte sie und ließ sie in seiner Tasche verschwinden.

Während dieses Auftrittes war Passepartout kreideweiß geworden. Fix wäre sogar beinahe in Ohnmacht gefallen. Fast 20 000 Pfund waren vergeudet, und obendrein überließ dieser Fogg dem Verkäufer noch Rumpf und Maschine, das heißt also die Teile, die den eigentlichen Wert des Schiffes ausmachten. Allerdings betrug aber die der Bank entwendete Summe 55 000 Pfund.

Als Andrew Speedy das Geld eingesteckt hatte, sagte Phileas Fogg zu ihm: »Dies alles darf Sie nicht wundern, mein Herr, denn Sie müssen wissen, dass ich 20 000 Pfund verliere, wenn ich nicht am 21. Dezember um acht Uhr 45 wieder in London bin. Da ich in New York den Dampfer verpasst hatte und Sie mich nicht nach Liverpool bringen wollten …«

»Und das war sehr vernünftig von mir«, rief Andrew Speedy; »denn dadurch habe ich mindestens 40 000 Dollar verdient.«

Dann setzte er ruhiger hinzu:

»Wissen Sie was, Kapitän – wie war doch Ihr Name?«

»Fogg.«

»Kapitän Fogg. Sie haben etwas von einem Yankee an sich.«

Und nachdem er seinem Passagier dieses vermeintliche Kompliment gemacht hatte, ging er, und Phileas Fogg rief ihm noch nach: »Jetzt gehört das Schiff also mir?«

»Vom Kiel bis zu den Masten – alles, was aus Holz ist.«

»Gut. Reißt jetzt alles, was aus Holz ist, herunter und heizt damit.«

Man stelle sich vor, wie viel von diesem trockenen Holz nötig war, um genügend Dampf zu entwickeln. Zuerst gingen das Achterdeck, die Kajüten und die Mannschaftskabinen drauf.

Am folgenden Tag, dem 19. Dezember, wurden die Masten, Schaluppen und Spanten verbrannt. Die Mannschaft entwickelte dabei einen bewundernswerten Eifer. Passepartout hieb und sägte für zehn. Eine wilde Zerstörungswut hatte alle ergriffen.

Dann kamen die Geländer, die Verkleidung und der größte Teil der Brücke an die Reihe. Die ›Henrietta‹ glich nun nur noch einem alten, entmasteten Kriegsschiff.

Aber an diesem Tage wurde schon die Küste von Irland und das Feuer von Fastenet gesichtet.

Dennoch war um zehn Uhr abends das Schiff erst auf der Höhe von Queenstown. Phileas Fogg hatte nur noch 24 Stunden zur Verfügung, um nach London zu kommen. Und die brauchte er, um Liverpool zu erreichen, selbst wenn er mit Volldampf fuhr. Eigentlich musste doch jetzt dem kühnen Mann die Puste ausgehen.

»Mein Herr«, sagte Kapitän Speedy, der sich zu guter Letzt für Foggs Vorhaben interessierte, »Sie tun mir aufrichtig Leid. Aber alles ist gegen Sie! Wir sind erst vor Queenstown.«

»Ah!«, sagte Herr Fogg. »Die Lichter, die wir dort sehen, sind Queenstown?«

»Jawohl!«

»Kommen wir in den Hafen hinein?«

»Nicht vor drei Stunden. Nur bei Flut.«

»Also warten wir!«, antwortete Phileas Fogg ruhig, ohne auch nur mit einer Geste zu verraten, dass er noch einmal versuchen wollte, sein Missgeschick zu besiegen.

Queenstown ist ein Hafen an der irländischen Küste, in dem die von den Vereinigten Staaten kommenden Dampfer ihre Postsäcke abgeben. Diese werden dann mit Eilzügen nach Dublin transportiert. Von Dublin gelangen sie auf sehr schnell fahrenden Schiffen, die vor den anderen immer zwölf Stunden Vorsprung haben, nach Liverpool.

Diese zwölf Stunden wollte auch Phileas Fogg gewinnen. Anstatt am Abend des nächsten Tages in Liverpool einzutreffen, würde er dann mittags dort sein und hätte infolgedessen noch Zeit gehabt, vor acht Uhr 45 London zu erreichen.

Um 1 Uhr etwa fuhr die ›Henrietta‹ mit der Flut in den Hafen von Queenstown ein. Nachdem Kapitän Speedy seinem Passagier kräftig die Hand geschüttelt hatte, blieb er allein auf dem entblößten Rumpf seines Schiffes zurück, das noch die Hälfte der Summe wert war, die er dafür erhalten hatte.

Die Passagiere gingen sogleich an Land.

Fix verspürte in diesem Augenblick ein großes Verlangen, Fogg zu verhaften. Aber er tat es nicht. Warum nicht? Welcher Kampf spielt sich in ihm ab? Hatte er Herrn Fogg endlich erkannt? Begriff er seinen Irrtum? Immerhin blieb Fix in Foggs Nähe. Mit ihm, Frau Auda und Passepartout, der sich kaum noch Zeit zum Verschnaufen ließ, stieg er in Queenstown Punkt halb zwei Uhr in den Zug, kam bei Tagesanbruch in Dublin an und begab sich sofort auf einen der Dampfer, die regelmäßig die Überfahrt machen.

Am 21. Dezember, mittags, stieg Phileas Fogg endlich auf dem Kai von Liverpool aus. In sechs Stunden konnte er in London sein. Aber in diesem Augenblick trat Fix auf ihn zu, legte ihm die Hand auf die Schulter und zeigte ihm seinen Verhaftungsbefehl.

»Sie sind ja wohl Herr Phileas Fogg?«, fragte er.

»Jawohl, mein Herr.«

»Im Namen der Königin verhafte ich Sie!«

33. *Fünf Minuten zu spät ...*

Phileas Fogg saß im Gefängnis. Man hatte ihn in der Wache des Custon House untergebracht, wo er die Nacht kampieren musste, bis seine Überführung nach London erfolgen würde.

Als Phileas Fogg festgenommen wurde, wollte sich Passepartout auf den Detektiv stürzen. Polizisten hielten ihn jedoch zurück. Frau Auda war über die Rücksichtslosigkeit des Vorganges entsetzt, von dem sie nichts verstand und auch nicht gut etwas verstehen konnte.

Passepartout setzte ihr die Lage auseinander. Sie konnte es nicht glauben, dass Herr Fogg, dem sie ihr Leben verdankte, ein Dieb sein sollte. Sie protestierte gegen solche Behauptung, ihr Herz lehnte sich dagegen auf, und sie weinte, als sie sah, dass sie nichts tun, nichts versuchen konnte, um ihren Retter zu befreien.

Fix hatte Herrn Fogg verhaftet, weil seine Pflicht es ihm so gebot. Ob Herr Fogg schuldig oder unschuldig war, hatte er nicht zu entscheiden, sondern das Gericht.

Passepartout kam nun der schreckliche Gedanke, dass ja nur er die Ursache zu all diesem Unglück war. Warum hatte er Herrn Fogg dieses Abenteuer verheimlicht? Als Fix ihm sowohl seine Eigenschaft als Polizeikommissar als auch seinen Auftrag offenbart hatte, warum hatte er da seinen Herrn nicht in Kenntnis gesetzt? Wäre er davon unterrichtet gewesen, so hätte er ohne Zweifel Fix Beweise seiner Unschuld geben können. Auf alle Fälle hätte er ihn nicht auf seine Kosten mit um die Welt reisen lassen – diesen unglückseligen Kommissar, dessen einzige

Sorge es gewesen war, ihn zu verhaften, wenn er den Fuß auf britischen Boden setzte! Dachte er an alle seine Fehler und Dummheiten, so bekam er unsagbare Gewissensbisse.

Frau Auda war, ungeachtet der Kälte, mit ihm in der Halle des Zollhauses geblieben, keiner von ihnen wollte von der Stelle weichen; sie wollten Herrn Fogg noch einmal sehen.

Was diesen Herrn angeht, so war er völlig zugrunde gerichtet –,und zwar in dem Augenblick, da er sein Ziel zu erreichen hoffte. Die Gefangennahme ruinierte ihn auf eine Weise, die sich nicht gutmachen ließ. Am 21. Dezember, um 20 Minuten vor zwölf Uhr in Liverpool angekommen, blieben ihm noch neun Stunden und 15 Minuten bis 8.45 abends, und sechs Stunden brauchte er nur, um London zu erreichen.

Wer jetzt die Wachstube des Zollhauses hätte betreten können, hätte Herrn Fogg auf einer Holzbank sitzen sehen, frei von Zorn, unnahbar und undurchdringlich. Dieser letzte Schlag hatte ihn anscheinend auch nicht erschüttern können. Oder kochte er innerlich vor Wut und zeigte es nur nicht? Niemand weiß es! Hegte er noch eine Hoffnung in seinem Herzen? Glaubte er noch immer an den Erfolg, nachdem sich die Pforte des Gefängnisses hinter ihm geschlossen hatte?

Wie dem auch sei, Herr Fogg hatte jedenfalls seine Taschenuhr fürsorglich auf den Tisch gelegt und beobachtete den Gang der Zeiger. Kein Wort kam über seine Lippen, aber sein Blick zeigte eine eigentümliche Starrheit. Ob er wohl den Gedanken hatte, sich zu retten? Ob er fliehen wollte? Fast hätte man es meinen können, denn er ging zur Tür. Doch sie war fest verschlossen und das Fenster vergittert. Er setzte sich also wieder und nahm das Reisetagebuch aus seiner Brieftasche. Zu den Worten »21. Dezember, sonnabends, Liverpool«, setzte er hinzu:

»80. Tag, elf Uhr 40 Minuten vormittags«. Dann wartete er.

Die Uhr des Zollhauses schlug eins. Herr Fogg stellte fest, dass seine Uhr zwei Minuten vorging …

Zwei Uhr! Angenommen, er stiege jetzt in einen Schnellzug, so könnte er noch vor 8.45 im Reformklub sein. Seine Stirn zog sich leicht in Falten …

Um zwei Uhr 35 Minuten hörte er draußen Lärm und konnte die Stimmen von Passepartout und Fix unterscheiden. Türen wurden aufgerissen …

Phileas Foggs Gesicht leuchtete kurz auf …

Als sich die Tür der Wachstube öffnete, stürzten ihm Frau Auda, Passepartout und Fix entgegen.

Fix war außer Atem, das Haar hing ihm wirr in die Stirn – er konnte nicht sprechen.

»Mein Herr …«, lallte er endlich, »mein Herr … verzeihen Sie … Eine beklagenswerte Ähnlichkeit … Der Spitzbube ist seit 3 Tagen hinter Schloss und Riegel … Sie sind frei, mein … Herr …«

Phileas Fogg war frei. Er ging auf den Detektiv zu und sah ihm voll ins Gesicht; mit einer raschen Gebärde, wie er sie nie in seinem Leben gemacht hatte und nie wieder machen sollte, hob er beide Fäuste und verprügelte den unglücklichen Kommissar.

»Gut gepfeffert!« rief Passepartout.

Fix, der am Boden lag, sagte kein Wort. Er bekam ja bloß das, was er verdient hatte. Dann verließen Herr Fogg, Frau Auda und Passepartout das Zollgebäude, bestiegen einen Wagen und gelangten in wenigen Minuten zum Bahnhof.

Phileas Fogg fragte, ob ein Schnellzug nach London fällig sei.

Es war zwei Uhr 40 – vor 35 Minuten hatte der Schnellzug Liverpool verlassen.

Phileas Fogg bestellte einen Sonderzug, der jedoch nicht vor 3 Uhr abfahren konnte.

Um 3 Uhr jagte Phileas Fogg, nachdem er vorher noch ein paar Worte mit dem Maschinisten gesprochen hatte, um ihm den Gewinn einer Prämie in Aussicht zu stellen, in Gesellschaft der jungen Frau und seines getreuen Dieners in Richtung London dahin.

Es galt, in fünfeinhalb Stunden die Entfernung zwischen Liverpool und London zurückzulegen – was durchaus möglich war. Aufenthalte waren jedoch nicht zu vermeiden, und als Herr Fogg in London ankam, war es bereits acht Uhr und 50 Minuten.

Phileas Fogg hatte zwar die Reise um die Welt zurückgelegt, kam aber fünf Minuten zu spät.

Er hatte also die Wette verloren.

34. In der Saville Row

Am Tage darauf wären die Bewohner von Saville Row sehr überrascht gewesen, wenn man ihnen versichert hätte, dass sich Herr Fogg wieder in seiner Wohnung befinde. Türen und Fenster waren nämlich fest verschlossen. Äußerlich war keine Veränderung zu bemerken, obwohl sich Phileas Fogg gleich nach der Ankunft in sein Haus begeben und Passepartout befohlen hatte, einige Vorräte einzukaufen.

Herr Fogg hatte diesen Schicksalsschlag mit seinem gewöhnlichen Gleichmut hingenommen. Er war ruiniert! Durch den Irrtum dieses tölpelhaften Polizeikommissars! Nachdem er auf der ganzen Reise stets vorwärts gekommen war, nachdem er tausend Hindernisse überwunden, tausend Gefahren getrotzt, ja, sogar unterwegs noch Zeit gefunden hatte, eine Wohltat zu erweisen, musste er, schon im Hafen, an einer brutalen Tat scheitern, die er nicht vorhersehen konnte und gegen die er einfach wehrlos war; das war entsetzlich! Von der großen Summe, die er bei der Abreise mitgenommen hatte, war nur noch ein unbedeutender Rest geblieben. Sein Vermögen bestand jetzt aus den 20 000 Pfund, die bei den Gebrüdern Baring deponiert waren, und die schuldete er seinen Kollegen vom Reformklub. Nach so vielen Unkosten wäre er, wenn er die Wette gewonnen hätte, nicht reicher gewesen als zuvor; es war ja auch gar nicht seine Absicht gewesen, sich zu bereichern – denn er war einer von jenen, die der Ehre wegen wetten –, jetzt aber, da er die Wette verloren hatte, war er völlig zugrunde gerichtet. Übrigens hatte er einen Entschluss gefasst. Er wusste, was ihm zu tun übrig blieb.

Ein Zimmer des Hauses in der Saville Row war für Frau Auda hergerichtet worden. Die junge Frau war verzweifelt. Einigen Worten Herrn Foggs hatte sie entnommen, mit was für einem düsteren Plan er sich trug.

Es ist bekannt, zu welchen beklagenswerten Handlungen sich diese extravaganten Engländer unter dem Eindruck einer fixen Idee hinreißen lassen. Deshalb behielt Passepartout seinen Herrn auch im Auge.

Zu Hause angelangt, war der wackere Bursche als Erstes in seine Kammer gegangen, um das Gas auszudrehen, das nun 80 Tage gebrannt hatte. Im Briefkasten hatte er eine Rechnung von der Gasgesellschaft gefunden und gemeint, es sei nun höchste Zeit, weiteren Unkosten vorzubeugen, da er ja doch dafür aufkommen müsse.

Am nächsten Tag rief ihn Herr Fogg und befahl ihm kurz, sich um Frau Audas Frühstück zu kümmern. Er selbst würde an einer Tasse Tee und einem Stück Braten genug haben. Frau Auda solle entschuldigen, dass er nicht am Frühstücks- und Mittagstisch erscheine, er müsse seine Angelegenheiten ordnen. Am Abend jedoch würde er gern ein paar Minuten mit ihr plaudern.

Passepartout kannte nun das Tagesprogramm und hatte sich danach zu richten. Er sah, dass sein Herr immer noch ganz ruhig war, und doch konnte er sich nicht entschließen, das Haus zu verlassen. Sein Herz war übervoll. Gewissensbisse peinigten ihn; denn das Unglück, das nun nicht mehr zu ändern war, legte er sich zur Last. Ja, wenn er Herrn Fogg benachrichtigt, ihm die Pläne des Kommissars Fix mitgeteilt hätte, dann wäre er doch nicht auf die Idee gekommen, den Polizisten bis nach Liverpool mitzunehmen. Und dann …

Passepartout konnte sich nicht mehr beherrschen.

»Gnädiger Herr!«, rief er. »Verfluchen Sie mich! Durch meine Schuld …«

»Ich klage niemand an«, antwortete Herr Fogg ruhig. »Geh!«

Passepartout verließ das Zimmer und begab sich zu Frau Auda, der er die Absicht seines Herrn mitteilte.

»Gnädige Frau«, setzte er hinzu, »ich kann nichts mehr tun. Ich habe gar keinen Einfluss auf meinen Herrn. Vielleicht können Sie …«

»Was vermag ich schon?«, antwortete Frau Auda. »Herr Fogg hört nur auf sich selbst. Hat er denn je begriffen, wie dankbar ich ihm bin? Hat er einmal in meinem Herzen gelesen? Mein Freund, Sie dürfen ihn nicht allein lassen, keinen Augenblick. Sie sagen, er hat den Wunsch geäußert, mich heute Abend zu sprechen?«

»Ja, gnädige Frau. Ohne Zweifel handelt es sich darum, Ihre Lage in England zu sichern.«

So blieb während des Sonntags das Haus in der Saville Row ganz so, als sei Herr Fogg noch nicht zurückgekehrt; und zum ersten Male, seit er hier wohnte, ging er, als es halb zwölf vom Parlamentsturm schlug, nicht in den Reformklub.

Warum sollte er sich auch dort zeigen? Seine Kollegen erwarteten ihn nicht mehr. Da er am Abend des vorigen Tages, dem so verhängnisvollen Sonnabend, dem 21. Dezember, nicht um acht Uhr 45 Minuten im Salon des Reformklubs erschienen war, hatte er seine Wette verloren. Er brauchte nicht zum Bankier zu gehen, um die Summe von 20 000 Pfund abzuheben. Die Herren hatten einen von ihm unterschriebenen Scheck in den Händen, und ein einziger Federzug genügte, diese Summe auf das Konto seiner Wettgegner zu übertragen.

Herr Fogg musste also seine Wohnung nicht verlassen. Er blieb in seiner Stube und brachte seine Angelegenheiten in Ordnung. Passepartout stieg die Treppe des Hauses verzweifelt hinauf und hinunter. Für diesen armen Burschen wollten die Stunden gar nicht verstreichen. Er lauschte an der Tür seines Herrn und dachte gar nicht daran, dass dies ungehörig war. Er sah durchs Schlüsselloch und glaubte, er habe das Recht dazu. Passepartout befürchtete jederzeit eine Katastrophe. Mitunter dachte er an Fix, aber in seinem Gemüt hatte eine Umwandlung stattgefunden. Er grollte dem Polizeikommissar nicht mehr. Fix hatte sich, wie alle, in Phileas Fogg getäuscht; und als er ihn verfolgte und verhaftete, hatte er nur seine Pflicht getan, während er selbst ... Dieser Gedanke drückte ihn nieder und er hielt sich für den Elendsten aller Elenden.

Schließlich fühlte sich Passepartout zu unglücklich, als dass er länger allein bleiben konnte; er klopfte bei Frau Auda an und setzte sich, ohne ein Wort zu sagen, in einen Winkel.

Um halb acht Uhr ließ Herr Fogg Frau Auda fragen, ob er sie sprechen könne. Er ließ sich auf einem Stuhl vor dem Kamin nieder, Frau Auda gegenüber. Seine Züge verrieten keine Spur von Aufregung. Er war noch derselbe wie vor 80 Tagen.

Fünf Minuten lang sprach er nichts. Dann blickte er Frau Auda an.

»Gnädige Frau«, sagte er, »werden Sie mir verzeihen, dass ich Sie nach England mitgenommen habe?«

»Herr Fogg!«, antwortete Frau Auda, die ihr heftig klopfendes Herz vergeblich zu beruhigen versuchte.

»Gestatten Sie mir bitte auszureden«, fuhr Herr Fogg fort. »Als ich auf den Gedanken kam, Sie aus dem Lande zu schaffen, das für Sie so gefährlich geworden war, da war ich noch reich, und ich war willens, Ihnen einen Teil meines Vermögens zur Verfügung zu stellen. Sie hätten ein glückliches und freies Leben führen können. Jetzt aber bin ich ruiniert.«

»Das weiß ich, Herr Fogg«, antwortete die junge Frau, »und ich möchte Sie meinerseits fragen: Werden Sie mir verzeihen, dass ich Ihnen gefolgt bin und – Ihnen vielleicht Verzögerungen verursacht habe, die mit an Ihrem Ruin schuld sind?«

»Gnädige Frau, Sie konnten nicht in Indien bleiben. Sie waren Ihres Lebens nur sicher, wenn Sie weit genug von dort weggebracht wurden, sodass diese Fanatiker Ihrer nicht wieder habhaft werden konnten.«

»Also dachten Sie, nicht genug getan zu haben, als Sie mich einem schrecklichen Tode entrissen«, versetzte Frau Auda. »Sie glaubten sich auch verpflichtet, meine Lebensstellung im Auslande zu sichern?«

»Jawohl, gnädige Frau«, antwortete Herr Fogg, »aber das Glück war mir nicht hold. Indessen bitte ich Sie um Erlaubnis, das wenige, was mir noch verblieben ist, Ihnen zur Verfügung stellen zu dürfen.«

»Aber was soll aus Ihnen werden, Herr Fogg?«, fragte Frau Auda.

»Ich brauche nichts mehr, gnädige Frau.«

»Aber wie denken Sie sich denn das Schicksal, das Ihrer harrt?«

»Wie es sich nicht anders denken lässt!«

»Jedenfalls wird das Unglück einem Manne wie Ihnen nichts anhaben können. Ihre Freunde ...«

»Ich habe keine Freunde, gnädige Frau.«

»Dann Ihre Verwandten ...«

»Ich habe keine Verwandten mehr.«

»Dann bedauere ich Sie aufrichtig, Herr Fogg; denn einsam sein ist sehr traurig. Man sagt doch, geteilter Schmerz sei halber Schmerz!«

»So sagt man, gnädige Frau.«

»Herr Fogg«, sagte Frau Auda, die aufstand und ihm die Hand hinstreckte, »wollen Sie zugleich eine Verwandte und eine Freundin? Wollen Sie mich zur Frau?«

Bei diesen Worten stand auch Herr Fogg auf. In seinen Augen zeigte sich ein ungewohnter Glanz, seine Lippen schienen zu beben. Die Aufrichtigkeit der Liebe einer so schönen Frau, die so viel wagte, um den zu retten, dem sie alles verdankte, setzte ihn zuerst in Erstaunen, dann war er jedoch erschüttert. Er schloss die Augen und sagte in seiner einfachen Art:

»Ich liebe Sie!«

Frau Auda war unsagbar glücklich.

Passepartout wurde gerufen. Als er beide Hand in Hand dasitzen sah, begriff er sogleich, und sein volles Gesicht erstrahlte.

Herr Fogg fragte ihn, ob es noch nicht zu spät sei, Ehrwürden Samuel Wilson, den Pfarrer des Sprengels Mary le Bone, zu rufen.

Passepartout lächelte glückselig.

»Es ist nie zu spät«, sagte er.

Es war gerade acht Uhr.

»Soll ich ihn für morgen, Montag, bestellen?«, fragte er.

»Für morgen?«, fragte auch Phileas Fogg, indem er die junge Frau ansah.

»Ja, für morgen«, antwortete Frau Auda, und Passepartout eilte spornstreichs von dannen.

35. *Pünktlich auf die Sekunde*

Es ist an der Zeit, zu schildern, welcher Meinungsumschwung im Britischen Königreich stattgefunden hatte, als man die Verhaftung des wahren Bankdiebes, eines gewissen James Strand, erfuhr, die am 17. Dezember in Edinburg erfolgt war. Vor drei Tagen war Phileas Fogg noch ein Verbrecher gewesen, den die Polizei eifrig verfolgte, und jetzt war er der ehrenhafte Gentleman, der seine exzentrische Reise um die Welt mit mathematischer Sicherheit durchgeführt hatte.

Welcher Eindruck, welcher Spektakel in den Zeitungen! Alle, die dafür oder dagegen gewettet hatten, und diejenigen, für die diese Sache bereits vergessen war, kamen wie durch ein Zauberwort wieder zum Vorschein. Alle Verbindlichkeiten bleiben bestehen, alle Wetten wurden bestätigt, ja, mit Energie neue geschlossen. Der Name Phileas Fogg war wieder obenauf. Die fünf Kollegen Herrn Foggs aus dem Reformklub verbrachten die drei Tage in einiger Unruhe. Dieser Phileas Fogg, den sie bereits vergessen hatten, tauchte plötzlich wieder auf. Wo war er in diesem Augenblick? Am 17. Dezember – dem Tag, an dem James Strand festgenommen worden war – waren seit Foggs Abreise 76 Tage verflossen, und noch hatte man keine Nachricht von ihm! War er umgekommen? Hatte er den Kampf aufgegeben oder setzte er die Reise noch auf dem vereinbarten Wege fort? Würde er wirklich am Sonnabend, dem 21. Dezember, um acht Uhr 45 Minuten, wie der Gott der Pünktlichkeit auf der Schwelle des Reformklubs erscheinen?

Wir wollen die Spannung nicht beschreiben, in der diese Leute drei Tage lang lebten. Depeschen wurden nach Amerika und Asien geschickt, um Nachricht von Phileas Fogg zu bekommen. Morgens und abends ließ man im Hause in der Saville Row nachsehen … Jedoch vergeblich. Die Polizei selbst wusste nicht mehr, was aus dem Detektiv Fix geworden war, der so eifrig eine falsche Fährte verfolgt hatte. Trotzdem wurden neue Wetten abgeschlossen. Phileas Fogg stieg gleich einem Rennpferd noch in letzter Stunde in die Höhe. Man notierte ihn nicht mehr zu hundert, sondern zu zwanzig, zu zehn, zu fünf und der alte, gichtkranke Lord Albemarle notierte sogar eins zu eins.

So hatte sich denn auch am Samstagabend in Pall Mall und in den benachbarten Straßen eine große Volksmenge versammelt. Man hätte glauben können, die auf der Rennbahn des Reformklubs eingebürgerten Buchmacher hätten sich hier alle ein Rendezvous gegeben. Der Verkehr stockte. Man stritt sich, man disputierte, man schrie sich zu, wie hoch Phileas Fogg im Kurs stand, ganz wie auf der englischen Börse. Die Polizisten hatten Mühe, die Menge im Zaume zu halten, und je näher die Stunde rückte, wo Phileas Fogg ankommen musste, umso mehr steigerte sich die mächtige Aufregung, in der sich das Volk befand.

An diesem Tage saßen von neun Uhr morgens an im großen Saal des Reformklubs die fünf Vereinsbrüder von Herrn Fogg. Die beiden Bankiers John Sullivan und Samuel Fallentin, der Ingenieur Andrew Stuart, Walther Ralph, der Subdirektor der Bank von England, und der Brauer Thomas Flanagan – und alle warteten gespannt.

Als die Zeiger der Uhr auf 8.25 wiesen, stand Andrew Stuart auf und sagte:

»Meine Herren, in 20 Minuten wird die zwischen Phileas Fogg und uns vereinbarte Frist erloschen sein.«

»Wann läuft der letzte Zug von Liverpool ein?«, fragte Thomas Flanagan.

»Um sieben Uhr 23«, antwortete Walther Ralph, »der nächste kommt erst zwölf Uhr zehn.«

»Nun, meine Herren«, nahm Andrew Stuart wieder das Wort, »wäre Phileas Fogg mit dem Zug 7 Uhr 25 gekommen, so würde er schon hier sein. Wir können die Wette also als gewonnen betrachten.«

»Warten wir ab! Verreden wir es nicht!«, erwiderte Samuel Fallentin. »Sie wissen, dass unser Kollege ein exzentrischer Mensch erster Ordnung ist. Seine Pünktlichkeit in allen Dingen ist nur zu bekannt. Er kommt niemals zu früh oder zu spät, und wenn er in der letzten Minute erschiene, würde ich mich durchaus nicht wundern.«

»Und ich«, sagte Andrew Stuart, der wie immer sehr nervös war, »würde nicht daran glauben, wenn das einträfe.«

»Allerdings«, meinte Thomas Flanagan, »war das Projekt von Herrn Phileas Fogg hirnverbrannt. So groß auch seine Pünktlichkeit sein mag, so hat er doch unausbleibliche Aufenthalte nicht verhindern können, und eine Verspätung von zwei bis 3 Tagen genügte ja schon, um seine Reise in Gefahr zu bringen.«

»Wir dürfen übrigens nicht vergessen«, setzte John Sullivan hinzu, »dass wir von unserem Kollegen keinerlei Nachricht bekommen haben, und doch hat es an Telegrafen auf seiner Reiselinie nicht gefehlt!«

»Er hat verloren«, bemerkte Andrew Stuart wiederum, »hundertfach verloren, meine Herren! Sie wissen außerdem, dass die ›China‹ – das einzige Dampfschiff von New York, das er benutzen konnte, um rechtzeitig nach Liverpool zu kommen – gestern hier eingelaufen ist. Hier ist übrigens die Passagierliste,

von der ›Shipping-Gazette‹ veröffentlicht – der Name Phileas Fogg steht aber nicht drin. Die günstigsten Chancen angenommen, so weilt unser Kollege noch in Amerika! Ich schätze die Verspätung, die er ab heute hat, mindestens auf 20 Tage. Der alte Lord Albemarle wird ebenfalls um seine 5000 Pfund kommen!«

»Wahrscheinlich verhält es sich so«, meinte Walther Ralph, »wir werden wohl morgen bei den Gebrüdern Baring den fälligen Scheck von Herrn Fogg kassieren können.«

Die Uhr im Salon zeigt acht Uhr 40.

»Noch fünf Minuten«, sagte Andrew Stuart.

Die fünf Herren sahen einander an. Man kann schon glauben, dass ihnen das Herz um einiges schneller schlug; denn schließlich war selbst für echte Spieler die Partie doch ziemlich hoch! Aber sie mochten nichts davon durchschimmern lassen;

und auf Samuel Fallentins Aufforderung setzten sie sich an einen Spieltisch.

»Ich würde meinen Anteil von 4000 Pfund an der Wette nicht abgeben«, sagte Andrew Stuart, indem er sich setzte, »und wenn man mir 3999 Pfund dafür böte!«

Der Zeiger wies acht Uhr 42 Minuten.

Die Spieler hatten zu den Karten gegriffen, aber alle paar Sekunden wanderten ihre Blicke zur Uhr. Man kann wohl sagen, dass ihnen, so sicher sie sich auch fühlten, Minuten noch niemals so lang erschienen waren!

»Acht Uhr 43«, sagte Thomas Flanagan und hob das Spiel ab, das Walther Ralph ihm gab.

In dem großen Salon des Klubs herrschte jetzt tiefe Stille. Aber draußen hörte man das Toben der Menge, hin und wieder von grellem Geschrei übertönt. Das Pendel der Uhr schlug die Sekunden mit mathematischer Regelmäßigkeit.

»Acht Uhr 44«, sagte John Sullivan mit einer Stimme, aus der man eine unwillkürliche Erregung heraushörte. Nur eine Minute noch, und die Wette war gewonnen. Sie hatten die Karten fallen lassen – sie zählten die Sekunden.

In der 40. Sekunde geschah nichts, auch in der 50. noch nichts!

In der 55. Sekunde erscholl draußen ein wahrer Donner von Beifallsklatschen, Hurrageschrei und sogar Flüchen, der sich näher und näher wälzte. Die Spieler erhoben sich.

In der 57. Sekunde ging die Tür des Salons auf, und der Zeiger wies noch nicht die volle Minute, als Phileas Fogg, gefolgt von einer begeisterten Menge, erschien und mit seiner ruhigen Stimme sagte:

»Da bin ich, meine Herren!«

36. Der Gewissenhafteste kann sich irren

Der Leser wird sich erinnern, dass gegen acht Uhr abends Passepartout von seinem Herrn beauftragt worden war, den Pfarrer Samuel Wilson von einer gewissen Vermählung in Kenntnis zu setzen, die am andern Tage stattfinden sollte. Passepartout begab sich eiligen Schrittes zur Wohnung besagten Pfarrers, der jedoch nicht zu Hause war. Natürlich wartete Passepartout, aber es dauerte reichlich 20 Minuten. Kurz, es war acht Uhr 35, als er das Haus des Pfarrers verließ. Aber in welcher Verfassung! Mit zerzaustem Haar, ohne Hut, rennend, wie man nur je einen Menschen hat rennen sehen.

In 3 Minuten war er wieder zu Hause und stürzte atemlos in Herrn Foggs Zimmer.

Er konnte nicht sprechen.

»Was gibt's?«, fragte Herr Fogg.

»Gnädiger Herr ...«, stotterte Passepartout, »... Heirat unmöglich!«

»Unmöglich?«

»Morgen ... unmöglich!«

»Warum?«

»Weil ... morgen ... Sonntag ist!«

»Montag!«, antwortete Herr Fogg.

»Nein ... heute ... ist Sonnabend.«

»Sonnabend? Unmöglich!«

»Doch, doch«, rief Passepartout. »Sie haben sich um einen Tag geirrt! Wir sind mit einem Vorsprung von 24 Stunden angekommen ... Aber wir haben bloß noch zehn Minuten Zeit!«

Passepartout hatte seinen Herrn am Kragen gepackt und schleppte ihn mit unwiderstehlicher Gewalt fort!

Phileas Fogg, solcherweise von dannen geführt, ohne Zeit zum Überlegen zu haben, sprang in einen Einspänner, versprach dem Kutscher 100 Pfund und langte, nachdem er zwei Hunde totgefahren und fünf Kutschen fast über den Haufen gerannt hatte, im Reformklub an.

Die Uhr im großen Salon zeigte acht Uhr und 45 Minuten, als er eintrat ... Phileas Fogg hatte die Reise um die Erde in 80 Tagen gemacht ... Phileas Fogg hatte seine Wette über 20 000 Pfund gewonnen!

Wie konnte es jedoch geschehen, dass ein so peinlich gewissenhafter Mann wie er sich um einen Tag hatte irren können? Wie kam es, dass er, als er in London ausstieg, in dem Glauben war, es sei schon Sonnabend, während es doch erst Freitag, der 20. Dezember, war, also der 79. Tag nach seiner Abreise?

Hier die Ursache für diesen Irrtum: Phileas Fogg hatte, ohne es gewahr zu werden, durch die gewählte Reiseroute einen Tag profitiert – und zwar lediglich dadurch, dass er die Reise um die Erde ostwärts gemacht hatte. Wäre er westwärts gefahren, hätte er einen Tag eingebüßt. Indem er nach Osten reiste, kam Phileas Fogg der Sonne entgegen, und infolgedessen nahmen für ihn die Tage um sovielmal vier Minuten ab, wie er in dieser Richtung Grade überschritt. Nun rechnet man rings um die Erde 360 Grad, und wenn man diese 360 Grad mit vier Minuten multipliziert, kommen genau 24 Stunden heraus – das heißt also dieser unbewusst gewonnene Tag.

Das hätte auch Passepartouts berühmte Uhr, die immer die Londoner Zeit angezeigt hatte, bestätigt, wenn sie gleichzeitig mit den Minuten und Stunden die Tage angegeben hätte!

Phileas Fogg hatte also die 20 000 Pfund gewonnen! Da er aber unterwegs etwa 19 000 Pfund ausgegeben hatte, war das finanzielle Ergebnis mittelmäßig. Übrigens hatte, wie gesagt, der exzentrische Mann bei dieser Wette nur seine Ehre, nicht das Vermögen im Auge gehabt. Und sogar die verbliebenen 1000 Pfund verteilte er noch zwischen dem wackeren Passepartout und dem unglücklichen Fix, dem er nicht böse sein konnte. Seinem Diener brachte er aber der Ordnung halber die Rechnung in Abzug, die ihm die Gasgesellschaft für die durch sein Versehen verbrannten 1920 Stunden Gas übersandt hatte.

An diesem Abend sagte Herr Fogg, unnahbar und phlegmatisch wie immer, zu Frau Auda: »Ist Ihnen die verabredete Heirat noch recht, gnädige Frau?«

»Herr Fogg«, antwortete hierauf Frau Auda, »an mir ist es, eine solche Frage zu stellen. Sie waren zugrunde gerichtet und sind nun reich ...«

»Verzeihen Sie, gnädige Frau, dieses Vermögen gehört Ihnen. Wären Sie nicht auf diese Heirat verfallen, so wäre mein Diener nicht zum Pfarrer Wilson gegangen, und ich hätte meinen Irrtum überhaupt nicht gemerkt, mithin ...«

Es wird jedermann begreiflich finden, dass 48 Stunden später die Heirat geschlossen wurde und Passepartout Trauzeuge der jungen Frau war! Hatte er sie nicht errettet? War man ihm nicht diese Ehre schuldig?

Am anderen Morgen aber, beim ersten Tagesgrauen, klopfte Passepartout an die Tür seines Herrn.

»Was gibt's Passepartout?«

»Was es gibt, gnädiger Herr? Ich habe herausbekommen, dass ...«

»Was denn?«

»... dass wir die Reise um die Erde in 78 Tagen hätten machen können ...«

»Ohne Zweifel«, antwortete Herr Fogg, »wenn wir Indien nicht durchquert hätten. Aber wenn ich Indien nicht durchquert hätte, würde ich nicht Frau Auda gerettet haben, Frau Auda wäre nicht meine Frau geworden und ...«

Herr Fogg schloss ruhig die Tür.

So hatte also Phileas Fogg seine Wette gewonnen! Ihm war es gelungen, in 80 Tagen um die Erde zu reisen. Was hatte ihm jedoch die ganze Reise gebracht?

Nichts, wird man sagen. Nun ja, nichts! Abgesehen von einer reizenden Frau, die ihn, so unwahrscheinlich es sich auch anhören mag, zum glücklichsten Menschen gemacht hat.

Worterklärungen

Ale	starkes, helles englisches Bier
Bonze	buddhistischer Priester
Bugspriet	über das Schiff hinausragender, schräg liegender vorderster Mast
Champs-Élysées	Prachtstraße in Paris
Coup	Kunstgriff, überraschendes Vorgehen
deponieren	hinterlegen
Domizil	Wohnsitz
Esquire	Höflichkeitstitel; ursprünglich englischer Adelstitel
exzentrisch	überspannt, verschroben
Fakir	asketisch lebender indischer Büßer
Galeere	Ruderschiff
Havarie	Unfall, Bruch
Klipper	Schnellsegler
Kormoran	See- und Küstenvogel
Kornak	Elefantenführer
Log	Gerät zum Messen der Fahrgeschwindigkeit eines Schiffes
Mangobaum	in Ostindien beheimateter tropischer Baum mit gelblichen, saftigen wohlschmeckenden Früchten
Manna	sog. Himmelsbrot; legendäre wohlschmeckende Wundernahrung der Israeliten
Meeting	Versammlung, Kundgebung

Minarett	Gebetsturm einer Moschee
Minerva	römische Göttin der Weisheit
Mitra	Kopfbedeckung katholischer Würdenträger; hier: Kopfbedeckung buddhistischer Priester
Nonplusultra	das Unübertreffliche (lat.)
obligatorisch	verpflichtend
Pagode	Tempel in Indien
Pall Mall	bekannte Straße des Londoner Westens
Passepartout	Freipass (franz.)
Pier	Hafendamm, Landungsbrücke
Planetoid	kleiner Planet
Präliminarien	Vorverhandlungen
puritanisch	sittenstreng
Rahe	Querstange für das Rahsegel am Mast
reffen	ein Segel verkürzen
rekognoszieren	auskundschaften
Renommee	guter Ruf
Row	Reihe, Gasse, Straße
Sake	Branntwein; aus gegorenem Reis gewonnen
Sampan	chinesisches Wohnboot
Schaluppe	großes Beiboot
Signalement	Personenbeschreibung
Sombrero	breitrandiger Hut aus Stroh oder Bast
Spanten	auf den durchlaufenden Kiel aufgesetzte Schiffsrippen, aus Holz oder Stahl gebogen
Steven	die das Schiff vorn und hinten begrenzende Balken
Tamarinde	Nutzholz und Hartrinde liefernder ostindischer Baum
Visum	Sichtvermerk (in Reisepässen)

voltigieren	Kunststücke auf dem Pferd machen
Whist	Kartenspiel
Yankee	Spitzname für Nordamerikaner englischer Abkunft
Zebu	asiatisches Buckelrind

Nachwort

Jules Verne wurde am 8. Februar 1828 in Nantes geboren. Er wuchs mit vier Geschwistern in einer wohlhabenden Familie auf, sein Vater arbeitete als Rechtsanwalt und Notar.

Zwar studierte er nach dem Schulbesuch ab 1846 ebenfalls Jura, zunächst in Nantes und später in Paris, aber er brach das Studium 1850 ab und folgte seiner schriftstellerischen Neigung. Bereits während des Studiums hatte er häufig in literarischen Kreisen verkehrt, dort unter anderem auch die Bekanntschaft von Alexandre Dumas gemacht, und ab 1850 arbeitete er als Sekretär am Theater und verdiente seinen Lebensunterhalt mit Theaterstücken, Zeitschriftenartikeln und durch Spekulationen an der Börse.

Im Jahr 1857 heiratete er die junge Witwe Honorine Morel, die zwei Töchter mit in die Ehe brachte; 1861 kam der gemeinsame Sohn Michael zur Welt.

Mithilfe des Abenteuerromans »Fünf Wochen im Ballon. Die Entdeckungsreise dreier Engländer in Afrika« gelang ihm 1862 der erste größere schriftstellerische (und finanzielle) Erfolg. Bereits 15 Verlage hatten das Buch zuvor abgelehnt, als Verne den Verleger Hetzel kennen lernte, der gerade aus dem politischen Exil nach Paris zurückgekehrt war. Hetzel regte Änderungen am Manuskript an, die folgende Veröffentlichung war ein großer Erfolg und daraufhin schlossen Verne und Hetzel für 20 Jahre einen Vertrag, in dem sich der Autor verpflichtete, gegen ein festes Monatsgehalt jährlich zwei bis drei Romane zu schreiben. Damit hatte Verne eine gewisse finanzielle Absicherung erreicht. Viele der nun folgenden Romane erschienen zunächst als Fortsetzungsgeschichten in Hetzels Jugendzeitschrift »Magazin d' Education et de Recréation«, danach auch als Buchausgaben.

Verne schuf im Laufe der Zeit einen neuen, modernen Romantyp, den utopisch-wissenschaftlichen Abenteuerroman. Aufmerksam verfolgte er dazu die jeweils neuesten Errungenschaften und Erkenntnisse in Naturwissenschaft, Technik und Geografie; auch für heutige Leser ist es noch faszinierend nachzulesen, wie viele Erfindungen und technische Entwicklungen Verne schon damals vorhergesagt und beschrieben hat. Er gilt heute allgemein als ein Vorläufer der modernen Sciencefictionliteratur.

Sein wohl bekanntestes und auch international meistgelesenes Buch erschien 1872, zunächst ebenfalls in Fortsetzungen in der Zeitschrift »Le Temps«, 1873 dann auch als Buch: »Le tour du monde en quatre-vingts jours«. Das Buch wurde sehr rasch in verschiedene Sprachen übersetzt, die deutsche Ausgabe erschien bereits 1874 unter dem Titel »Reise um die Welt in 80 Tagen«.

Angeregt wurde Verne durch Berichte und Überlegungen über neue, beschleunigte Möglichkeiten des Reisens, die sich durch den aktuellen technischen Fortschritt ergaben; zum Beispiel durch den Bau des Suezkanals im Jahre 1869, den Ausbau der transkontinentalen Eisenbahnlinien in Nordamerika und das immer dichter werdende Netz von Dampfschifffahrtslinien auf den Weltmeeren.

Die Geschichte des spleenigen englischen Gentlemans Phileas Fogg, der eine ebenso spleenige Wette eingeht, entsprach nicht nur dem Fortschrittsglauben der Zeit. Sie verzichtete auch auf die sonst bei Verne üblichen technischen Utopien, war voll spannender, komischer und ironischer Passagen und geografischer Detailinformationen und ließ den Leser unmittelbar an Foggs Weltreise teilnehmen.

Sie wurde zum Bestseller für Jugendliche und Erwachsene und ist noch heute eines der meistübersetzten Bücher der französischen Literatur.

Insgesamt hat Verne über 100 Romane geschrieben, die bis heute gedruckt und gelesen werden. Zu den bekanntesten gehören neben »In 80 Tagen um die Welt« »Zwanzigtausend Meilen unter dem Meer«, »Die Reise zum Mittelpunkt der Erde«, »Von der Erde zum Mond« und »Der Kurier des Zaren«.

Viele seiner Werke wurden auch verfilmt und dramatisiert. Er selbst erhielt zahlreiche Auszeichnungen, zum Beispiel den Grand Prix der Académie Française und wurde zum Ritter der französischen Ehrenlegion ernannt.

Noch nach seinem Tod gab sein Sohn Michael einige, bis dahin unveröffentlichte, Romane heraus. Jules Verne starb am 24. März 1905 in Amiens.

Gerd F. Rumler

Aus dem Verlagsprogramm

GEO lino
Bibliothek

Charles Dickens
Oliver Twist

336 Seiten ISBN 3-570-12997-7

Der Waisenjunge Oliver Twist wächst in unvorstellbarem Elend auf. Als er den Hunger und die Misshandlungen nicht mehr erträgt, flieht er nach London. Dort gerät er in die Gewalt des Hehlers Fagin, der versucht, einen Dieb aus ihm zu machen. Doch es gibt ein dunkles Geheimnis um Olivers Herkunft. Mithilfe seiner Freunde gelingt es ihm, das Rätsel zu lösen und Fagin zu entkommen.

7383

cbj

www.cbj-verlag.de